SCARLETT DUNMORE

COMO SOBREVIVER A UM FILME DE TERROR

Tradu...
Patricia N. R...

_mooa

Esta é uma publicação Mood, selo exclusivo da Ciranda Cultural
© 2024 Ciranda Cultural Editora e Distribuidora Ltda.

Primeira publicação na Grã Bretanha em 2024 por Little Tiger,
um selo Little Tiger Press Limited.

Título original
How To Survive A Horror Movie

Produção editorial
Ciranda Cultural

Texto
© Scarlett Dunmore, 2024

Diagramação
Linea Editora

Publisher
Samara A. Buchweitz

Revisão
Fernanda R. Braga Simon

Editora
Michele de Souza Barbosa

Capa
© Little Tiger Press, 2024

Tradução
Patricia N. Rasmussen

Imagens adicionais sob licença
de Shutterstock.com

Preparação
Walter Sagardoy

Dados Internacionais de Catalogação na Publicação (CIP) de acordo com ISBD

D894c	Dunmore, Scarlett.
	Como sobreviver a um filme de terror / Scarlett Dunmore ; traduzido por Patrícia N. Rasmussen. - Jandira, SP : Mood, 2024.
	288 p.: 15,00cm x 22,60cm.
	Título original: How to Survive a Horror Movie
	ISBN: 978-65-83060-15-0
	1. Literatura escocesa. 2. Escola. 3. Assassinato. 4. Humor. 5. Mistério. 6. Internato. I. Rasmussen, Patrícia N. II. Título
2024-2203	CDD 891.6 CDU 821.11

Elaborada por Lucio Feitosa - CRB-8/8803

Índice para catálogo sistemático:
1. Literatura escocesa : 891.6
2. Literatura escocesa : 821.11

1ª edição em 2024
www.cirandacultural.com.br
Todos os direitos reservados.
Nenhuma parte desta publicação pode ser reproduzida, arquivada em sistema de busca ou transmitida por qualquer meio, seja ele eletrônico, fotocópia, gravação ou outros, sem prévia autorização do detentor dos direitos, e não pode circular encadernada ou encapada de maneira distinta daquela em que foi publicada, ou sem que as mesmas condições sejam impostas aos compradores subsequentes.

Para meu irmão mais velho,
que me mostrou meu
primeiro filme de terror
quando eu era bem jovem.

Sumário

Regra #1: Faça amigos 7

Regra #2: Cuidado com tempestades e ilhas isoladas 14

Regra #3: Não investigue barulhos estranhos 20

Regra #4: Nunca ande sozinha 27

Regra #5: Use calçados apropriados para correr 38

Regra #6: Cuidado com ruídos estranhos no meio da noite 46

Regra #7: Não seja a última a sair do ginásio 52

Regra #8: Espere coisas estranhas em uma biblioteca 60

Regra #9: Em caso de dúvida, procure aconselhamento médico ... 67

Regra #10: Evite subir no telhado em dias de chuva 74

Regra #11: Se a dúvida persistir, procure aconselhamento religioso ... 83

Regra #12: Evite escadarias desertas 93

Regra #13: Lembre-se: Segredos sempre vêm à tona 100

Regra #14: Entreviste testemunhas… mesmo que estejam mortas 106

Regra #15: Conheça seu inimigo… e seus rivais 117

Regra #16: O elenco do filme 129

Regra #17: Infiltre-se na festa do Ensino Médio 137

Regra #18: Alguém sempre morre nas festas do Ensino Médio...........148

Regra #19: Espere um número crescente de cadáveres.......................159

Regra #20: Realize operações clandestinas se necessário....................169

Regra #21: Segredos não permanecem guardados para sempre..........178

Regra #22: Exercício, exercício, exercício! 184

Regra #23: Conheça o final 190

Regra #24: Providencie armas para você, não para o assassino...........199

Regra #25: Tenha mais de uma rota de fuga....................................209

Regra #26: Tenha provas para convencer os céticos...........................221

Regra #27: Não se envolva em uma luta de alimentos com o inimigo...228

Regra #28: Não se incrimine...238

Regra #29: Luzes que se apagam são sinônimo de problema..............249

Regra #30: Salve seu interesse amoroso..256

Regra #31: Evite recintos com manequins 261

Regra #32: Não morra! Seja a última garota presunçosa do filme.......272

Regra #33: Sempre se prepare para uma sequência............................282

Regra #1
FAÇA AMIGOS

 Elas estavam ali na minha frente, encostadas nos armários, as mãos nos quadris – perfeição da cabeça aos pés.
 Gabrielle usava o blazer azul-cobalto que eu havia visto na Zara e passara o verão inteiro esperando que o preço baixasse magicamente dois dígitos. Estava entreaberto, revelando um top curto demais para uma professora não notar. Ao lado dela estava Annabelle – a companheira eternamente leal, que nunca duvidava, nunca questionava, sempre seguia. Era o tipo de garota que atropelaria você com o carro da mãe se as amigas mandassem. Usava o que sobrasse no guarda-roupa, que, mesmo pertencendo a ela, havia se tornado coletivo. E, encostada à parede ao lado do bebedouro, empertigada na usual posição de liderança, estava a temível *Rochelle Smyth*.
 O sangue de sua família corria naquelas paredes e nos próprios alicerces do internato. Sua mãe estudara ali, sua avó, e talvez até a bisavó. Lógico que seus pais haviam sido bastante generosos ao longo dos anos, recheando os bolsos dos diretores. Tudo para fins de recursos educacionais, é claro; ninguém poderia – ou iria – acusar a família Smyth de qualquer outra intenção. Mesmo que a filha deles tivesse se tornado monitora-chefe de

um dia para o outro e capitã dos times de vôlei e hóquei, e ela e as amigas fossem as únicas do nosso ano que desfrutavam de períodos de estudo após o almoço às sextas-feiras, o que significava que às 13h05 a semana escolar terminava para elas, até a segunda-feira. Nós mortais tínhamos nosso período de estudo espremido entre as aulas de ciências sociais e educação física, o que significava que a maior parte do tempo era passada nos vestiários, separando cadarços de tênis e fazendo acrobacia para vestir sutiãs esportivos apertados, com receio de que, quando de fato desenvolvêssemos algo que valesse a pena admirar na região do peito, eles não estivessem caídos até os joelhos.

Naquele dia, particularmente, Rochelle parecia uma deusa. Usava um vestido floral preto e branco, de comprimento acima dos joelhos e com um decote grande o suficiente para mostrar um trecho de pele de pêssego que nem eu conseguia parar de admirar. Felizmente tratava-se de um colégio interno para meninas, pois quem sabia o que poderia acontecer naquele corredor se houvesse meninos também.

– Charley, você está hipnotizada – disse Olive, minha melhor amiga desde o primeiro dia.

Fechei a boca e desviei o olhar de volta para a porta da sala, onde estávamos à espera do senhor Gillies para a aula de artesanato.

– Não estou, não – respondi. – Só me espanto que as "Elles" possam usar certas roupas.

– É a última sexta-feira do mês, relaxa. O único dia que não precisamos usar uniforme. Elas estão apenas *se expressando*. – Olive sorriu, fazendo um gesto exagerado de aspas com os dedos.

– Annabelle está com o umbigo de fora, e nem imagino o que pode aparecer se Rochelle se abaixar para pegar um lápis no chão.

Estremeci com um gesto dramático, balançando as pulseiras douradas que cobriam meu pulso direito, a única coisa moderna ou descolada que eu possuía. Olive e eu estávamos usando roupas parecidas, calça legging de algodão e camiseta com a estampa de nossos filmes de terror favoritos.

COMO SOBREVIVER A UM FILME DE TERROR

A minha era de Christian Slater e Winona Ryder do cult clássico *Atração mortal* (um filme bastante subestimado), e a de Olive tinha a cara do *Cujo*. Somente Olive era capaz de derrotar um são-bernardo raivoso.

– Fiquei sabendo que haverá uma festa no Eden amanhã à noite – disse ela.

Soltei um gemido e revirei os olhos. Eden era o equivalente masculino do Harrogate, um colégio interno para meninos, mais adiante ao longo da orla. As duas escolas ficavam isoladas, a quilômetros de distância da área urbana mais próxima. A nossa, empoleirada no alto de um penhasco, com vista para uma queda mortal de ondas azul-escuras e cavernas de calcário cinza que ficavam totalmente cobertas quando a maré subia.

Estávamos isoladas ali em Saltee Island até as férias, quando éramos transportadas em barcos frágeis até a balsa que nos levava ao continente, onde nossos pais relutantemente nos deixavam entrar em seus carros com enormes sacolas de roupa suja, sabendo que suas noites e fins de semana sem filhos haviam terminado e só voltariam quando as aulas recomeçassem.

Eu nem sempre fui aluna do Harrogate; nem sempre estudei em colégio interno.

Estudei numa escola regular no passado, quando eu acordava na minha cama e às 15 horas estava de volta em casa. Eu até tinha amigas nessa escola – repare no uso do plural. Tive uma melhor amiga lá, mas isso ficou no passado. O que restou foram lembranças e um colarzinho de ouro com as iniciais dela no pingente. Não que agora eu estivesse sozinha. Olive era uma amiga fantástica, mas era minha *única* amiga. Na outra escola eu era, sim, vou dizer: *popular*. Não como Rochelle Smyth, mas certamente flutuando dentro daquele reino.

Retorci o pingente do colar entre os dedos enquanto as lembranças da vida que eu tinha antes vinham à minha mente, algumas mais dolorosas que outras. De repente, a porta da sala se abriu, fazendo os armários estremecerem e o eco reverberar pelo corredor de azulejos. O senhor Gillies surgiu na soleira, o olhar fixo nas roupas ousadas de Rochelle, Gabrielle e Annabelle, que não combinavam com a política escolar. Olive e eu nos entreolhamos. O senhor Gillies detestava aquelas garotas, a aversão dele era visível no leve tremor das mãos recobertas de pelos grisalhos. Ele entreabriu os lábios e eu esperei pela primeira bronca pública da vida de Rochelle, mas então ele desviou o olhar para o chão e fechou a boca, optando por deixar de lado o que restava de sua ética de ensino. Ele sabia quem dirigia a escola, e, se Rochelle se queixasse para os pais sobre um professor, era certo que essa pessoa estaria olhando a seção de classificados no dia seguinte. Rochelle Smyth dominava a escola, e eu dominava... artesanato em madeira.

Eu havia me tornado bastante habilidosa na confecção de objetos de madeira com as aulas do senhor Gillies, a ponto de regularmente receber um aceno de aprovação da parte dele e vez ou outra o sonhado aperto de mão. Se ao menos eu pudesse fazer um bastão de madeira para bater na cabeça das Elles!

– Quer dar um passeio nos penhascos depois da aula? – perguntou Olive, que naquele momento colava dois pedaços de madeira que havia cortado acidentalmente. Ela suava de nervosismo, fazendo com que os óculos de proteção escorregassem em seu rosto.

Fiz um sinal afirmativo com o polegar e voltei a atenção para a lixadeira, onde a madeira vibrava em minhas mãos. Removi as arestas afiadas e comecei a polir, para fazer a peça brilhar. Dei um passo atrás para admirar meu trabalho e meneei a cabeça com um sorriso.

O sino tocou alto, seguido pelas exclamações de alegria de adolescentes oprimidas que precisavam com urgência de um fim de semana de diversão. Olive colocou a mochila nos ombros, inclinando-se ligeiramente para trás com o peso, e em seguida foi até a minha bancada de trabalho.

– Que bonito, Sullivan... o que é?

– Um suporte para DVDs.

Eu sorri, passando o dedo pelas prateleiras. Tínhamos um igual em casa. Meu pai costumava guardar os vídeos dos dias passados na praia, onde acampávamos com nosso trailer. Eu não fazia ideia de onde esses vídeos estavam agora; provavelmente em uma caixa no sótão, ou talvez até tivessem sido jogados fora depois que fui enviada para o colégio interno para recuperar um futuro acadêmico que aparentemente eu desprezara nos meses posteriores à morte de meu pai.

– Apropriado, considerando que essa é a extensão dos nossos fins de semana. – Ela suspirou e encaminhou-se para a porta.

– Achei que você gostasse das nossas noites de filmes de terror. Foi você quem deu o apelido de Sábados de Assassinato – observei. – Ou passar em companhia das Elles se tornou mais interessante ultimamente? – Dei uma cutucada de brincadeira nas costelas de Olive conforme a alcançava.

– Na companhia delas nem tanto, mas dos *meninos*... – Ela revirou os olhos, expressiva. – *Um* menino seria legal, para variar.

Eu ri e abri a porta. O cheiro do mar e de algas nos atingiu, o ar salgado fazendo cócegas em nosso nariz. Tudo indicava que o fim de semana seria ensolarado, o que significava que poderíamos nos deitar em mantas no gramado, ler Stephen King e esquecer a monotonia mundana da vida escolar, em que o assunto mais empolgante era o comprimento da saia de Rochelle.

Fomos até a beira do penhasco, onde as ondas batiam nas pedras abaixo e as gaivotas sobrevoavam, soltando grasnados agudos. A grama seca estalava sob as solas dos meus tênis, que eram dez anos mais antigos do que o modelo mínimo necessário para estar de acordo com o ambiente do colégio. Minha mãe gastara tudo o que tinha – tudo que meu pai havia nos deixado e o que minha tia pudera oferecer – para me matricular no Harrogate. Não havia sobrado muito para comprar tênis de marca e roupas descoladas na Zara. Se minha mãe soubesse como a moda era mais importante do que o ensino naquele lugar, talvez tivesse pensado duas vezes antes de me matricular.

Nos sentamos em uma pedra plana, as pernas balançando acima das rochas, enquanto jogávamos migalhas de pão para as gaivotas e os caranguejos. Olive pegou um punhado de dentro da sacola e estendeu a mão, com a palma aberta. Gaivotas famintas grasnaram e se acumularam acima de nós. Reclinei a cabeça para trás e fiquei observando as aves voarem, para cima, para baixo, para um lado, para outro... esperando.

Suas asas cortavam o ar fresco de setembro. Se eu fosse uma delas, voaria o mais longe possível daquele lugar, sem olhar para trás. Para longe de garotas arrogantes e mesquinhas, de noites maldormidas em camas frias dos dormitórios, dos banhos mornos em banheiros comunitários. Para longe de mim mesma, da garota que provavelmente merecia estar ali, isolada daquela maneira, por conta de quem eu havia sido antes.

O apito de um barco soou ao longe, assustando as gaivotas, que a princípio se dispersaram, mas logo voltaram, curiosas, à procura de algo mais além de migalhas de pão.

– Será uma nova aluna? – perguntei, apontando para a embarcação branca e vermelha que se aproximava do cais.

– Não... você é a aluna nova. – Olive deu de ombros. – Eles só aceitam uma por ano letivo. Atrapalha a dinâmica.

– Eu entrei no ano passado – corrigi, prendendo o cabelo em um coque.

– E agora não consigo me livrar de você. – Ela sorriu, jogando as últimas migalhas de pão na praia deserta lá embaixo.

– O que você vai comprar na Lojinha esta semana? – perguntei.

A Lojinha era um sistema antiquado que permitia às alunas menos abastadas do colégio fazer uma compra por semana, algo simples e barato, nada que viesse do continente e cuidadosamente embalado. As que tinham dinheiro compravam esmalte ou batom. Para as que não tinham – como Olive e eu –, a compra na Lojinha era de um pacote de M&M's ou uma caixa de suco, o tipo de coisa que nossas mães não mandariam para nós, por considerarem "tranqueiras".

– Não sei – murmurou Olive, observando o voo das gaivotas de volta para o alto e para longe de nós. – Talvez eu compre uma barra de Snickers.

Abafei uma exclamação.

– Está doida! Todas aquelas nozes e castanhas!

– Você sabe que eu preciso de proteína por causa do meu treino no ginásio. – Ela suspirou. – E você?

– Pode ser que eu faça uma loucura também. Talvez compre... não sei se digo...

– Pode dizer! Estou preparada.

– Talvez eu compre um pacote de Skittles!

Ela me olhou boquiaberta.

– O quê?! Skittles?!

– Acho que somos aventureiras demais para esta escola – falei, balançando a cabeça.

– Com certez... merda! – Olive choramingou, curvando-se para a frente.

– O que foi?

– Acho que uma gaivota fez cocô na minha cabeça!

Regra #2
CUIDADO COM TEMPESTADES E ILHAS ISOLADAS

Toc, toc.

Virei-me para ver Olive de pé junto à cômoda, ao lado do varão da cortina que havíamos pendurado entre nossos guarda-roupas quando nos conhecemos e passamos a dividir o quarto. Não havia porta para garantir privacidade, mas a cortina cumpria seu papel quando uma de nós precisava se trocar. Com tantos quartos no colégio, tive muita sorte de terem me colocado junto com Olive.

Se ficássemos em frente a um espelho, éramos o oposto uma da outra. Eu era desajeitadamente alta e magra, com membros desengonçados e cabelo liso. Tinha os olhos escuros do meu pai e lábios curvados para baixo, como se estivesse constantemente triste. Olive, por outro lado, era baixinha, tinha ombros largos, cabelo cacheado rebelde e lentes de contato que acentuavam o tom verde de seus olhos. Seu rosto era luminoso e, ao contrário de mim, sua boca se curvava para cima numa expressão sorridente, o que a tornava simpática para todo mundo.

COMO SOBREVIVER A UM FILME DE TERROR

Quando entrei no colégio, Olive disputava a atenção das Elles, como todas as outras meninas. Até fazia as tarefas para elas, embora por muito tempo negasse isso. Mas houve uma afinidade imediata entre nós, logo no primeiro dia, durante nossa primeira conversa, enquanto ela me via tirar minha coleção de DVDs da mala.

– Os DVDs estão extintos no mundo das plataformas de streaming – Olive disse, o que me fez questionar meu futuro no Harrogate. Mas, quando ela examinou de perto a minha coleção, passando os dedos pela lombada de cada capa, revelou a característica mais desejável que uma colega de quarto poderia ter – uma predileção pelo gênero de terror. Na verdade, "predileção" não descreve o sentimento dela: era uma paixão, um fervor, uma *compulsão*.

Passamos a primeira semana assistindo a todos os filmes do *Massacre da serra elétrica*, discutindo em detalhes qual ator fazia melhor o papel de Leatherface, antes de assistir à franquia inteira de *Halloween* (todos os treze filmes). Quando nossa obsessão por Romero, Cunningham e Craven passou a crescer exageradamente, estabelecemos os Sábados de Assassinato.

Nesse dia, comíamos pipocas amanteigadas. Descobrimos que gostávamos de misturar Skittles na pipoca, do jeito como faziam nos filmes, sentávamos no chão com almofadas e mantas e comentávamos sobre as cenas assustadoras. Sadie até conversava sobre filmes de terror, mas não porque adorasse, e sim porque eu abordava o assunto. Com Olive era diferente, compartilhávamos o mesmo entusiasmo, e isso nos aproximou muito. Foi o que várias vezes me impediu de correr para pegar a balsa e ir embora quando acordava de manhã e me lembrava de onde estava.

– E então, o que Elizabeth Bennet anda fazendo? – perguntou Olive, encostando-se na cômoda.

Deixei escapar um gemido e empurrei meu notebook. Eu estava tentando freneticamente terminar meu trabalho sobre Jane Austen, quando tudo o que eu queria era ler mais um capítulo de *Misery: Louca obsessão*, de Stephen King. Olhei para a pilha de livros de terror no canto da minha mesa, tentando-me a deixar Austen e as irmãs Brontë de lado. Bram Stoker e Shirley Jackson eram ótimos, mas Stephen King sem dúvida era o rei. Se eu o encontrasse pessoalmente, cairia de joelhos e beijaria seus sapatos. Bem, claro que estou exagerando, pois seria anti-higiênico demais, mas agradeceria a ele pela valiosa contribuição para o mundo da literatura e para meu gênero predileto de leitura e cinema.

– Ela está transformando meus neurônios em pó desde a primeira página, de tanto tédio. Por que todos os livros dela são sobre uma mulher tentando encontrar um marido? Não acontece nada de empolgante, só bailes e banquetes com taças de cristal sofisticadas. Eu queria...

– Cabeças dentro de freezers? Corpos dentro do armário? Assassinos em série usando máscara?

– Emoção!

– Bem, isso é o máximo de emoção que existe no Harrogate... a guarda costeira está aqui, para uma reunião no auditório. Temos de estar presentes.

– Por quê? – perguntei, empurrando a cadeira para trás e pegando um casaco quentinho para vestir. O auditório era sempre congelante, parecia que a diretora ligava o ar-condicionado de propósito para ficarmos alertas e atentas.

– Aparentemente tem uma forte tempestade se aproximando.

– Tempestade? Isso é normal?

Temporais eram raros no continente, mas ali, do outro lado do Mar da Irlanda e em terreno acidentado, o clima era imprevisível. As ilhas pareciam pertencer a outro mundo. Havia um motivo para lugares como aquele terem uma população tão reduzida. Nós só íamos para o continente para passar as férias em casa. Olive contara que em algumas ocasiões ela e outras alunas haviam passado horas no frágil cais de madeira, no frio congelante e embaixo de chuva fina, à espera do barco, que mais parecia uma traineira de pesca caindo aos pedaços. Na cidade, se o trem atrasasse três minutos, os passageiros se revoltavam. Mas aquilo ali era a "vida insular", como dizia o senhor Terry, e o ritmo era totalmente outro.

COMO SOBREVIVER A UM FILME DE TERROR

Fomos conduzidas ao auditório pelo senhor Gillies, que olhou para o mar de estudantes com ar de desânimo, provavelmente desejando que o temporal viesse e nos arrastasse para longe dali. Nos posicionamos na parede dos fundos, onde estava pendurado o machado com a placa "Usar em caso de emergência".

Eu reparei no machado no primeiro dia e memorizei sua localização. Nunca se sabe quando se vai precisar de um machado em um colégio interno para meninas, então era melhor estar preparada. Esse era outro dos meus interesses – descrever as habilidades de sobrevivência aprendidas com os melhores diretores de cinema. Craven ensina a nunca atender o telefone se estiver sozinha em casa; Hooper encoraja fortemente a resistir à tentação de explorar casas rurais abandonadas em viagens com amigos; e Gillespie recomenda sempre relatar um crime à polícia, especialmente quando envolve o atropelamento acidental de um pescador vingativo numa estrada. Outras regras são ensinadas nos filmes de terror – como manter o carro sempre abastecido e evitar áreas muito populosas durante uma invasão de zumbis –, muitas das quais podem ser bastante úteis para a sobrevivência em várias situações. Na verdade, eu estava pensando em solicitar à diretora que um novo módulo fosse ministrado no Harrogate, mas talvez esperasse a tempestade passar para então fazer a sugestão.

Observei os últimos grupos de garotas que entravam no auditório. Todas as alunas do colégio estavam ali, um total de quinhentas meninas. No colégio onde estudei anteriormente, éramos *cinco mil*. No Colégio Eden para Meninos, do outro lado dos penhascos, havia trezentos alunos matriculados, o que significava que, ali na ilha, o número de meninas era bem maior que o de meninos, para desalento de Olive. Para mim, das quinhentas meninas, apenas uma fazia meu rosto corar de modo embaraçoso toda vez que eu passava por ela.

Saoirse Quinn.

Até o nome dela era incrível, um som de consoantes longas e vogais silenciosas.

Ela estava um ano atrás de mim, então não tínhamos nenhuma aula juntas nem compartilhávamos os mesmos períodos de estudo, e o dormitório dela ficava na Ala Alexandrina, no lado oposto ao do meu e de Olive. Eu não tinha muita oportunidade de falar com ela, e até então nem mesmo havia tentado. Toda vez que a via, eu congelava. Eu não estava acostumada a me sentir assim, tão impotente diante de minhas emoções.

Era mais fácil administrar relacionamentos no continente. As pessoas eram mais abertas com relação à sexualidade; era mais fácil a pessoa ser ela mesma na cidade. Mas ali eu me sentia sufocada pelo isolamento, pelo céu escuro e pelas ondas de testosterona transmitidas através da ilha a partir do Colégio Eden.

Olhei rapidamente de soslaio para Olive, que mordiscava a unha do polegar como se fosse um sanduíche de presunto, depois vasculhei o mar de cabeças das alunas sentadas nas cadeiras, procurando a familiar cabeleira ruiva. Mas não a vi.

No palco, onde Olive havia feito o teste para *My fair lady* com um sotaque *cockney* que teria deixado qualquer londrino horrorizado, estava a diretora Blyth, ladeada pelo corpo docente do colégio, todo formado por mulheres, com exceção do senhor Gillies. Dois homens vestidos com capa de chuva da Marinha também estavam ali. Deviam ser os oficiais da guarda costeira, embora um deles parecesse jovem demais para já ter dedicado a vida aos mares bravios e às ilhas áridas. Metade das garotas no auditório já tinham reparado nele e estava retorcendo os cabelos com os dedos e piscando com uma rapidez anormal. A meu lado, Olive parou de roer as unhas e começou a arfar como um cachorro sedento.

Talvez o rapaz fosse atraente, com o corte de cabelo espetado e um sorriso atrevido, no estilo de Christian Slater em *Atração mortal*. Mas não chegava aos pés de Winona Ryder. Os olhos escuros penetrantes, o queixo delicado, e aquelas maçãs do rosto? *Ahhh!* Todo mundo era obcecado pela atuação dela em *Stranger things*, mas para mim ela havia arrasado mesmo no papel de Lydia em *Os fantasmas se divertem*.

Como sobreviver a um filme de terror

– Como vocês sabem – começou o guarda mais velho –, o tempo vai mudar hoje à noite. Nada para se apavorar, será apenas uma tempestade rápida. Deve passar em um ou dois dias. Porém, levando em consideração o nosso entorno e a distância do continente, vamos seguir alguns protocolos simples. As janelas serão cobertas com tábuas para prevenir danos às vidraças, o gerador foi abastecido e a segurança, verificada. Todas as atividades costeiras, como pesca e banho de mar, serão suspensas até segundo aviso.

A diretora Blyth deu um passo à frente e uma tossidela, para deixar claro que ela era a oradora e nós éramos as ouvintes.

– Como extensão do último item, *todas* as atividades ao ar livre serão suspensas até segunda ordem. Isto significa que as aulas de educação física e o intervalo acontecerão no ambiente interno da escola. Isto inclui também caminhadas na praia, além dos exercícios pós-aula.

A audiência em peso murmurou em protesto, sendo que a minha voz era a mais alta. O tempo ao ar livre, mesmo que só alguns minutos de ar fresco, era a minha única chance de sair da escola. Por um momento voltei às férias passadas no litoral de Devon com meus pais, com o vento batendo em meu rosto e o som das ondas quebrando na praia. Olive e eu sempre íamos caminhar depois da aula, e ela alimentava as gaivotas esfomeadas enquanto eu respirava o ar tão carregado de sal, que formava crostas nas mangas dos nossos casacos. Agora estávamos trancadas dentro das paredes da escola por tempo *indefinido*!

– Ah, mas que droga… – Olive sussurrou.

– Tomara que não acabe a energia, para não arruinar nosso Sábado de Assassinato.

Ela assentiu.

– Melhor carregar a bateria dos notebooks, para garantir.

– Se não pudermos assistir aos nossos filmes de terror no sábado, acho que eu mato alguém.

– Use o machado. – Fiz um gesto com a cabeça indicando a caixa de emergência. – Esse negócio está só acumulando poeira.

Regra #3
NÃO INVESTIGUE BARULHOS ESTRANHOS

O barulho do vento era perturbador, como vozes uivando e gemendo, nos chamando. Os galhos das árvores batiam na janela, parecendo garras arranhando a vidraça e tentando entrar. Nos encolhemos em nossas camas, com as cobertas puxadas até o queixo, ouvindo a tempestade circundar a ilha, observando e esperando como as gaivotas famintas.

Pela manhã, na hora do café, as janelas já estavam tapadas com tábuas. Parcialmente, na verdade, porque ou descobriram que havia menos madeira no Harrogate do que haviam calculado, ou então decidiram que o material seria mais bem utilizado em outras partes da edificação. A janela do escritório da senhorita Blyth, por exemplo, foi coberta com três tábuas; na Ala Agostina, onde ficava o dormitório de Rochelle Smyth, as janelas foram protegidas com duas tábuas; nas demais colocaram apenas uma tábua horizontal atravessada no meio. Ainda era possível avistar pela vidraça as árvores do jardim dos fundos, para onde dava o nosso dormitório.

COMO SOBREVIVER A UM FILME DE TERROR

Restava-nos esperar que nenhum galho se soltasse e voasse na direção da nossa janela, quebrando o vidro e estragando nosso tão esperado Sábado de Assassinato.

O Harrogate era um antigo mosteiro, construído no século XIII. Tinha uma fachada ampla e era considerada uma construção de importância histórica. A edificação original era em formato de U, em volta de um pátio de pedra com uma ostensiva fonte com querubim no centro. À direita ficavam os dormitórios, divididos em alas com nomes de santas, coisa que as alunas do Harrogate estavam longe de ser. As Elles, e qualquer outra aluna cuja família fizesse doações generosas para a instituição, eram acomodadas na Ala Agostina, onde os quartos eram individuais, com banheiro privativo e televisão grande e moderna. Eu já tinha ouvido falar que cada quarto ali tinha pelo menos o dobro do tamanho do nosso, que era compartilhado.

Juntamente com cerca de outras trinta alunas cujas famílias não forravam os bolsos dos conselheiros da escola, Olive e eu dormíamos na Ala Edite, bem menos opulenta. As demais estudantes eram divididas entre as Alas Maria, Theresa e Alexandrina, intermediárias entre a ala acadêmica e a ala absurdamente rica. No lado esquerdo do pátio, na Ala Elizabeth, ficavam a biblioteca, a enfermaria, o auditório e a sala da senhorita Blyth. A Ala Catarina, do outro lado, abrigava o refeitório, o ginásio de esportes e as salas de equipamentos. As salas de aula eram distribuídas entre as Alas Rosa e Clementina. Havia uma grande piscina coberta no que era chamado de Parte Nova (embora tivesse sido construída cerca de quarenta anos antes), além de uma quadra de tênis e um espaço comunitário onde as alunas se reuniam para assistir a filmes e jogos e socializavam depois das aulas e no final do dia. A maioria delas, porém, especialmente as do terceiro ano, costumava socializar no próprio quarto. Como Olive e eu compartilhávamos um quarto, nosso trajeto era agradável e curto.

O Harrogate ficava perto do convento da ilha, onde éramos encorajadas a ir à missa aos domingos, em diferentes horários. O segundo e o terceiro ano iam no mesmo horário, e a maioria das meninas ia, mas só porque era uma missa mista, frequentada também pelos garotos do Eden. As meninas vestiam as saias mais curtas que tinham, usavam batom, faziam escova no cabelo e iam à igreja para rezar. Provavelmente era por esse motivo que os meninos do Eden também iam. Era um interesse mútuo estar com pessoas do sexo oposto no único lugar onde podiam se misturar e onde, no entanto, pelas regras religiosas, era proibido se misturar.

Um padre vinha do continente aos domingos, na balsa do senhor Terry, o versátil zelador/ faz-tudo/capitão de barco/pescador/entregador/encanador. Na segunda-feira, o senhor Terry o levava de volta. Não havia motivo para nós, meninas, sairmos da ilha, e se alguma quisesse fazer isso tinha de obter permissão especial da diretora Blyth, o que eu já ficara sabendo que era extremamente difícil de se conseguir, principalmente para as que não eram da Ala Agostina. Estávamos mais ou menos abandonadas ali em Saltee Island, deixadas à nossa própria sorte. Ou melhor, não exatamente, pois tínhamos uma chefe. Embora vivêssemos em um mosteiro e fôssemos encorajadas a frequentar a igreja semanalmente, o Harrogate era predominantemente não-denominacional, para surpresa de quem vivia no continente, e também indignação. Quem abre uma escola em um mosteiro franciscano no topo de uma falésia e aceita alunas de todas as doutrinas religiosas? Mas assim é que era, o colégio aceitava estudantes de todas as esferas, no sentido religioso. Contanto que a família pudesse arcar com os custos, todas eram bem-vindas, particularmente aquelas que desejavam fugir de algo, ou que ainda acreditavam cegamente na missão acadêmica do Harrogate. E, claro, aquelas que suportavam o clima inclemente, as tempestades frequentes, os ventos fortes, as investidas de gaivotas famintas e as princesas como Rochelle.

Eu pertencia ao grupo que "desejava fugir". Fugir da cidade, da minha questionável escolha de amigos, das minhas decisões ruins. Meu verdadeiro nome era Charlotte Ryan. Quando eu morava na cidade, meus amigos me chamavam de Lottie, mas minha mãe me convenceu a mudar para Charley

COMO SOBREVIVER A UM FILME DE TERROR

e a adotar o sobrenome Sullivan, da família de minha tia, para a matrícula. O Harrogate nunca checou; não se importaram. Eu não era importante para eles, era apenas mais um número. Tia Rhoda preencheu o formulário de matrícula como responsável e depois disso se recolheu à sua vida habitual, que não incluía a mim nem à minha mãe.

De qualquer modo, eu nunca fui uma *Charlotte*. E *Lottie* era estiloso demais para mim.

– Que chuva torrencial! – exclamou Olive, espiando primeiro por cima e depois por baixo da tábua de madeira. – Feliz Sábado de Assassinato para nós – acrescentou.

– O Harrogate já ficou alagado alguma vez? – perguntei, preparando- -me para nossa noite de filmes.

– O Harrogate não, porque fica no ponto mais alto da ilha, mas o Eden se dá mal todos os anos.

O Eden era uma versão menor do Eton. Era comum aceitarem alunos não aprovados neste último, mas formavam futuros políticos, primeiros- -ministros, banqueiros e outras profissões intermediárias. O colégio ficava no lado oposto da ilha, a cerca de uma hora de caminhada, em uma cons- trução moderna e pretensiosa em formato de abóbada. Parecia mais um laboratório científico ou centro espacial de vidro – vidro por todo lado. Era inimaginável o trabalho que deviam ter para proteger aquele vidro todo dos temporais. Quem projetara aquela arquitetura certamente não fazia ideia do clima da ilha. Eu nunca entrara no colégio, mas Olive conhecia muitas, muitas, *muitas* meninas que já haviam estado lá. Contavam que havia uma pista de corrida coberta, uma quadra poliesportiva maior que um vilarejo, e que as salas de aula eram equipadas com notebooks de úl- tima geração, um para cada aluno.

– Bem, então temos *A hora do espanto…* original e *remake… A ra- inha dos condenados, Os garotos perdidos* e *A mansão Marsten* – disse Olive, sentando-se no amontoado de cobertores, almofadas e pufes molê

23

"emprestados" do espaço comunitário da Parte Nova.

– Ahh, o tema desta semana é vampiresco! – brinquei, despejando o saco de pipocas em uma grande vasilha vermelha e depois misturando Skittles com cuidado, sem agitar.

– Eu deveria ter acrescentado *Crepúsculo*?

– De jeito nenhum. Quero sentir medo, não ver um triângulo amoroso. – Entreguei a vasilha para Olive e fui apagar a luz. – Vamos de anos 1980 hoje... *Os garotos perdidos*.

– Retrô, legal! Adoro...

Sentei-me ao lado de Olive, com a vasilha de pipoca entre nós duas. O primeiro punhado é sempre o melhor, e, com a proporção correta de doce e salgado, o sabor é delicioso.

– Tinha me esquecido de como a trilha sonora é boa – falei, enquanto os créditos de abertura apareciam na tela, sobre o cenário de um lago escuro ao fundo.

O carrossel girava lentamente, revelando os rostos risonhos de adolescentes sentados nos cavalinhos, girando, girando, girando. Então, um jovem apareceu, seu rosto pálido e cabelos dourados emergindo da multidão. Movia-se sem esforço, como se seus pés não tocassem o chão e ele estivesse flutuando...

De repente, um relâmpago iluminou o quarto e um trovão ribombou acima de nós, dando a impressão de que iria rachar as paredes. Nos entreolhamos assustadas, depois lentamente voltamos a atenção para o pequeno televisor sobre a cômoda decorada com bonecos de plástico – um Chucky ensanguentado e um palhaço de *A coisa* com um esgar arreganhado.

Conforme ele abria caminho entre a multidão no parque de diversões, os rostos de seus amigos emergiram, o brilho faminto em seus olhos acentuado pelo luar...

– Está na cara que são vampiros, olha só! Ei... Ninguém está vendo! – Olive exclamou para a TV, enquanto abocanhava mais um punhado de pipoca.

Outro trovão nos fez estremecer.

Eles localizaram uma vítima na multidão, observando o garoto à medida que ele se movia, andava, respirava. Observavam o movimento ritmado do peito do rapaz, sentiram o cheiro do sangue pulsando em suas veias, em seu pescoço...

– Tenho de fazer xixi.

– Olive! – reclamei, pressionando o botão de pausa. – Não tem nem três minutos de filme!

– Desculpe! Foi aquele suco todo que tomei no jantar – ela murmurou, desvencilhando-se das cobertas. Endireitou o cós da calça do pijama vermelho de *Stranger things* e marchou para a porta, tropeçando na ponta de um cobertor.

Levantei-me e fui atrás dela.

– Você também vai?

– Nada de idas solitárias aos cubículos do banheiro a esta hora da noite. Regra número um de sobrevivência, lembra-se?

Ela suspirou e revirou os olhos. O som de vozes ecoou no corredor quando ela abriu a porta do quarto. Um grupo de meninas passou, nos ignorando completamente, claro, carregando toalhas de banho felpudas e enormes *nécessaires*.

– Pronto, não precisa ir comigo, não estarei sozinha. Volto em dois minutos.

Assenti e ouvi a porta bater enquanto ia até a janela para ver o temporal que se agitava lá fora, parecendo querer invadir o quarto. Aquela prancha de madeira parecia frágil demais para impedir que a janela estourasse a qualquer momento. A escuridão era densa, iluminada a cada poucos segundos apenas pelos relâmpagos, e a chuva implacável martelava a terra, apunhalando as pedras e caindo no chão como passos pesados.

Tum. Tum. Tum.

Um calafrio percorreu minha espinha. Estremeci. Os galhos das árvores balançavam como membros desesperados, entrelaçando-se e parecendo querer tocar a janela. A trovoada não parava. Um forte relâmpago iluminou o jardim e, de repente, uma silhueta apareceu, parcialmente escondida pelos galhos mais baixos. Gritei e dei um passo para trás, com a respiração presa na garganta.

Pressionei a palma das mãos contra a vidraça, espiando freneticamente por cima e por baixo da prancha de madeira que obstruía minha visão. O vulto continuava lá, mas não se movia. Um suspiro profundo vibrou em meu peito. Talvez fosse a sombra de alguma estátua de mármore que eu ainda não tinha notado que estava ali. Havia várias no terreno do antigo mosteiro, estátuas de monges, de santos e outras figuras.

Inclinei-me para mais perto da janela e encostei o nariz na vidraça, tentando distinguir as feições da sombra, a fim de identificar a estátua. Minha respiração embaçou o vidro, e, quando esfreguei a mão para limpar, o vulto *se moveu*. Devagar a princípio, andando, passando por entre os arbustos. Depois começou a correr, cada vez mais rápido, afastando os galhos do caminho, como alguém desesperado para fugir de um perseguidor.

Gritei novamente.

As luzes do quarto piscaram, e antes que eu conseguisse alcançar a porta tudo à minha volta ficou escuro.

Regra #4
NUNCA ANDE SOZINHA

    Finalmente a tempestade havia passado, e o ar do lado de fora da nossa janela parecia calmo e parado, sem gaivotas no céu. Na hora do café da manhã, a senhorita Blyth anunciou que o toque de recolher fora suspenso e que podíamos sair, mas não chegar perto dos caminhos costeiros. Havia relatos de um deslizamento de terra entre o Harrogate e o Eden, logo acima das docas. O senhor Terry iria avaliar a área mais tarde e determinar se era seguro passar por ali.

    – Ainda não entendi por que você não saiu para investigar – disse Olive, enquanto calçava as botas.

    – Investigar?! Numa noite de temporal, com trovoada, relâmpagos, chuva torrencial, vejo uma figura sinistra se escondendo nas sombras, olhando para a nossa janela, e você acha que eu iria vestir minha capa de chuva e galochas e sair para dar uma olhada, talvez dizer "oi, tudo bem?", convidar o cara para bater papo, assistir a um filme e comer pipoca? Esqueceu-se das regras de sobrevivência?

    – Como você sabe que era um cara?

27

– Eu não sei, só deduzi – respondi, fechando o zíper do meu casaco, que pouco iria me proteger do frio quando o outono realmente começasse. Eu não sabia como iria sobreviver ao inverno naquele lugar.

– Talvez fosse um garoto do Eden, o que, pensando bem, é muito provável. Não duvido que algum deles furasse o toque de recolher e viesse assustar as meninas.

– Idiotas, isso sim – murmurei.

– Idiotas *fofos*. – Ela suspirou.

Descemos o corredor, passando por grupinhos de meninas prontas para ir à missa de domingo. Com nossos celulares confiscados, a missa era a única fonte de entretenimento para muitas delas. A esperança da senhorita Blyth era de que, com o tempo, a nossa geração se tornasse menos dependente das redes sociais e da tecnologia, formando-nos no Harrogate com "uma visão esclarecida do mundo". Mas, na verdade, essa regra só nos forçava a ser um pouco mais originais em nossos meios de comunicação. As meninas do terceiro ano, particularmente, eram mais habilidosas para contatar os meninos do Eden, o que incluía enviar bilhetes escritos à mão via mensageiros – um trabalho bem remunerado ali na escola –, sem falar no ocasional intercâmbio de drogas em garrafas de água vazias e estojos de maquiagem. Certa vez, Olive presenciou um tráfico de drogas em que as pílulas estavam escondidas em um estojo de pó-compacto. Impressionante.

Por alguma razão, os meninos do Eden tinham acesso a maconha mais facilmente do que as meninas do Harrogate. Eu tinha certeza de que poderia provar o contrário, mas meus contatos na cidade haviam ficado no passado, e eu era uma pessoa mudada. Uma pessoa *melhor*. Ou pelo menos era no que eu queria acreditar.

– Tem certeza de que não quer ir à missa? – provoquei Olive de brincadeira, sabendo que ela adorava o ritual semanal junto com as colegas ansiosas por paquerar.

– Não – ela resmungou. – Mas estamos indo naquela direção, acho.

COMO SOBREVIVER A UM FILME DE TERROR

– Não estamos, não. Na verdade, é para o outro lado.

– Tudo bem, então vamos pegar outro caminho.

Eu sorri e balancei a cabeça. De repente, uma cabeleira ruiva atraiu minha atenção de volta para o corredor. Congelei.

Era *ela*.

A menina com quem eu tentava falar, conversar sobre algum assunto, desde que chegara ao colégio. Mas até então só havia conseguido sorrir e acenar com a cabeça, num gesto desajeitado que mais parecia um tique nervoso do que um cumprimento simpático.

Saoirse.

Eu nem sabia se ela se sentia da mesma maneira que eu em relação a garotas, mas havia algo naquela menina que eu não conseguia identificar. Algo que havia me deixado imediatamente apaixonada.

Bem, *apaixonada* pode ser uma palavra muito forte. *Obcecada* talvez seja melhor?

Ela andou um pouco hesitante na minha direção, os longos cabelos avermelhados balançando sobre os ombros, o nariz coberto de sardas iluminado pelos raios de sol da manhã que se infiltravam pela janela. Dei um passo à frente, clareei a garganta e me preparei. Entreabri os lábios, senti o coração acelerar e comecei a falar.

– S...

– Ah, peguei sua lingerie emprestada! – avisou Olive, em alto e bom som atrás de mim.

Fechei a boca no mesmo instante.

Saoirse olhou para nós e depois ela e a amiga riram baixinho. As duas passaram por mim, e eu senti o perfume de xampu de limão e carvalho que ela usava.

– O quê? – perguntei, virando-me para Olive, que procurava algo dentro da bolsa.

– Eu disse que peguei sua lingerie emprestada – ela repetiu.

– Sim, eu entendi, mas... como assim?

SCARLETT DUNMORE

Ela estendeu a mão, segurando um batom rosado.

– Eu não tinha nenhuma limpa, e a sua roupa lavada não estava guardada, então peguei um conjunto da pilha. Espero que não fique chateada...

Olhei para ela, boquiaberta.

– Algum problema? – Ela franziu o nariz. – Acha que foi abuso da minha parte? Acha, não é?

– Não, tudo bem – balbuciei. – Só talvez ser mais discreta para dizer esse tipo de coisa na próxima vez.

Olhei em volta, procurando o cabelo ruivo, mas ela já tinha sumido. Suspirei e abri um tanto bruscamente a porta dupla que dava para o jardim. Mais uma oportunidade perdida.

O ar estava denso, morno, com um leve aroma almiscarado e amadeirado, como o de sálvia queimada. Parei no primeiro degrau e inspirei profundamente, sentindo o cheiro dos resquícios do temporal. Havia vários galhos quebrados no jardim, arbustos arrancados e poças d'água. O céu ainda estava cinzento, mas não havia nuvens de chuva. O ar estava parado, silencioso, pacífico.

A porta bateu nas minhas costas, jogando-me na terra molhada.

– Cuidado! – Olive gritou para o grupo de meninas de pé na soleira.

– Mas quem fica parada na frente de uma porta? – disparou uma delas, com a voz carregada de desdém e um toque de impaciência e tédio.

Rochelle Smyth.

Ouvi as outras dando risada, enquanto tirava minha mão de dentro da lama. Parecia concreto fresco e pegajoso, já começando a endurecer em volta dos meus dedos. Sentei-me sobre os calcanhares para avaliar os danos; minha calça de veludo cor de mostarda estava coberta de lama até os joelhos, e havia vários respingos no meu casaco, inclusive no bordado que eu colara na manga apenas uma semana atrás. Até na minha boca eu sentia a textura áspera de lama.

– Bem, veja pelo lado bom... eu incrementei a sua roupa! – disse ela, passando por cima de mim com cuidado.

COMO SOBREVIVER A UM FILME DE TERROR

Olive me ajudou a levantar e tentou arrumar meu cabelo. Ficamos olhando as Elles caminharem graciosamente no caminho molhado, com suas botinhas de camurça, vestidos de estampas florais e casaquinhos brancos de brim, balançando as sombrinhas como se fossem armas. Nas mãos delas, eram exatamente isso.

– Obrigada! – gritei, erguendo os braços.

Mas elas não olharam para trás.

Olive tentou limpar meu casaco com um lenço que havia colocado no bolso do macacão jeans que ela comprara em julho, logo depois de assistirmos a *Eu sei o que vocês fizeram no verão passado*.

– Se servir de consolo, Rochelle melhorou bastante com a idade.

– Ainda bem que não a conheci antes. Não se preocupe, Olive, eu vou lavar depois.

– Quer voltar para se trocar? – Ela fez uma careta.

– Não, tudo bem. – Suspirei. – Iríamos perder o encontro inicial das duas escolas fora da capela, e sei que essa é a sua parte favorita.

Ela enrubesceu, e um sorriso se espalhou pelo rosto em formato de coração. Olive passou o braço pelo meu e nos afastamos da porta, evitando as poças d'água e os arbustos caídos.

– Ela era triste e amarga nos primeiros anos de escola... queria ter continuado na escola no continente, com as amigas... brava e cruel no primeiro ano do Ensino Médio, sarcástica e ressentida no segundo, e agora... Bem, não sei o que ela é agora.

– Um pouco de cada, talvez?

– Acho que ela se cansou.

– Garotas como Rochelle atingem o seu auge no Ensino Médio, e provavelmente ela sabe disso – murmurei, limpando a lama do queixo com a única parte limpa da minha manga.

– Espero que sim. Ela atormentou um bocado de meninas por aqui, eu inclusive.

O caminho tornava-se pedregoso à medida que subíamos lentamente a colina para a parte mais alta da ilha. A vista dali era de tirar o fôlego, uma extensão imensa de oceano azul-escuro. Se não tivéssemos sido levadas para aquele lugar como um rebanho em uma fazenda, seria um cenário incrível, perfeito para passar férias longe da vida agitada da cidade no continente.

O toque do sino cortou o ar, ainda denso de umidade e sempre salgado. Tocou uma, duas vezes, rompendo o silêncio. Diminuímos o passo para não sermos vistas muito perto do convento e correr o risco de sermos chamadas pela senhorita Blyth ou pelo pastor. Eu sempre imaginara como seria um culto não denominacional, ainda mais quando realizado em um templo originalmente cristão. Não era de admirar que aquele lugar fosse açoitado com tanta frequência por chuvas e tempestades. Era como se a ilha nos castigasse por nossa indecisão religiosa.

– Opa, lá vamos nós! – exclamou Olive, quando um grupo numeroso de meninos subiu a colina em direção à escadaria do convento.

Ficamos observando os garotos enfiarem a camisa dentro da calça, alisar os cabelos e praticar olhares penetrantes, que eram retribuídos pelas meninas do Harrogate puxando a bainha do vestido para baixo, retorcendo uma mecha de cabelo entre os dedos e sorrindo timidamente.

– E se a gente entrasse... o que acha... só um pouquinho? – sugeriu Olive, sem desviar o olhar de um rapaz de cabelo loiro muito claro e escorrido, que usava uma jaqueta fechada até o pescoço.

– Não, de jeito nenhum! Não quero ter de conduzir uma intervenção! – brinquei. – Resista ao seu destino em Harrogate, fique longe dos meninos! – Dei um puxão no casaco dela, rindo, sabendo que minha voz estava chamando atenção.

Olive me afastou, me empurrando com a palma da mão.

Quando olhei para trás, ainda segurando a manga do casaco dela, avistei um homem corpulento no alto da escadaria; tinha ombros largos e usava paletó de tweed e um cachecol xadrez pendurado no pescoço. Seu guarda-chuva estava apoiado na parede de pedra do convento. Ele virou-se para os

COMO SOBREVIVER A UM FILME DE TERROR

alunos, os olhos escuros, o rosto barbeado, porém já com uma sombra da barba do dia seguinte. Então, gritou ordens para os meninos, gesticulando para os que perambulavam por ali ou que estavam parados com as mãos nos bolsos. Depois virou-se lentamente para as meninas do Harrogate, com expressão de menosprezo.

Quando viu a senhorita Blyth, acenou com a cabeça. Ela retribuiu, um pouco sem jeito, e entrou apressada na capela.

– Quem é aquele? – sussurrei para Olive.

– É o doutor Pruitt, diretor do Eden. Veio para cá de uma escola particular rica em Surrey para substituir o anterior, que não aguentou a vida na ilha. Dizem que está de olho no Harrogate também. Quer ser dono da ilha inteira, transformar todos nós em crianças assustadoras da *Cidade dos amaldiçoados*.

– Ótimo filme. As sequências nem tanto.

– Eu deteste sequências, mas não consigo parar de assistir... ah, lá está ela.

– Quem?

– Você sabe quem. – Olive sorriu, com os olhos brilhantes.

Eu me virei, e a familiar cabeleira ruiva atraiu meu olhar conforme ela subia os degraus para o convento.

– Senhorita Sullivan, você ficou vermelha! – Olive exclamou.

Revirei os olhos.

– Finalmente estamos falando a mesma língua.

– Olive, eu não estou falando a sua língua, acredite.

Ela riu e me cutucou, quase me fazendo perder o equilíbrio.

– Você não pode querer se formar no Ensino Médio sem ter um *crush*. É um rito de passagem.

– Bem, sorte sua ter um novo *crush* a cada semana – provoquei.

– Tem certeza de que não quer entrar?

Olhei para os grupos que se juntavam a cada toque do sino do convento. Meninas de um lado, meninos do outro, aproximando-se mais uns dos outros a cada badalada. Era como assistir a um episódio de um documentário do naturalista britânico David Attenborough sobre os rituais de acasalamento de mamíferos. Estremeci, desviando o olhar daquela cena.

– Não quero.

O sino tocou uma última vez, e as portas se fecharam. Do interior da capela, uma voz reverberou pelas paredes de pedra até o lado de fora, para o topo da falésia.

Olive suspirou, derrotada.

– Você podia falar com ele, não? – sugeri, puxando-a para o caminho que beirava a orla.

– Com quem?

– Com o menino loiro para quem você estava olhando.

– Thomas? Não, definitivamente não.

– Por quê?

– Garotos como Thomas Byrne não olham para meninas como eu.

– Está brincando?! – retruquei, parando no meio do caminho. – Olive, você é linda!

– Você é suspeita… É minha amiga, minha *única* amiga. – Ela expirou o ar ruidosamente. – Olhe para nós, literalmente cobertas de lama, e olhe para as meninas como Rochelle, Gabrielle e Annabelle, todas arrumadinhas, bonitinhas, perfeitinhas. Não sou como elas.

– Ainda bem! Diga-me uma coisa, se elas são tão lindas e perfeitas, por que a incrível Rochelle não tem namorado?

Olive inclinou a cabeça.

– Boa pergunta. Não sei… se bem que ouvi rumores de que ela estava namorando um menino do Eden, um tempo atrás. Parece que acabou mal.

– Sério? Me conta!

– Tudo que sei é que ele terminou com ela para ficar com outra garota.

Eu sorri.

– Que massa! Adoro!

Nos aproximamos da beira do penhasco, de onde podíamos ter uma vista privilegiada da roca e do farol.

– Aposto que ela não superou – disse Olive. – Aquela garota tem um rancor eterno dentro dela.

– Sim, a fúria do inferno não se compara à de uma mulher desprezada – murmurei, erguendo os olhos para os corvos que revoavam acima de nós, observando-nos conforme caminhávamos, grasnando e crocitando. Um calafrio percorreu minha espinha, sob todas as camadas de roupa.

– Tem um bocado de corvos hoje – disse Olive, pegando um saquinho de papel com migalhas de torrada.

– Deve ser o temporal que os trouxe.

– Acho que não tenho pão suficiente.

– Não sei por que você alimenta os pássaros. Eles mergulham até o oceano e pegam os pobres peixinhos indefesos, tirando-os de suas famílias e devorando-os vivos.

– Falou a pessoa que comeu peixe ontem no jantar…

– Sim, mas pelo menos o peixe já estava morto!

– Ah, quanta consideração… Você deveria fazer parte da PETA[1] – ela provocou.

Embora estivesse mais calmo naquele dia, o vento soprou mais forte quando chegamos à beirada do promontório. Na costa da ilha, tudo parecia ser mais frio e vazio do que os invernos mais inclementes na cidade. O mês de outubro ainda não havia começado e eu já estava usando todos os meus agasalhos. Não queria nem pensar como seria em dezembro e janeiro. Ajustei, ao redor do pescoço, o cachecol verde que pertencia à minha mãe antes de eu corajosamente surrupiá-lo do guarda-roupa dela nas férias de verão, mas o vento conseguiu atravessar a trama de lã e espetar

---

[1] People for the Ethical Treatment of Animals, que em português significa Pessoas pelo Tratamento Ético dos Animais. É uma organização não governamental (ONG) que atua na defesa dos direitos dos animais. (N.T.)

minha clavícula. No alto, os pássaros voejavam em círculos, mergulhando para onde as ondas quebravam com estrondo contra as pedras salientes.

– Você tem razão, tem centenas de pássaros por aqui hoje. Parece o filme do Hitchcock.

– Sabia que estão fazendo um *remake*?

– Detesto *remakes*. *A hora do espanto, Poltergeist...*

– *A bruma assassina, As bruxas de Eastwick...*

– *Aliens, A morte do demônio, A morte convida para dançar, O enigma de outro mundo.* – Suspirei.

– Por que será que todos os melhores clássicos de terror viraram *showreels* de computação gráfica em Hollywood?

Um dos pássaros passou à nossa frente em um voo rasteiro, as garras quase puxando nossos cabelos revoltos pelo vento.

– Olive, eles querem as suas migalhas de pão! – exclamei, cobrindo a cabeça com as mãos.

A vida selvagem era perigosa e imprevisível. Bem parecida com as meninas do terceiro ano.

– Quem sabe se eu os alimentar eles não tentem nos comer.

Olive andou até a beirada propriamente dita, perto demais para o meu gosto, com a ponta dos pés quase fora da borda. Senti um frio na barriga. Ela sempre fazia isso, mas não era coragem, nem anseio por adrenalina, era apenas confiança.

Fazia seis anos que ela vivia naquela ilha. Havia percorrido aqueles caminhos centenas de vezes, confiava na ilha e a respeitava, alimentando as aves e protegendo os mares, passando as férias fazendo campanha contra a pesca predatória e o lixo oceânico. Em contrapartida, a ilha a protegia, permitindo que a explorasse no limite.

Quando ergueu o braço para jogar as migalhas, soltou uma exclamação abafada e ficou paralisada. As migalhas voaram de sua mão, levadas pela brisa. Seu rosto ficou pálido, as feições congeladas em uma expressão horrorizada.

COMO SOBREVIVER A UM FILME DE TERROR

– Olive?

Ela não respondeu. Ficou apenas olhando para baixo, para as pedras e as ondas sibilantes. Eu me aproximei e segui a direção de seu olhar.

De repente, o ar pareceu esquentar à minha volta, sufocante. Meu estômago revirou, e senti os remanescentes do café da manhã subindo para a minha garganta.

– Aquilo é... o que estou pensando? – ela balbuciou.

– Eu... Eu... – Minha voz ficou presa na garganta, porque, no fundo do penhasco, esparramado sobre uma pedra em um ângulo horripilante, estava o *cadáver de uma jovem*.

Fiquei paralisada, o olhar fixo no rosto pálido, nos cabelos entremeados com algas, nos lábios roxos. Então os lábios dela de repente se moveram e se entreabriram, como se ainda estivesse viva. Segurei o braço de Olive, esperançosa, mas quando olhei novamente um caranguejo saiu pela boca da jovem e arrastou-se para a areia.

Ouvi o baque do corpo de Olive caindo no chão a meu lado antes mesmo de me dar conta de que ela havia desmaiado. Depois me virei para o lado e vomitei o café da manhã.

Regra #5
USE CALÇADOS APROPRIADOS PARA CORRER

O pátio da escola parecia uma espécie de local de casamento de segunda categoria. Arranjos de açafrões lilás, dálias azuis e begônias multicoloridas formavam uma espécie de corredor, alternados com velas brancas. Havia até alguns balões amarrados na porta, numa cor não muito adequada: vermelho-rubi.

Não havia muito mais que o colégio pudesse fazer para homenagear Hannah Manning, depois de uma morte tão repentina. Qualquer outro tipo de arranjo floral mais formal teria de ser encomendado do continente e demoraria dias para chegar. A prioridade era levar o corpo para a cidade para um funeral apropriado, não trazer coroas para um velório na escola. A maioria das tiras de papel penduradas nas lamparinas do pátio era de sobras de decorações de bailes e festividades do colégio.

– A diretora Blyth vai ficar furiosa – sussurrou Olive, me cutucando.
– Eu nem a ouvi subir.
– Como assim?

COMO SOBREVIVER A UM FILME DE TERROR

– Essas flores todas foram colhidas do jardim da escola. Até algumas folhagens foram arrancadas dos canteiros da diretora.

Ao pé do cavalete de madeira que exibia uma fotografia de Hannah com as amigas estava uma generosa ramagem de ervas aromáticas.

– Nada é mais eloquente para dizer "Descanse em paz" do que manjericão italiano – disse Olive, cobrindo parcialmente a boca com a mão para disfarçar o riso. Mas não adiantou. Algumas meninas em um grupinho ali perto viraram-se para ela com um olhar fulminante e acusador.

Por toda parte havia grupos de alunas, muitas chorando, algumas segurando velas ou se abraçando.

Eu só conhecia Hannah de vista, porque não fazíamos nenhuma aula juntas, e ela morava na Ala Agostina. A ala rica.

O senhor Gillies estava encostado na parede, a cabeça baixa e o maxilar contraído, e a senhorita Evans, do Departamento de Inglês, enxugava as lágrimas com um lencinho azul.

A diretora Blyth olhava enfurecida para o cavalete, como se alguém tivesse arrancado seus órgãos internos em vez de ervas do canteiro. Até o senhor Terry estava lá, esmagando sem se dar conta uma dália com sua galocha verde. Era um homem grandalhão, mas de personalidade doce. Tinha olhos bondosos e barba preta que já se tornava grisalha. Também estava de cabeça baixa, os braços cruzados.

– Ele vai levar o corpo para o continente mais tarde – sussurrou Olive, gesticulando com a cabeça na direção do senhor Terry.

– Sério? Ela acabou de ser encontrada.

– O que você queria que eles fizessem? Que a colocassem no freezer junto com as iscas de peixe?

– Credo, Olive!

– Shh! – fez uma aluna do nosso lado, mas Olive a ignorou.

– Eu não quero o corpo dela aqui nas dependências da escola. Já basta eu tê-la encontrado. Não consigo esquecer a cena.

– Nem eu.

– Você acha que ela caiu?

– Claro, você viu os sapatos que ela estava usando? Ela quebrou a principal regra de sobrevivência dos filmes de terror.

– Estão dizendo que ela se jogou.

– *Se jogou?!* – gritei, antes de conseguir controlar meu tom de voz.

As meninas ao redor se viraram e olharam para mim boquiabertas, com ar de reprimenda.

– Desculpe – falei baixinho, levantando as mãos, e virei-me para Olive. – Por que acham que ela se jogou?

– Estávamos em regime severo de toque de recolher, e Hannah não era do tipo que desobedecia às regras. Acha, sinceramente, que ela estava dando uma volta inocente à noite, na beira do penhasco, durante um temporal? Ou ela estava indo ao encontro de um menino do Eden e caiu, o que, como falei, não combinava com ela, ou... bem, ou ela se jogou.

– Que triste para a família – murmurei.

Alguém atrás de nós começou a cantarolar, baixinho a princípio, depois mais alto e num ritmo mais rápido, numa infeliz tentativa de cantar. Nos viramos para ver quem era a dona daquela voz aguda. Era Rochelle Smyth. Claro.

– Ela está cantando Ed Sheeran? – perguntei.

Olive apertou os olhos.

– Humm, acho que é uma canção sobre drogas e prostitutas.

A diretora Blyth bateu palmas com força, silenciando Rochelle, que, pela expressão de seu rosto, ficou furiosa.

– Muito bem, alunas! Voltem para suas aulas. O policial Farrell e eu visitaremos todas as classes para saber se alguém viu alguma coisa. Queremos descobrir o que Hannah estava fazendo no alto do penhasco durante um toque de recolher. Queremos ter respostas para os pais dela, que obviamente farão perguntas.

– Você acha que devo contar que vi aquela pessoa estranha no jardim no sábado à noite? – sussurrei para Olive.

COMO SOBREVIVER A UM FILME DE TERROR

– Shh! – fez o senhor Gillies, repreendendo nossa conversa, e virou-se para o cavalete com a fotografia de Hannah, o maxilar novamente contraído.

– Hannah Manning era uma menina popular e estimada neste colégio – continuou a diretora Blyth. – Sua ausência será profundamente sentida por todos nós. Faremos uma vigília... *silenciosa*... – Ela olhou para mim e Olive ao dizer isso e prosseguiu: – ...no convento esta noite. Todos do Harrogate e do Eden deverão comparecer, sem exceção. Quero que todos demonstrem respeito e consternação diante da gravidade desta perda irreparável.

Ela inclinou a cabeça por um segundo e em seguida se empertigou.

– Muito bem. Além disso, sei que estas folhagens vieram do meu canteiro orgânico. Irei acompanhar e aplicar punições às responsáveis conforme julgar necessário. – Lançou um olhar fulminante para todas ao redor. – Não há justificativa para arrancar folhas de alecrim! Nenhuma!

Olive e eu nos entreolhamos, depois atravessamos devagar o pátio, juntamente com todo mundo, passando pelas dálias esmagadas e açafrões mutilados, desviando-nos das velas cujas chamas ainda tremulavam. O ar estava estranhamente parado, e o oceano estava calmo atrás de nós, o que eu já sabia que era bastante comum após uma tempestade. Haveria outras. Aparentemente, o outono era uma estação propícia a temporais ali na ilha. Olhei para trás, para o mar, para a beira do penhasco onde havíamos estado na véspera, de onde havíamos avistado Hannah. Senti um nó na garganta e respirei fundo, tentando afastar a imagem dos membros quebrados sobre a pedra. Notei que Olive também olhava na mesma direção.

– Sei que já perguntei uma dúzia de vezes, mas você tem certeza de que está bem?

Ela assentiu com a cabeça e se encaminhou para a porta da escola.

– Vamos fazer de conta que não aconteceu?

– Combinado. Não me lembro mais de nada.

– Nos encontramos no quiosque para um café depois da aula?

– Tenho inglês agora e depois preciso ir à biblioteca para terminar o trabalho de literatura do século XIX. Só escrevi um parágrafo até agora.

– Jantar, então?

– Sim! Encontro você no quarto às 17h30 e vamos juntas.

Nós nunca íamos ao refeitório sozinhas; seria suicídio social. Nem mesmo as garotas mais confiantes se atreviam a atravessar aquelas portas sozinhas, com os grupinhos já formados, e ser alvo de olhares questionadores e narizes empinados.

– Não vejo a hora de ir para a vigília – disse Olive, com um sorriso.

Eu sorri também, já prevendo o que iria acontecer.

– Ah, e por que será, hein, senhorita Montgomery?

– Porque os *meninos* estarão lá! – ela arrulhou, olhando para o corredor.

Olive e eu dividíamos o quarto, fazíamos todas as refeições juntas, passávamos todo o tempo livre em companhia uma da outra e às vezes nos deitávamos juntas embaixo das cobertas quando o filme de terror era muito apavorante, mas nosso horário de aulas não era o mesmo, com exceção da aula de artesanato e de educação física uma vez por semana. Infelizmente, as Elles faziam a maior parte das aulas comigo.

– Ei, Charley? – Olive me chamou.

– Sim?

– Talvez seja melhor não comentar sobre o que você viu pela janela no sábado. Vai parecer… fantasioso demais. Podem não acreditar.

– Tudo bem. Até mais tarde.

Observei-a afastar-se, mochila nas costas, conforme se dirigia ao laboratório de Ciências, uma parte da escola que eu nunca conheceria. Os grupos de alunas passavam por mim, começando a se dispersar. Éramos cópias umas das outras, da cabeça aos pés – saia branca pregueada, blusa branca, blazer verde com o emblema de Harrogate e meias brancas. Os sapatos eram de livre escolha, o que me surpreendeu quando cheguei ao colégio. Ao passo que a maioria optava por sapatos sociais, muitas vezes com salto, ou botinhas de cano curto – basicamente calçados que a maioria das pessoas inteligentes consideraria inadequados para usar em uma ilha

COMO SOBREVIVER A UM FILME DE TERROR

rural –, Olive e eu preferíamos usar tênis confortáveis. Sempre use sapatos com os quais possa correr. Se ao menos alguém tivesse dito isso a Hannah!

Quando cheguei à sala 3B, escutei a voz da diretora através da porta fechada. Girei a maçaneta devagar e as dobradiças rangeram como sempre, pela falta de lubrificação. Todo mundo virou-se para mim. A senhorita Blyth estava de pé ao lado da mesa do professor. Sentado em uma carteira estava um policial com uniforme desgrenhado, uma das pernas estendida e a bota suja de lama apoiada na cadeira da frente. Os olhos da senhorita Blyth pareciam prestes a saltar das órbitas.

Por fim, ela olhou para mim e fez um sinal para que eu entrasse. Sentei-me na carteira ao lado de Gabrielle e no mesmo instante fui envolvida por uma onda de perfume. Tossi, quase sufocando com o cheiro forte de flores de sândalo e um outro aroma, doce e enjoativo. Gabrielle olhou para mim, os lábios curvados para baixo, numa expressão azeda, pintados de batom. Tossi de novo e me virei de lado, tentando evitar que aquele perfume penetrasse em minhas narinas, atingisse meu cérebro e causasse algum tipo de mau funcionamento em meu físico.

– Charley – advertiu a senhorita Blyth.

– Desculpe – balbuciei, o perfume intenso me envolvendo outra vez como um soco na cara.

O policial pigarreou, provavelmente também digerindo o perfume de Gabrielle, e falou:

– Bem, como eu dizia, não saberemos todos os detalhes até recebermos o laudo do médico legista do continente, mas, segundo nossos cálculos, a morte se deu entre 20 e 22 horas do sábado. Alguém tem ideia do que Hannah Manning estava fazendo no alto do penhasco sozinha, numa noite de temporal?

– É isso que as descobertas preliminares indicam, que Hannah caiu enquanto caminhava? – perguntei.

– *Descobertas preliminares* – repetiu Rochelle da fileira da frente, sem tentar disfarçar um sorrisinho petulante.

Ela estava sentada de lado, olhando para a classe, os três primeiros botões da blusa desabotoados e exibindo o acabamento de renda da camiseta que usava por baixo. Uma corrente fina de ouro adornava seu pescoço. Duas regras violadas ao mesmo tempo – joias visíveis e uso inadequado do uniforme –, mas eu duvidava que ela fosse repreendida por isso.

O policial também sorriu.

– Ah, sim, descobertas preliminares... bem, as *minhas* descobertas indicam que sim. Qual seria a outra explicação possível?

A classe mergulhou no silêncio. Os olhos da senhorita Blyth estavam fixos em mim, queimando minha testa e perfurando meu cérebro.

– Bem... – murmurei. – Eu só achei que... ahn...

– Fale, senhorita Sullivan – disparou a diretora.

Levei a mão fechada à boca e dei uma tossidela discreta para clarear a garganta.

– É que eu achei que... talvez não devêssemos descartar a possibilidade de crime.

Algumas meninas riram.

– Crime! – debochou Gabrielle, a do perfume assassino.

– Há algo que você queira me contar? – perguntou o policial, apoiando a outra bota na cadeira da frente e reclinando-se para trás.

– Na verdade, sim... bem, é que... no sábado à noite, justamente entre 20 e 22 horas, eu vi uma coisa estranha da janela do meu quarto.

Uma cadeira arrastou no chão, e o som do atrito de metal na cerâmica me assustou.

– Eu vi uma pessoa no jardim, no meio do temporal.

– Hannah? – perguntou o policial, tirando os pés de cima da cadeira e inclinando-se para a frente.

– Não, não era Hannah. Pelo menos eu acho que não. A pessoa usava um agasalho escuro com capuz na cabeça e estava parada ao lado da árvore embaixo da minha janela, olhando para mim.

Como sobreviver a um filme de terror

O policial olhou de soslaio para a senhorita Blyth, mas a expressão dela era indecifrável. Se havia alguma emoção ali, estava oculta.

– E o que *você* estava fazendo nesse horário? – o policial me perguntou.

– Estava assistindo a um filme com minha colega de quarto.

– Um filme ridículo de terror – disse Rochelle.

– Isso é verdade?

– Bem... sim, mas...

Duas ou três meninas riram baixinho. Elas cobriram a boca com a mão, mas eu sabia o que estavam pensando.

– Sim, eu estava assistindo a um filme de terror, mas não estava com medo. Eu sei o que vi. E sei que nenhum detalhe é insignificante em uma investigação policial.

– Ninguém disse que a morte de Hannah é suspeita. Não há investigação nesse sentido. Foi uma fatalidade, um acidente trágico e triste causado pela chuva e erosão no topo do penhasco – declarou ele com firmeza.

Parecia que as perguntas haviam terminado.

– É claro que a nerd do terror *quer* que seja assassinato – disse Rochelle, em tom de arrulho, imitando um estrangulamento, em um horrível gesto de mau gosto.

Mais risadas ecoaram na sala.

Olive tinha razão, eu devia ter ficado quieta.

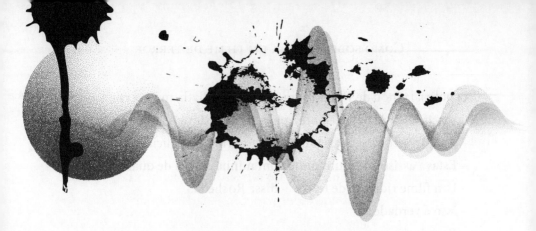

Regra #6
CUIDADO COM RUÍDOS ESTRANHOS NO MEIO DA NOITE

Todo mundo estava falando da queda de Hannah Manning, ou, melhor dizendo, *suicídio*. Era o principal assunto das conversas no Harrogate, inclusive entre os professores. O nome de Hannah era ouvido atrás das portas da sala das funcionárias, nos corredores, no pátio. Algumas diziam que ela havia se jogado porque conhecera alguém no continente nas férias de verão e não estava suportando a distância, outras diziam que ela tirara a própria vida porque a diretora Blyth confiscara seus antidepressivos durante uma vistoria de rotina nos quartos. As hipóteses eram inúmeras, desde alcoolismo até pressão acadêmica. Poderia ter sido qualquer coisa: bullying, abuso, medo. Talvez ela tivesse dificuldade para se adaptar à política social do Harrogate, assim como eu. A verdade era que, se de fato Hannah se jogara do penhasco, nós nunca saberíamos o motivo. Mas o que me incomodava era a palavrinha "se". E *se* ela *não* se jogara?

Como sobreviver a um filme de terror

Mesmo sem apetite, comi toda a minha torta de carne moída, as cenouras glaceadas e o *crumble* de ruibarbo, só para ter um pretexto para não participar da conversa sobre a hipótese de não suicídio antes da vigília, talvez até para ler um pouco mais do meu livro de Stephen King. Mas recebi imediatamente a ordem de permanecer sentada. Às 18h30, finalmente fomos liberadas para irmos nos arrumar para a vigília. Arrumar-me, para mim, era ir ao banheiro e comer um punhado de Skittles do pacote que estava na minha mesa de cabeceira. Para as demais alunas do Harrogate não era tão rápido. Depois de cerca de vinte minutos a senhorita Blyth tocou o sino anunciando que era hora de ir. Olive e eu fechamos nossos casacos e colocamos um cachecol em volta do pescoço, cobrindo a boca para aquecer a respiração. O sol já se escondera, e o ar frio da noite nos envolvia. O sino do convento tocou ao longe, e as meninas se apressaram pelos corredores, aplicando os últimos retoques de maquiagem e ajeitando os cabelos. Tínhamos recebido a orientação de ir de uniforme, assim como os meninos do Eden.

Quando finalmente subimos a colina, avistamos a torre de pedra do convento e em seguida as sólidas portas de madeira, a arcada e, por fim, a escadaria. Subimos os degraus, sentindo as pernas doloridas antes de chegarmos ao topo, e seguimos as meninas. O interior da capela estava lotado, todos aqueles adolescentes aglomerados, respirando o mesmo ar viciado, suados e exalando hormônios – do jeito que as meninas e meninos de ambas as escolas gostavam. Depois de cerca de dez minutos, as portas laterais foram abertas, deixando entrar uma brisa deliciosa e permitindo que alguns estudantes saíssem para o gramado, muitos segurando velas.

O culto começou com uma leitura do pastor, depois a diretora Blyth fez um discurso de trinta minutos homenageando uma aluna cujo nome ela provavelmente não sabia até sua morte prematura. À minha volta, corriam sussurros sobre suicídio, pelos bancos de trás à frente, até o altar, até que a senhorita Blyth pediu silêncio.

– Agora vamos ouvir a leitura de uma das amigas de Hannah. Rochelle Smyth! – anunciou ela.

Eu franzi a testa e cutuquei Olive.

– Agora sei por que Hannah se jogou.

Olive caiu na gargalhada. Quando os alunos e professores se viraram com expressão indignada, ela baixou a cabeça.

Rochelle subiu ao púlpito, com a sombra de um sorriso diabólico no rosto e os cachos balançando. O sorriso desapareceu quando ela olhou para os bancos lotados, e a encenação teve início.

– Eu conheço... – Ela engoliu em seco com ar dramático e levou a mão ao peito. – Ou melhor, eu *conheci* Hannah por cinco maravilhosos anos...

– Alguma vez ela sequer dirigiu a palavra a Hannah? – sussurrou uma menina para a amiga, à nossa frente.

– A tragédia que se abateu sobre o Colégio Harrogate é inimaginável. Mas nós somos fortes e nos apoiaremos umas às outras para superar isto, como sempre fazemos aqui. Minhas amigas Annabelle e Gabrielle e eu criamos um grupo de apoio e aconselhamento de luto às quartas-feiras para qualquer uma de vocês que deseje conversar, desabafar, ou que esteja se sentindo triste...

Um grupinho de meninas murmurou em tom de deboche.

– Estou aqui por você, Harrogate! – proclamou Rochelle, erguendo o braço como se fosse a própria santa que dera nome à sua ala no colégio.

Depois de um longo silêncio da audiência, Gabrielle e Annabelle finalmente aplaudiram, olhando ao redor e encorajando todos a fazer o mesmo.

– Uau, que comovente, as meninas insuportáveis da escola se oferecendo para confortar as que elas mesmas atormentam com bullying – disse Olive, revirando os olhos.

O discurso de Rochelle foi seguido pela leitura de uma menina chamada Lisa, que de fato parecia ter sido amiga próxima de Hannah e não estava ali querendo aparecer. Foi quando ficamos sabendo mais sobre quem

COMO SOBREVIVER A UM FILME DE TERROR

Hannah realmente era: aluna estudiosa, violinista, uma pessoa generosa que havia passado o último verão no Camboja construindo um poço para os habitantes de uma aldeia, enquanto as outras meninas da classe foram passar as férias no sul da França ou ficaram em casa assistindo a filmes na Netflix. Era tímida e reservada e passava grande parte do tempo sozinha em seu quarto. Em seguida, outra amiga contou alguns casos engraçados, para aliviar um pouco a atmosfera de luto, e um dos professores fez um comentário com senso de humor. Depois disso fomos instruídos a baixar a cabeça e ficar em silêncio. Encostei o queixo no peito e fechei os olhos, lembrando-me vagamente de ter feito isso na igreja depois que meu pai morreu.

O ar dentro da capela estava denso, quase sem circular, devido aos estudantes que lotavam as passagens das portas abertas. O minuto de silêncio pareceu durar três horas, interrompido por tosses, suspiros e outros ruídos. Eu podia ouvir minha própria respiração, o ar passando pela garganta antes de eu expirar pelo nariz. Notei uma menina na minha frente roendo ruidosamente as unhas, o que me causou uma irritação suprema. Estremeci e tentei ignorar.

Foi então que escutei. Um barulho seco. Um som alto de torção e um estalo, como se uma garrafa de plástico estivesse sendo esmagada. O ruído foi tão alto que levantei a cabeça e olhei em volta para ver quem era o corajoso que estava prestes a enfrentar a ira da senhorita Blyth. Mas todos permaneciam com a cabeça baixa, e ninguém mais parecia ter ouvido, ou se importado. Baixei novamente a cabeça, ouvi o tique-taque de um relógio e... novamente o estalo agudo de plástico oco sendo amassado. Parecia nitidamente que alguém estava retorcendo uma garrafa vazia. Olhei de novo, mas outra vez ninguém dava sinal de ter ouvido o barulho. Minha audição era normal, não era hipersensível como a do Homem-Aranha, então não era possível que ninguém mais tivesse escutado. Quem estava fazendo aquilo?

Scarlett Dunmore

Esquadrinhei meu entorno com os olhos: os alunos nos bancos, os que estavam de pé nas laterais segurando velas, virei-me ligeiramente para trás e, de repente, vi um par de olhos verdes me encarando. Olhos verdes em um rosto emoldurado por cabelos avermelhados com um narizinho recoberto de sardas. Enquanto todos estavam com a cabeça baixa, Saoirse estava olhando para mim.

Desviei rapidamente o olhar e voltei a baixar a cabeça, tentando rezar, mas sentia meu rosto avermelhar, a pele queimar, um movimento no estômago. Arrisquei mais um olhar rápido, e ela estava sorrindo. Olhei para os lados. Ela estava sorrindo para *mim*?

Voltei a baixar a cabeça. Não podia ser. Por que Saoirse olharia para mim? Devia ser para uma das amigas, ali perto, mas... se fosse para mim, o certo não seria retribuir o sorriso, ou acenar discretamente? Eu não queria parecer indelicada ou não demonstrar interesse. Tudo bem, eu iria enfrentar. Olhei de novo, afastando o cabelo para trás, e esbocei um sorriso largo. Mas ela já não estava mais olhando na minha direção. Estava com o olhar fixo no altar. Mais uma chance perdida.

– O que foi? – sussurrou Olive. – Por que você está sorrindo?

– Não estou sorrindo – respondi, balançando a cabeça.

– Está, sim. E de um jeito assustador, como o boneco Chuck.

Fiquei subitamente séria. O toque do sino anunciando o fim da cerimônia me assustou, e um gritinho escapou dos meus lábios. Algumas pessoas se viraram para mim, incluindo Rochelle. Ela revirou os olhos e seguiu a multidão que saía dos bancos, passando por nós em direção à saída. Os meninos do Eden andavam devagar, trocando alguns olhares e palavras com as meninas. Em pouco tempo a área externa do convento ficou lotada de vozes animadas, risadinhas e, sem dúvida, vários flertes.

– Shhh! – fez a senhorita Blyth. – Lembrem-se, meninos e meninas, esta é uma vigília para alguém que perdeu a vida.

O grupo se dispersou depressa depois disso. Olhei em volta à procura de Saoirse, mas não havia sinal dela. Senti meus ombros se curvar um

COMO SOBREVIVER A UM FILME DE TERROR

pouco de desânimo conforme caminhávamos de volta para os muros de pedra do Harrogate. E, enquanto Olive falava sem parar sobre Thomas e seus cabelos dourados e luzidios, eu apenas murmurava monossílabos, pensando no sorriso de Saoirse, ouvindo o barulho das ondas, vendo o holofote do farol girar no céu e relembrando aquele *ruído*.

O som agudo e seco de um estalo, de plástico sendo retorcido, ecoando sobre a falésia e me acompanhando por todo o caminho de volta.

Regra #7
NÃO SEJA A ÚLTIMA A SAIR DO GINÁSIO

Não dormi nada naquela noite, toda a esperança de sonhar e descansar frustrada por aquele barulho intrigante de plástico sendo amassado. Logo antes do amanhecer, um novo som se fez ouvir, igualmente perturbador e irritante. Uma espécie de gemido. Bem *alto*.

Mas, toda vez que eu acendia o abajur, não via nada. Só havia Olive no quarto além de mim, e o corredor estava em silêncio. Ouvi o som várias vezes, no banheiro quando escovava os dentes, enquanto me vestia, enquanto tomava o café da manhã no refeitório, quando vestia o uniforme verde e branco de educação física.

O som estava em toda parte.

– Estou tão cansada... – queixou-se Olive, sentando-se no banco do vestiário, com um pé de tênis calçado e o outro dentro do armário.

– Eu sinto muito por isso – retruquei, retorcendo os lábios.

– Acende a luz, apaga a luz, acende a luz, apaga a luz... me senti voltando ao passado quando dormia com meu irmão mais novo e ele descobriu a mágica do interruptor.

COMO SOBREVIVER A UM FILME DE TERROR

Todas saíram para o corredor, Olive e eu pálidas e abatidas pela falta de sono, em direção à quadra coberta, que havia sido dividida em quatro seções, com uma grande rede branca e raquetes em cada uma. Olive parou na entrada, bloqueando a fila que vinha atrás.

– Ah, não... – Ela gemeu. – Tênis em dupla.

Eu gemi também. Não tinha inclinação para jogar em dupla, era mais uma jogadora individual do que membro de time, ainda mais quando havia o risco de machucar as colegas com minha questionável coordenação manual.

Nossa professora de educação física, a senhorita McDonald, era uma mulher esguia, com músculos salientes nas pernas que pareciam prestes a saltar para fora. Como ex-corredora de revezamento da equipe olímpica da Grã-Bretanha, ela não iria permitir que alguma de nós escapasse da partida. Para ela, éramos todas atletas, algumas apenas precisavam de um pouco mais de treino. De *muito* mais treino. Obviamente, estas éramos Olive e eu.

– Sim, meninas, Wimbledon está aqui no Harrogate! – exclamou ela, animada, para as alunas.

– O torneio de Wimbledon não é em junho? – alguém do fundo perguntou.

– Vamos jogar em duplas hoje, portanto vou escolher uma quadra para vocês depois do aquecimento. Uma caminhada a passo rápido em volta do colégio e depois retornem para cá.

– Em volta do colégio *inteiro*? – balbuciou Olive.

– Sim, Montgomery. Do prédio inteiro. Vamos lá, existe uma corredora em cada uma de nós! – encorajou a professora, abrindo a porta lateral do ginásio.

Olive inclinou-se para mim e falou baixinho:

– Em mim não existe. Nem em você, tenho certeza. Só vi você correr para pegar a pipoca no micro-ondas.

Resmunguei e segui o grupo de meninas para fora, onde uma lufada de ar frio do mar atingiu meu rosto, me fazendo despertar. As ondas arrebentavam lá embaixo, cortando o vento, como num chamado. E então começou de novo, aquele ruído seco de estalo. Parei e olhei na direção do mar; o som estava mais alto ali, bem mais alto, perfurando meus ouvidos e descendo por minha espinha.

– Uff!

Alguém trombou em minhas costas, tropeçando.

– Por que você parou?! – gritou Rochelle. – Sua tonta!

Ela se levantou, com uma carranca na expressão já azeda.

– Desculpe, Rochelle, eu…

– Vamos, meninas! – ordenou a senhorita McDonald, passando por nós. Devia ser a terceira volta dela ao redor do colégio.

Rochelle passou por mim com um grunhido, quase me desequilibrando para fora do caminho, enquanto aquele som ainda ressoava em meus ouvidos.

Olive colocou o braço sobre meus ombros e me guiou para a caminhada.

– Vamos, já estamos em último.

Nós pulamos, corremos um pouco e voltamos a caminhar. Meu corpo simplesmente não funcionava com a facilidade das outras meninas. Para mim, aquele exercício era um esforço. Eu pisava duro, como um bebê elefante faminto. Quando terminamos de dar a volta no prédio da escola, estávamos congeladas até os ossos e tremendo sob o ar marinho salgado. Nosso aquecimento teria sido bem mais eficaz se praticado em ambiente fechado. Corremos para dentro para fugir do frio e paramos. As duplas já estavam formadas e já haviam começado a jogar.

– Bem-vindas de volta! – exclamou a professora, de uma das quadras, balançando uma raquete como se fosse um facão.

– Última quadra, meninas! Suas adversárias estão esperando.

Fomos mancando até o fundo do ginásio, cheias de bolhas nos pés e alquebradas em consequência do exercício de aquecimento.

– Droga – resmungou Olive.

Como sobreviver a um filme de terror

Ergui a cabeça e vi Rochelle e Gabrielle sentadas na parte lateral da quadra com as pernas esticadas, as raquetes no chão e falando animadamente sobre o aparente salto de Hannah do alto do penhasco.

Um calafrio percorreu minha espinha.

– Até que enfim! A aula está quase acabando – provocou Gabrielle, olhando para nós.

– Que ótimo! – murmurou Olive, abaixando-se para pegar uma raquete. Rochelle sorriu.

– Essa partida vai ser moleza.

Pela primeira vez na vida, achei que ela tinha razão. Ela jogou a bola para o alto e em seguida a golpeou com a raquete, diretamente na minha direção. Dei um gritinho e me desviei.

Elas riram. Como eu detestava educação física! Rochelle jogou outra bola.

– Não é a nossa vez? – perguntou Olive.

A bola atingiu o braço dela.

– Aii!

– Ei! – gritei.

– O que está acontecendo aqui? – quis saber a senhorita McDonald, aparecendo atrás de Rochelle.

– Eu dei o saque, mas ela se virou e começou a conversar com a amiga. A culpa não é minha se a bola bateu no braço dela.

Antes que a senhorita McDonald pudesse responder, um barulho alto de metal caindo e corda se desenrolando ecoou dentro do ginásio.

– Cuidado com as redes! – ela gritou, marchando pelo corredor.

– Seu saque – disse Rochelle, jogando uma bola para mim.

A bola passou direto por mim e bateu na parede. Corri para pegá-la e consegui tropeçar no saco de raquetes que estava ali do lado. Voltei meio sem jeito para a quadra.

– Saque! – gritei, assustando Olive. Joguei a bola para o alto e dei impulso com a raquete, errando completamente a bola.

Gabrielle riu.

Tateei no chão à procura da bola, mas de repente ouvi de novo aquele som.

Pop. Crec. Tloc.

Tentei bloquear.

– Saque! – Errei a bola outra vez. – Saque! – Errei de novo.

– Ei, você não tem todas essas chances, garota! – reclamou Rochelle, erguendo os braços. – Senhorita McDonald, elas estão trapaceando!

Pop. Crec. Tloc.

Eu não aguentava mais. Minha cabeça estava latejando.

Pop. Crec. Tloc.

– É a nossa vez agora! – exclamou Gabrielle.

Pop. Crec. Tloc.

Joguei a bola para o alto, gemendo de agonia conforme o som perfurava meus tímpanos. Por que aquilo não parava?

Pop. Crec. Tloc.

Golpeei a bola com a raquete, quase perdendo o equilíbrio. Finalmente acertei, e a bola voou pelo ar, passando por cima da rede e por Rochelle, atingindo em cheio o rosto de Gabrielle. Um grito grave cortou o ar, e um silêncio repentino pairou sobre as quadras. Deixei cair a minha raquete, que bateu no chão com um baque.

Ops...

A senhorita McDonald correu quando Gabrielle caiu e rolou para o lado, gritando e chorando. Rochelle ajoelhou-se ao lado dela e tocou gentilmente seu braço, simulando preocupação. Quando Gabrielle tirou as mãos do rosto, um filete de sangue escorreu do nariz dela.

A meu lado, Olive prendeu a respiração, produzindo uma exclamação abafada.

– Foi sem querer – choraminguei.

– Foi de propósito! – gritou Gabrielle, o sangue espirrando em suas mãos.

COMO SOBREVIVER A UM FILME DE TERROR

– Rochelle, leve-a para a enfermaria – instruiu a professora. – Meninas, chega por hoje. Tomem um banho rápido e sigam para suas aulas.

As alunas se dispersaram, algumas rodeando Gabrielle, que continuava sangrando e chorando, sentada no chão. Olive me cutucou e nos apressamos em direção à saída. Eu precisava de um chuveiro morno com urgência.

– Vocês duas, não! – chamou a senhorita McDonald. – Enquanto preencho o formulário de relatório de acidente para enviar aos pais de Gabrielle, vocês vão limpar as quadras.

– Tudo? – gemeu Olive, olhando em volta. – Mas... é hora do intervalo agora. Só temos vinte minutos até a próxima aula.

– Então vocês têm vinte minutos para limpar tudo e guardar os equipamentos no armário lá embaixo.

As últimas alunas saíram, com Gabrielle, que agora mancava como se tivesse machucado o pé, e não o rosto. Olive e eu suspiramos alto e ao mesmo tempo. Recolhemos as redes, pegamos as bolas e as raquetes e enrolamos as cordas do modo que julgamos adequado para o armazenamento. Olhei para o relógio. Faltavam cinco minutos para o fim do intervalo, o que significava que, quando terminássemos de guardar todos os equipamentos no armário, provavelmente não sobraria tempo para tomarmos banho e nos trocarmos, e teríamos que assistir à próxima aula suadas e com o uniforme de ginástica. Que ótimo!

– Desculpe, Olive – murmurei, enquanto arrastávamos o saco com as bolas e as redes pelo primeiro lance de escada, os suportes de metal das redes batendo com clangor em cada degrau.

– Tudo bem. Na verdade, foi divertido! Eu não esperava aquilo.

– Nem eu – falei, com um sorrisinho.

– Foi um saque e tanto!

– Espero que o nariz dela não tenha quebrado.

– Ah, ela vai ficar bem. Papai e mamãe vão pagar uma plástica para o narizinho del... uuff! – Olive colidiu com alguém e cambaleou contra o corrimão. Um dos suportes de rede escorregou para fora do saco e bateu com força no degrau de ladrilho.

– Cuidado, moças – disse o senhor Gillies, desviando-se de nós e subindo os degraus de dois em dois, seu enorme paletó de tweed quicando em suas costas.

Eu me inclinei e peguei o suporte antes que caísse por completo.

– O que ele está fazendo aqui?

– Não sei… se exercitando, será?

Entreguei o suporte para Olive, mas, quando ela o pegou, o saco escorregou de sua mão e todos os suportes se espalharam escada abaixo. Olive murmurou uma série de expressões que eu não sabia que faziam parte de seu vocabulário e foi descendo e recolhendo tudo, com ar de derrota. Ela equilibrou os suportes nos braços de tal maneira que caminhava como um personagem de *Hellraiser*, as extremidades afiadas raspando na parede.

Por fim, terminamos de descer o segundo lance de escada e carregamos a tralha toda pelo corredor, arrastando e arranhando. O suor escorria por nossas faces. O armário de equipamentos ficava no final do corredor, o único trecho onde não havia iluminação no teto. Olive largou tudo no chão, e o barulho ecoou pelo corredor deserto. Ela puxou a porta uma vez, duas.

– Está trancado. A senhorita McDonald te deu a chave?

– Não. – Puxei a maçaneta e senti a porta se mover de leve.

– Acho que está emperrada, aliás como tudo o mais nesta escola, incluindo as alunas. – Puxei com mais força. Finalmente a porta se abriu, e eu caí para trás.

O cheiro foi a primeira coisa que nos atingiu. Um cheiro podre, misturado com o de urina e algo doce e enjoativo, como baunilha. Em seguida o grito de Olive preencheu todo o ar, e meu coração disparou. Senti um peso me esmagando, como se houvesse algo pendurado em meus ombros. Quando foquei a vista, vi um par de tênis de ginástica, depois meias brancas,

COMO SOBREVIVER A UM FILME DE TERROR

e depois tornozelos nus acinzentados. Arrastei-me para trás, tremendo, quando a imagem inteira penetrou em minha consciência – o rosto sem expressão, os olhos arregalados, a língua saliente para fora da boca, o pescoço quebrado dobrado num ângulo estranho, envolto por uma corda. E o rangido de uma viga no teto quando o corpo de Sarah Keenan balançou à nossa frente.

Regra #8
ESPERE COISAS ESTRANHAS EM UMA BIBLIOTECA

Passamos o resto do dia na sala da diretora Blyth, bombardeadas por perguntas dela e do senhor Gillies, cujos olhos se tornavam mais escuros à medida que descrevíamos o corpo sem vida de Sarah. A senhorita McDonald recebeu imediatamente uma licença solidária, não só da escola, mas da ilha.

Assim como Hannah, Sarah Keenan era uma atleta ávida e capitã do time de netbol da escola. Grande parte das fotos no mural do ginásio era ou de Sarah ou de Hannah, ou de ambas juntas. Obviamente, o fato de duas meninas morrerem tragicamente na mesma semana, tendo como único fator comum a senhorita McDonald, era péssimo para a reputação do colégio, e a diretora Blyth passou mais tempo elaborando uma carta para os pais do que nos confortando. Havia também a questão de por que o armário – cheio de cordas e outros equipamentos – *não* estava trancado.

Desnecessário dizer que era muito improvável que a senhorita McDonald retornasse após o término da licença.

Quando o clima permitisse, um policial faria a travessia de balsa do continente até a ilha para um interrogatório mais minucioso, mas até lá não havia muito que pudesse ser feito. Olive e eu havíamos tido o azar de encontrar o corpo no armário. Não conhecíamos Sarah, não tínhamos ouvido nada fora do normal nem visto ninguém enquanto estávamos lá. Com exceção do senhor Gillies.

O Harrogate considerou o caso como outro "acidente trágico", um tipo de evento que estava se tornando rotineiro na ilha.

Finalmente, Olive e eu fomos dispensadas e nos separamos, ambas precisando de um tempo para processar o que havia acontecido, mais uma vez. Caminhei até o farol, com as gaivotas voando no alto, achando que eu tinha pão para elas, mas não tinha. Não sei o que Olive fez naquela tarde. Pouco nos vimos no restante do dia. Por volta das 17 horas, nos dirigimos ao refeitório, andando devagar como zumbis de *A noite dos mortos-vivos*, de modo quase automático e nos juntando às outras meninas. Pegamos as bandejas do rack de metal, entramos na fila, escolhemos qualquer coisa dos recipientes atrás do vidro e nos sentamos na primeira mesa vazia que encontramos. Ninguém se sentou conosco, o que era de se esperar. Éramos as meninas que haviam encontrado dois cadáveres no espaço de poucos dias.

O garfo de Olive caiu desajeitadamente na bandeja, batendo no prato e me fazendo ter um sobressalto. Olhei para o rosto pálido dela, os olhos fundos. A camiseta com motivo de *A hora do espanto* caía larga sobre seus ombros, os punhos cobrindo metade das mãos.

– Você conhecia Sarah Keenan? – perguntei por fim.

– Muito pouco. No começo ela estudava com as Elles. Depois foi da turma de Clara Richardson.

Olhei para a mesa de Clara. Ela e as amigas não tinham tocado na comida. Algumas estavam sentadas com a cabeça apoiada nas mãos, outras estavam estáticas, olhando para o nada.

– Acha que foi suicídio também?

– O que mais poderia ser?

– Não sei, mas é estranho… Dois suicídios em uma semana?

– Pode ter sido um pacto. Vi isso em um filme de terror, uma vez.

– Mas me parece que elas não andavam juntas, só nos esportes.

Olive deu de ombros.

– Como saber? Não estamos a par da socialização de todas as meninas.

– Tem razão – concordei, com o familiar som de plástico esmagado ecoando no fundo da minha cabeça. Era mais um incômodo do que uma distração agora, como um zumbido no ouvido. – Você não achou estranho o senhor Gillies estar nas dependências do ginásio? O que os esportes têm a ver com artesanato?

– Não sei, Charley – disse Olive baixinho, apoiando a cabeça nas mãos. Os cabelos cacheados cobriram seu rosto como um véu.

– Vamos.

Devolvemos nossas bandejas intocadas e saímos do refeitório, sentindo os olhares que nos seguiam.

– Não vou participar da vigília – anunciou Olive, quando as portas de madeira do refeitório se fecharam pesadamente atrás de nós.

– Nem eu. Não aguento outra cerimônia como aquela e o discurso de Rochelle.

– Eu não consigo lidar com outra morte – ela choramingou, com os lábios trêmulos.

– Eu sei. – Passei o braço sobre os ombros de Olive e apertei de leve.

Ela enxugou uma lágrima com a manga.

– Filme e pipoca hoje à noite?

– Eu adoraria, mas tenho de entregar o trabalho de inglês amanhã, e não consigo sair do primeiro parágrafo.

– Quer que eu te ajude? – Olive se ofereceu. Ela provavelmente concluiu o inglês avançado com dez anos de idade.

– Eu adoraria, e agradeço, mas tenho de recusar, porque, com a nossa atual maré de sorte, seríamos pegas.

COMO SOBREVIVER A UM FILME DE TERROR

– Tem razão. Bem, mas eu vou com você, assim você não tem de ficar sozinha em uma biblioteca tenebrosa – disse ela, andando ao meu lado no corredor.

Chegamos à biblioteca nos fundos da Ala Elizabeth no instante em que o sino tocou, dando tempo às alunas para devolverem suas bandejas e irem se arrumar para a cerimônia de vigília. A sala da senhorita Blyth estava escura. Provavelmente ela já estava no convento, ensaiando um segundo discurso fúnebre. Eu esperava que fosse o último. Com os alunos do Eden e as alunas do Harrogate, mais os professores e funcionários, era improvável que nossa ausência fosse notada, a menos que alguém procurasse especificamente por nós.

Empurramos a porta da biblioteca, aliviadas ao encontrá-la deserta. A luminária estava acesa sobre o balcão da bibliotecária, coberto de livros abertos, capas de proteção que ela estivera limpando e uma caneca de café com a inscrição: "Livros Demais ou Poucas Prateleiras?".

Os tapetes no piso de mogno escuro eram velhos, com as bordas desfiadas. A biblioteca era pequena em comparação com as do continente, mas bem preservada e perfeita para fotos, com escadas espirais de ferro para o mezanino, onde ficavam os clássicos e as edições raras.

Os nossos livros ficavam embaixo. Qualquer título que quiséssemos ler por lazer tinha de ser especialmente solicitado do catálogo principal, e o senhor Terry trazia de barco. Eu havia pedido o livro mais recente de Stephen King logo no início do ano letivo, mas depois de dois meses ainda não o recebera. Era a eficiência do correio na ilha.

– Vou procurar um livro sobre termodinâmica – disse Olive, dirigindo-se para os computadores de catálogo. – Me avise quando for hora do filme com pipoca.

Eu assenti e continuei caminhando sozinha para o coração da biblioteca, pisando devagar e com cuidado para não fazer barulho, caso não fôssemos as únicas que resolveram faltar à vigília naquela noite. Minha mochila estava pesada com um volume gigantesco da coletânea das obras de Jane Austen, e eu a coloquei sobre uma das mesas. Todas as luminárias para leitura estavam acesas, já que eram operadas por um interruptor geral atrás do balcão da bibliotecária. A atmosfera era pacífica, com todo mundo ausente do colégio – um silêncio e uma calma que somente uma biblioteca pode proporcionar. Dali eu podia ver o brilho dourado das luzes do convento tremulando através dos amplos vitrais no fundo da biblioteca. Era possível distinguir a antiga construção maçônica no alto da colina através da combinação de luzes vermelhas, azuis e verdes, cruzando-se e fundindo-se para reproduzir o contorno da Virgem Maria. Os vitrais eram originais da construção do século XIII, e o conselho da escola felizmente os preservara. Notei o movimento, no caminho rochoso para o convento, das alunas a caminho da capela. Dali pareciam formiguinhas subindo em seu monte de terra.

O arrastar de uma cadeira interrompeu meu transe, e eu me virei assustada. Mas era Olive, que olhou para a porta com uma careta, esperando que alguém viesse nos repreender por estarmos ali. Mas ninguém apareceu. Felizmente, o corredor estava silencioso e ermo. Soltei o ar, aliviada, e me sentei, tirando o material da mochila. Abri a antologia e comecei a folhear o livro, determinada a anotar alguns pontos importantes. Qualquer coisa. Logo o arrastar do lápis no papel se fundiu harmoniosamente com o ruído dos galhos roçando nas janelas, sacudidos pelo vento – raspando, arranhando, como corvos à procura de comida.

Logo tomei consciência de outro som juntando-se à sinfonia dos galhos e folhas, adicionando seu próprio ritmo perturbador: *crec... tloc... pop.*

Estremeci. Não ouvia aquele som desde a tarde, mas agora ele voltara, me assombrando enquanto eu tentava desesperadamente terminar uma frase sobre o senhor Darcy.

Crec. Tloc. Pop.

Suspirei e larguei o lápis. Como eu poderia me concentrar com aquilo me atormentando? Os computadores de catálogo na mesa da frente estavam inoperantes, somente um ainda ligado com a recente pesquisa de

COMO SOBREVIVER A UM FILME DE TERROR

Olive. Olhei em volta à procura dela, mas os corredores estavam desertos, iluminados apenas pelas luminárias das mesas e pelo luar que lançava reflexos vermelhos e verdes através dos vitrais. Levantei-me e fui procurar a seção de livros científicos, começando a caminhar pelo corredor mais próximo. Meus passos soavam pesados e pareciam reverberar por todo o recinto da biblioteca.

– Olive? – chamei baixinho.

Mas a biblioteca estava mergulhada no silêncio; a única resposta que obtive foi o uivo do vento lá fora.

– Olive?

Crec. Tloc. Pop.

O ruído se repetiu, mas dessa vez havia algo mais, um segundo som, como um gorgolejo abafado. Não parecia distante nem parecia vir de fora. Vinha *de dentro* da biblioteca. De muito perto de mim.

Mas o corredor estava completamente deserto. Apenas os livros estavam ali, nas estantes empoeiradas. Estendi a mão para um livro grosso de capa dura e o retirei da prateleira, para espiar o corredor do outro lado.

Olhos azuis injetados de sangue apareceram na lacuna entre os livros.

Sufoquei um grito e caí para trás, contra a outra estante.

Mãos pálidas, com dedos nodosos e unhas longas e ensanguentadas se estenderam na minha direção pelo espaço vazio na prateleira. Em seguida um corpo emergiu da estante – cabelos escuros emaranhados, o rosto sem expressão, os olhos arregalados, a língua pendurada fora da boca e o pescoço quebrado envolto por uma corda.

Sarah Keenan.

Mas ela não estava morta. Estava ali, na biblioteca, tentando me alcançar. Ela abriu a boca para dizer algo, mas tudo o que conseguiu produzir foi o som de gorgolejo e engasgo. Senti a bile subir para a minha garganta, me queimando por dentro. Virei-me para correr e vi outro vulto na extremidade do corredor, bloqueando o caminho. Cabelos castanhos com grumos de areia, os membros retorcidos, metade do rosto mutilado, pedaços de carne pendurados por fiapos de pele. Um pequeno caranguejo empolei-rado no ombro.

– Hannah? – balbuciei e cambaleei para trás, caindo sentada.

Ela se aproximou de mim, braços e pernas se contorcendo e estalando à medida que se movia. Então compreendi a verdade... Aquele barulho de estalo, de algo sendo esmagado, era o som dos ossos de Hannah Manning se quebrando quando ela despencara para a morte.

Regra #9
EM CASO DE DÚVIDA, PROCURE ACONSELHAMENTO MÉDICO

Eu me encolhi na cama, segurando uma xícara de chá fumegante. Minhas mãos tremiam, e tive de tomar cuidado para não derramar chá nas cobertas. Olive colocou uma manta sobre meus ombros. Eu não estava com frio, mas não conseguia parar de tremer.

– Quer que chame a enfermeira? – perguntou ela, sentando-se do outro lado da cama.

– Não – murmurei com dificuldade. Minha garganta estava dolorida de tanto que eu havia gritado na biblioteca.

– O que aconteceu, afinal?

– Não posso dizer...

– Por quê? Conte para mim.

– É muito... louco.

– Esta semana inteira foi louca... cadáveres, polícia... eu aguento, pode confiar.

Respirei fundo, sentindo os ombros doloridos de tensão.

– Eu vi... *umas coisas.*

– Na biblioteca?

Assenti com a cabeça.

– O que você viu? – Olive se moveu para mais perto.

– Eu vi... eu vi... – minha voz morreu na garganta. Eu não sabia como contar.

– Fale...

– Eu vi Hannah Manning e Sarah Keenan.

Olive recuou, com o cenho franzido.

– Você quer dizer que viu as duas na semana passada?

– Não, quero dizer que vi as duas *hoje* na biblioteca.

– Mas... elas estão mortas, Charley.

– Eu sei, e foi assim que eu as vi. Hannah com os ossos quebrados, e Sarah com a corda no pescoço e a língua para fora. Estavam exatamente do jeito como as encontramos.

Olive engoliu em seco.

– Acho que... vou vomitar – disse ela, correndo para a pia do nosso quarto.

– Me desculpe – murmurei, saindo da cama. – Não foi minha intenção ser tão explícita. Eu só queria explicar o que vi.

Olive lavou as mãos e o rosto, enxugou-se com a toalha e cambaleou até sua cama.

– Amanhã eu limpo tudo.

Fiz uma careta e me joguei de volta na cama, ouvindo passos e vozes do lado de fora da janela.

– A vigília deve ter acabado – falei, olhando para os penhascos atrás das árvores onde Hannah havia caído ou se jogado. Eu não sabia.

Olive estava deitada na cama com as pernas abertas, ainda vestida.

– Olhe, dependendo de como você estiver se sentindo amanhã de manhã, vá até a enfermaria antes do café. Converse com a enfermeira Clare – disse ela.

COMO SOBREVIVER A UM FILME DE TERROR

– Sim, boa ideia.

Deslizei para debaixo das cobertas, cansada demais para trocar de roupa, e olhei para o teto branco. Olive desligou o abajur na mesinha entre nossas camas e suspirou alto.

– Posso deitar na sua cama? – perguntou.

Sem dizer nada, me afastei para o outro lado e levantei as cobertas. Ela se deitou a meu lado e cobriu-se até o queixo.

– Você acha que elas sentiram medo antes de morrer? – perguntou.

Eu senti o cheiro de vômito, que vinha da pia e do hálito dela.

– Provavelmente.

– Fico pensando o que as levou a fazer isso. Sarah tinha namorado, boas notas, parecia uma menina feliz. Hannah também.

– Não sei.

– Você as está vendo agora? Elas estão aqui?

– Não – menti, olhando para as duas.

Estavam no pé da cama, lado a lado, os olhos vazios, as faces fundas e alongadas, os cabelos desgrenhados. Os corpos retorcidos enrolados um no outro enquanto me encaravam.

– Boa noite, Sullivan.

– Boa noite, Montgomery – respondi, abraçando o meu travesseiro, apavorada.

Observei-as a noite inteira, com medo de ter um tumor cerebral e não acordar se fechasse os olhos, e por outro lado aterrorizada que, se aquilo fosse real, os fantasmas tentassem possuir meu corpo, como em *Horror em Amityville*. Mas elas não se moveram. Ficaram ali paradas, fazendo sons estranhos, como estalos gorgolejantes. Levantei-me ao amanhecer, passei por elas com a cabeça baixa e saí silenciosamente do quarto. Fechei a porta sem fazer barulho para não acordar Olive, que dormia profundamente. A pia do quarto continuava suja.

SCARLETT DUNMORE

Os corredores estavam em silêncio, a claridade suave da aurora atravessava as janelas e incidia nas paredes e no piso. Eu estava usando apenas calça legging e uma blusa de malha, e, quando cruzei o pátio para a Ala Elizabeth, a brisa fria da manhã me atingiu em cheio. O chão estava frio sob meus pés, e me arrependi de não ter calçado tênis em vez de chinelos para ir à enfermaria. Eu não tinha certeza se a enfermeira Clare estaria lá tão cedo, mas, como era sexta-feira e a semana havia sido atípica, imaginei que talvez já estivesse. Quando cheguei, a porta estava fechada e a sala estava às escuras. Sentei-me no chão e me encostei na parede, para esperar.

Esperei, e esperei, mas aparentemente a enfermeira Clare só começava o expediente depois do café da manhã, que por sinal eu estava perdendo. Quando ela por fim chegou, eu estava cochilando, com a cabeça apoiada na parede. Acordei com um sobressalto quando senti sua mão tocar meu ombro.

– Está esperando por mim? – perguntou ela.

A enfermeira Clare era mais jovem do que eu imaginara, não parecia muito mais velha do que as meninas do meu ano. Tinha cabelo castanho-claro e um sotaque acentuado, que não consegui identificar e que tive um pouco de dificuldade para entender.

Assenti e me levantei, seguindo-a para dentro da enfermaria.

Ela acendeu a luz, iluminando o grande armário de remédios e curativos, o refrigerador no canto e os quadros na parede descrevendo os primeiros sinais de doenças sexualmente transmissíveis. Senti-me subitamente enjoada.

– Como posso te ajudar? – Ela fez um gesto indicando uma cadeira.

Sentei-me, sentindo o corpo pesado pela falta de sono.

– Acho que tenho um tumor no cérebro.

– Por que acha isso?

– Porque estou tendo alucinações, vendo coisas que não existem.

– Entendi… Vou apagar a luz para te examinar, tudo bem?

Observei enquanto ela se sentava de frente para mim e se inclinava. Ela apontou uma espécie de lanterna para as minhas pupilas.

COMO SOBREVIVER A UM FILME DE TERROR

– Sente algum desconforto? Tem tido dores de cabeça?

– Não.

Ela apalpou meu pescoço à procura de gânglios.

– Febre? Náuseas?

– Não.

– Problemas com a fala ou com a visão? Dificuldades de memória?

– Não.

– Dores musculares, dormência, formigamento?

– Não, nada disso. Só estou vendo coisas.

– Que tipo de coisas?

O sino tocou lá fora, ecoando nos corredores.

– Pessoas mortas – falei baixinho, sentindo-me como o menino de *O sexto sentido*.

Ela se reclinou na cadeira.

– Fantasmas?

Assenti com a cabeça.

– Que tipo de fantasmas?

– Humm… do tipo comum, acho.

– Fantasmas de alguém conhecido?

– Bem… de alunas mortas.

A enfermeira respirou fundo e levantou-se para acender a luz.

– Como é mesmo o seu nome?

– Charley Sullivan. Sou do terceiro ano do Ensino Médio.

– Você é uma das meninas que encontraram os corpos, não é? De Sarah e Hannah?

Respondi que sim.

O som de passos ecoou lá fora, conforme as alunas se dirigiam apressadas para as salas de aula, sem dúvida gratas por ser sexta-feira. Em duas semanas seria o baile de Halloween, quando a escola abriria as portas para os alunos do Eden, como se fosse a única vez que os meninos adentravam o Harrogate. Bailes, formaturas, reuniões sociais de qualquer tipo não eram a minha praia, não mais, mas o Halloween sem dúvida era. E, como eu ainda não havia tido coragem de convidar Saoirse, Olive seria meu par. A fantasia era opcional, mas eu iria como a protagonista de *Carrie, a estranha*, e Olive, como Freddy de *A hora do pesadelo*. Ela havia cortado uma velha camiseta listrada com uma tesoura de cabelo, mas ainda não sabia como iria simular as lâminas nos dedos. Todas as ideias que ela tivera até então eram motivo para expulsão ou caso de polícia e prisão.

– Charley – começou a enfermeira Clare –, o que você e sua colega testemunharam abalaria qualquer pessoa mais velha, até um professor, imagine meninas da sua idade. Vocês encontraram os corpos de suas colegas, duas em uma semana! O que você está vivenciando é completamente normal.

– É?

– Sim. É uma forma de transtorno de estresse pós-traumático, porque o que vocês passaram foi muito traumático. É normal que o seu emocional e o seu corpo ainda estejam se recuperando e que você tenha experiências estranhas, como alucinações, insônia e tudo o mais.

– Mas parece tão… real! Eu as sinto do meu lado, escuto os barulhos que elas fazem e os ossos delas se quebrando. Sinto até o *cheiro* delas, senhorita Clare.

– O que você está descrevendo não é muito diferente do que um combatente sente depois de uma guerra.

Os corredores voltaram a ficar em silêncio, sem o som de passos. A luz do sol atravessou a janela da enfermaria, iluminando o piso de madeira e as gavetas do arquivo ao lado da geladeira.

– Na próxima vez que você vir um desses fantasmas, quero que olhe nos olhos dele e diga "Você não é real".

– Tudo bem.

Ela sorriu, o primeiro sorriso sincero que eu via de uma funcionária do Harrogate e que estranhamente me fez lembrar de minha mãe. Como se lesse meu pensamento, ela franziu a testa.

– Acho que devo ligar para sua mãe.

COMO SOBREVIVER A UM FILME DE TERROR

– Não, por favor... Ela entraria em pânico. Quero que este ano transcorra com suavidade no Harrogate.

– Está bem, mas venha conversar comigo sempre. Posso organizar um aconselhamento para você e sua amiga a qualquer momento.

– Farei isso – respondi, levantando-me da cadeira.

– E vou lhe dar um atestado dispensando você das aulas de hoje. Na minha opinião profissional, você precisa de um dia de folga, na cama, de pijama, assistindo a filmes e comendo tranqueiras. – Ela abriu uma gaveta, pegou uma barra de chocolate e estendeu-a para mim.

– Isso não será nem um pouco difícil de fazer! – Sorri e aceitei o chocolate, repetindo: – Fantasmas não são reais.

Regra #10
EVITE SUBIR NO TELHADO EM DIAS DE CHUVA

Fantasmas eram reais.

Na verdade, a mutilada Hannah e a estrangulada Sarah estavam sentadas de frente para mim na mesa do refeitório, enquanto os flocos de milho em meu prato iam ficando encharcados e cada vez menos apetitosos. Eu estava tomando o café da manhã com meninas mortas.

– Feliz Sábado de Assassinato! – exclamou Olive atrás de mim.

Eu me assustei e esbarrei no prato, derramando flocos de milhos e leite sobre a mesa.

– Desculpe, não queria te assustar – disse ela, apressando-se a pegar um guardanapo para limpar a mesa.

– Tudo bem. Eu é que estou nervosa.

– Como está se sentindo hoje?

Olhei para o meu prato, onde os flocos de milho absorviam o leite e se expandiam, subindo pelas bordas.

– Humm... não muito bem.

COMO SOBREVIVER A UM FILME DE TERROR

Olive pousou a mão em meu ombro.

– Olhe, Charley, esta semana foi difícil. Encontramos duas pessoas mortas! A maioria das pessoas nunca encontra nenhuma, e nós encontramos *duas*!

Sim, e naquele momento elas estavam sentadas comigo à mesa do café da manhã.

– Ninguém vai condenar você por... ver coisas – continuou ela.

– Não são alucinações. Elas estão *aqui*.

Olive olhou em volta, apreensiva.

– Como assim? Aqui... *aqui*?

– Sim, *aqui*. Aqui mesmo. – Apontei para a cadeira vazia do outro lado da mesa.

Olive estremeceu e contornou a mesa.

– Aqui? – ela perguntou, movendo o braço através do pescoço quebrado de Hannah.

Eu engoli em seco, sentindo uma onda de náusea. Olive sentou-se na cadeira, em cima do corpo sem vida e descolorido de Sarah.

– Charley, não tem nada aqui... Estas cadeiras estão vazias. Aquelas meninas morreram, não vão voltar. Estão debaixo da terra em algum lugar do continente. – Ela fez uma pausa. – Ou estão no freezer, junto com as iscas de peixe.

Hannah virou-se para ela com expressão zangada. Eu me inclinei para a frente, arrepiada da cabeça aos pés. Elas podiam nos ouvir?!

– Oii... Charley?

– Desculpe. – Balancei a cabeça, sentindo a mente enevoada. – Acho que vou ao culto amanhã de manhã.

Olive olhou para mim surpresa, segurando uma torrada a meio caminho da boca.

– O quê?

– Acho que estou precisando.

Olive mordeu a torrada.

75

– Não vai se converter a uma nova religião, nem iniciar uma seita, vai?

– Não, vou só rezar um pouco. Vai me fazer bem. Na capela a gente se concentra melhor.

Engoli o que restava do meu café, a única xícara que tínhamos permissão para beber por dia, e segui Olive para fora do refeitório.

– Ainda teremos nosso Sábado de Assassinato à noite, certo? Se você concordar, pensei em algo mais leve, o que acha? Mais para o lado do humor, como *Todo mundo quase morto* ou *Zumbilândia*?

– Claro – murmurei, olhando para trás para ver se os fantasmas estavam nos seguindo.

– Que inveja, viu... eu também deveria ter ido falar com a enfermeira Clare ontem, para ser dispensada das aulas – continuou ela. – O que você assistiu?

– Hum. – Olhei novamente para trás e vi a mão magra de Hannah aparecendo na parede, arranhando a tinta, os dedos curvados como que me chamando.

– Charley?

– Ahn... Eu vi *Sobrenatural*.

– Mais inveja ainda!

Enquanto Olive discorria sobre inibição de memória e possessão demoníaca, eu me vesti para passar o dia, trocando os chinelos por tênis de cano alto. Os sábados no Harrogate eram movimentados, considerando-se que os fins de semana deveriam ser nosso "tempo livre". A maioria das alunas era encorajada a praticar alguma atividade, como jardinagem, arco e flecha, dança, arte, ciência e tecnologia, redação criativa ou culinária. Eu tentei redação criativa quando entrei no colégio, mas, depois de escrever um conto sobre um assassino em série que usava máscara de hóquei branca e comia o coração de suas vítimas, fui dispensada da classe. Em seguida, acidentalmente ateei fogo ao avental de uma menina na aula de culinária enquanto tentava fazer um suflê, torci o tornozelo em um carrinho de mão na jardinagem e, compreensivelmente, não me deixaram fazer teste para

COMO SOBREVIVER A UM FILME DE TERROR

arco e flecha. Então, no momento, Olive e eu passávamos os sábados pintando adereços de palco para o Clube de Teatro. Olive já havia feito três testes, mas ainda não fora selecionada para nenhum papel.

Particularmente, achava a interpretação dela do monólogo de Hannibal Lecter de *O silêncio dos inocentes* bem impressionante. O sotaque sulista ainda precisava ser praticado, mas eu esperava que ela conseguisse aperfeiçoá-lo a tempo para o próximo teste.

Enquanto Olive terminava as folhas do que eu achava que era para ser uma árvore, mas parecia mais o Geleia de *Os caça-fantasmas*, eu aplicava lantejoulas em uma cortina usando cola em bastão, tentando não olhar para Sarah e Hannah, que estavam pairando ao lado de um cachorro de isopor como se quisessem acariciá-lo.

– As lantejoulas não estão colando – reclamei, pegando mais uma que havia caído em cima do meu tênis, o suor escorrendo em minha testa.

– Está quente demais aqui. – Olive ofegou. – Esta pintura também não está secando, e acho que precisam para hoje à noite.

– Vamos levar lá para fora – sugeri. – O ar frio deve ajudar a secar a tinta e endurecer a cola.

Arrastamos uma cortina de três metros de comprimento e uma árvore de papelão pela porta dos fundos do ginásio, onde a turma da jardinagem tinha acabado de replantar as ervas da senhorita Blyth. Ela havia mandado cercar o canteiro com uma grade e instalar um portão com cadeado.

– Quanto tempo acha que vai demorar? – perguntou Olive, soprando a tinta. Lá em cima, o céu estava escuro e trovejando.

– Ah, não, só faltava chover agora!

Pegamos os adereços e os carregamos de volta, conforme pingos grossos de chuva começavam a cair.

– A tinta está escorrendo! – Olive choramingou, com o cabelo molhado caindo sobre o rosto.

Senti um puxão e caí para trás.

– Espere, acho que a cortina prendeu em um arbusto!

A chuva caía implacável, borrando a tinta de Olive, que se espalhava por cima da grama e pelo caminho. Em algum lugar atrás de mim, o som de ossos estalando e quebrando se misturava ao do vento e da chuva. Desajeitadas, puxamos a cortina com mais força.

– Vai rasgar! – avisei.

Tarde demais. Um som profundo de rasgo ecoou acima do da chuva e a cortina dividiu-se em duas. Então um grito agudo, de gelar o sangue, cortou o ar, cada vez mais alto. Um baque surdo nos assustou e caímos sentadas na grama molhada.

Quando olhamos, ainda agarradas à cortina rasgada, vimos o corpo de uma aluna, arqueado para trás, empalado pelo torso em uma das estacas da grade cerca nova da diretora Blyth. Um filete de sangue escorria de sua boca em cima do tomilho-limão.

Olive e eu gritamos em uníssono enquanto saíamos correndo, começando em um contralto baixo e terminando em um soprano alto quando entramos no ginásio.

– U-u-um-c-c-co… – Olive gaguejou, agarrando o braço da senhorita Evans, coordenadora do Clube de Teatro.

– Um corpo! – gritei, e ouvi pincéis e adereços caindo no chão.

Um silêncio opressivo pairou no ginásio, como a névoa espessa de um livro de Stephen King, conforme as alunas debatiam se aquilo seria uma ideia distorcida nossa de brincadeira de mau gosto ou se éramos azaradas a ponto de nos deparar com um terceiro cadáver naquela semana.

Nós *éramos* azaradas a esse ponto.

Um pequeno grupo de meninas correu para fora, deixando a porta aberta e a chuva entrar. No instante seguinte, os gritos delas superaram o barulho da chuva, do vento e dos trovões, quando voltaram correndo.

– Socorrooo! Mais uma menina morta!

O caos irrompeu no recinto. Recortes de papelão retratando casas vitorianas foram jogados para o lado, enquanto todo mundo corria para a segurança do prédio principal. Glitter, lantejoulas, tintas, latas de spray,

COMO SOBREVIVER A UM FILME DE TERROR

todos os suprimentos emprestados da oficina de artes se espalharam pelo chão, escorrendo, derramando-se por todo lado. As araras de fantasias foram derrubadas, e cartolas, espartilhos, sombrinhas e estolas emplumadas foram pisoteadas no meio da correria, algumas das peças se enroscando nos pés de uns e outros, fazendo-os tropeçar. E os gritos! O drama estava instalado no Clube de Teatro. Olive e eu ficamos paradas no meio do ginásio, observando o desenrolar da cena de pânico, sem saber se estavam correndo por causa do cadáver lá fora ou fugindo de nós. Cerca de quinze minutos depois, estávamos sentadas na sala da senhorita Blyth, tremendo de nervosismo e de frio em nossas roupas molhadas.

– O que aconteceu desta vez? – perguntou o senhor Terry, entrando com as roupas encharcadas depois de sair para cobrir o corpo da menina com um lençol. A diretora Blyth estava com ele, falando ao celular com a polícia do continente. De novo.

– Nós fomos lá fora para terminar os adereços… – comecei.

– Estava muito quente lá dentro – explicou Olive, trêmula.

– E começou a chover de repente…

– Ficamos ensopadas.

– Quando estávamos voltando, ouvimos…

– Um grito horrível!

– E foi quando a vimos na cerca…

– Ela caiu em cima da cerca! A cerca do canteiro de ervas! – gritou Olive, segurando com força a mão da senhorita Evans.

– Acalme-se, senhorita Montgomery – disse a senhorita Blyth, ainda ao celular.

– Foi tudo o que vimos, diretora. Ouvimos o grito e em seguida vimos o corpo em cima da grade. Ela morreu imediatamente, não havia nada que pudéssemos fazer – acrescentei, sentindo-me um pouco mais calma.

– Ah, Martin, aí está você. – A senhorita Blyth suspirou.

O senhor Gillies estava parado na porta, o cabelo e a capa de chuva molhados.

– Onde você estava? – perguntou ela, gesticulando para que ele se aproximasse.

– Acabei de saber – disse ele, sacudindo a chuva do colarinho.

Olhou para mim e para Olive com expressão sombria e foi para perto da senhorita Evans, que estava sentada ao lado do arquivo com o rosto manchado de rímel. A senhorita Blyth disse mais alguma coisa ao telefone, despediu-se e desligou.

– A polícia virá para cá no próximo barco. Enquanto isso, quero todas as alunas dentro da escola pelo resto do dia. Teremos toque de recolher até amanhã de manhã. As funcionárias farão vistoria nos dormitórios, começando pelos das amigas de Meghan.

– Meghan? – perguntou Olive.

– Meghan Fraser. Estava na nossa aula de física, Olive.

– Ah.. eu… não a reconheci – ela choramingou, enxugando uma lágrima.

– Os pais de Meghan terão muitas perguntas a fazer, bem como as alunas, e tentarei responder a todas do melhor modo possível, assim que soubermos por que Meghan pulou.

– Pulou? – perguntei, com uma ruga na testa.

– Por que outra razão ela subiria no telhado? – observou o senhor Gillies.

Outra vez… *outro* suicídio?

Levantei-me devagar, com todos os olhares voltados para mim.

– Podemos ir para o quarto? – pedi, ansiosa para sair dali.

– Claro que sim – respondeu a diretora Blyth. – Avisem-me se precisarem de algo, ou chamem alguma funcionária. Ou se tiverem algo para contar.

O modo como ela falou fez meu estômago se contrair. Era como se ela esperasse que admitíssemos algo, como se achasse que estávamos envolvidas de alguma maneira. Que tínhamos participação naquelas mortes.

Assenti com a cabeça e gesticulei para Olive vir comigo. Atravessamos os corredores mergulhados no silêncio, com todas as alunas em seus quartos, tentando processar os acontecimentos. Nosso quarto estava frio quando

COMO SOBREVIVER A UM FILME DE TERROR

entramos, e de repente tudo pareceu estranho para mim. A cama não estava convidativa, as roupas espalhadas não pareciam minhas, nem tampouco a pilha de DVDs e os livros de Stephen King em cima da cômoda. Tudo parecia diferente, vazio.

Estremeci e peguei uma toalha.

– Vou tomar um banho – falei para Olive.

– Eu também.

Caminhamos lentamente até o banheiro e acendemos as luzes, que piscaram algumas vezes antes de iluminar as pias, os espelhos e os secadores de cabelo. Os chuveiros, desertos àquela hora da tarde, ficavam atrás de uma área de vestiário com bancos e ganchos na parede. Cada cubículo era fechado por uma cortina branca para privacidade. Tirei minhas roupas molhadas no vestiário, me enrolei na toalha e entrei no primeiro cubículo. Abri a torneira e ergui o rosto para sentir a água quente cair sobre meu cabelo, meus ombros, minhas costas, acalmando meu coração acelerado. Quando finalmente abri os olhos, minha visão lateral captou uma sombra indefinida no canto do boxe. Prendi a respiração.

Havia alguma coisa ali no chuveiro.

Esfreguei o rosto e olhei para o lado, apavorada. Ali estava ela. Meghan Fraser. No canto do cubículo, de costas para mim, a água passando através dela, mas sem a tocar. Então ela se virou para mim. Havia sangue ao redor de sua boca, os olhos estavam injetados, e as costas estavam arqueadas em um ângulo estranho. Projetada de seu torso estava uma estaca de ferro, com um ramo de alecrim enrolado nela.

Eu gritei e cambaleei para trás, escorregando no chão molhado e caindo desajeitada, com as pernas para cima. Os olhos de Meghan se arregalaram em uma expressão de medo e perplexidade. Ela uniu as mãos sobre o peito e gritou também, com o pescoço inclinado para trás. Cobri a boca com a mão para abafar meu grito, mas Meghan continuou chorando, sua voz reverberando nas paredes do boxe. Várias oitavas depois, ela parou e me encarou, eu ainda esparramada no chão.

– Você não é real... Você não é real... – repeti várias vezes, forçando minhas costas a deslizarem para cima contra a parede até ficar em pé, com as pernas tremendo.

– Charley? – chamou Olive de outro cubículo. – Está tudo bem?

– Não é real, não é real, não é real – continuei repetindo, enquanto corria para fora do boxe e do banheiro, sentindo o ar frio do corredor atingir meu rosto molhado. Cobri-me com a toalha até chegar ao dormitório, sem parar de repetir que não era real.

Meghan me seguiu, trôpega.

– Espere! Ainda estou dolorida do treino de sexta-feira! Foi dia de exercitar as pernas! – disse ela atrás de mim.

– Você não é real! – gritei para o corredor, antes de fechar a porta do quarto com força e me jogar na cama de barriga para baixo e afundar o rosto no travesseiro.

82

Regra #11
SE A DÚVIDA PERSISTIR, PROCURE ACONSELHAMENTO RELIGIOSO

No domingo de manhã, o toque de recolher foi suspenso, mas nos corredores soavam rumores sussurrados de um pacto de suicídio. Um pacto que envolvia a mim e Olive.

A aparente conclusão era de que éramos as supervisoras do pacto e que estávamos presentes em cada um para garantir que os suicídios fossem executados com sucesso, talvez até para terminar o serviço caso houvesse alguma chance de sobrevivência.

A imaginação das meninas era mais fértil do que eu imaginava.

Durante o café da manhã, todo mundo olhava para nós. Olive bebeu seu café com goles lentos, ainda em choque pelo acontecimento da véspera e exausta por mais uma noite maldormida, me ouvindo dizer a todo momento "Você não é real". Minha garganta estava dolorida depois de tanto eu gritar no dia anterior. E agora eu tinha *três* fantasmas sentados comigo, sendo que um deles falava. A mesa estava começando a ficar lotada.

– Você ainda tem intenção de ir ao culto? – perguntou Olive.

Assenti com a cabeça, com a certeza de que precisava mais do que nunca ir à igreja.

– Quer que eu vá com você?

– Não precisa, tudo bem. A menos que você queira ver Thomas.

– Não, hoje não posso.

– Por quê?

– Estou com uma espinha enorme no nariz. Não é um dia bom. – Ela fez beicinho.

– Tudo bem, então. Pelo menos você terá algumas horas de paz para pôr em dia suas leituras de francês para a próxima semana.

A maioria das alunas fazia aula de um idioma, mas Olive fazia três. Era ótima em francês, alemão e latim. Entre as três línguas e física, química e matemática, todas no nível avançado, sua carga de estudo era dez vezes maior que a minha. Da minha parte, tudo o que eu havia feito naquela semana fora entregar um trabalho medíocre de inglês, certamente um fracasso, mas a senhorita Evans foi compreensiva, sabendo o que eu havia passado nos últimos dias, e me concedeu uma nota suficiente.

Voltamos para o quarto depois de tomar um mingau grudento. Enquanto Olive se aconchegava na cama com um livro de Voltaire e um saco de salgadinhos, eu me vesti para ir ao culto.

O ar estava fresco e seco, mas a grama ainda estava molhada pela chuva da véspera, então segui pelo caminho de seixos, que serpenteava para a esquerda, passando pelos fundos da biblioteca, cujos vitrais refletiam a luz do sol da manhã. Contemplei o mar azul-turquesa do Atlântico Norte. Imaginei se do outro lado do oceano as pessoas faziam alguma ideia do que estava acontecendo naquela ilha, se ficaram sabendo das notícias, ou se tudo estava sendo abafado para não prejudicar a reputação do Harrogate. Eu apostaria nesta última hipótese.

Uma lufada de vento frio me fustigou, e estremeci. Ouvi os familiares estalos e lamentos de Hannah atrás de mim, e os chiados e gorgolejos de Sarah, sabendo que as três estavam me acompanhando.

– Você não pode nos ignorar para sempre – disse Meghan.

Por que ela tinha que falar, caramba?! Cobri os ouvidos com as mãos e continuei a caminho do convento, mas ela começou a gritar, cada vez mais alto.

– Eu sei que você me ouve!

– Você não é real – murmurei baixinho, ainda tapando as orelhas.

Então ela começou a dançar à minha volta, circulando os braços no ar, a haste de ferro espetada em seu peito. Eu a ignorei e tentei me concentrar no caminho, no som do cascalho sob meus pés.

Meghan abriu a boca e começou a projetar sons vocais no denso ar marinho, trinados labiais e fonemas trava-línguas estranhos. Pressionei as orelhas com mais força, desesperada, com medo de ter aquelas visões para o resto da minha vida, de ouvir aqueles sons de estalos e engasgos, pensando como seria se Meghan decidisse praticar seus aquecimentos vocais às duas da madrugada, depois de tantos meses de treino no Clube de Teatro. E se isso acontecesse? Será que eu seria obrigada a usar fones de ouvido o tempo todo, para sempre? Não era possível...

Meghan começou a acenar as mãos grandes na frente do meu rosto, dificultando a minha caminhada. Eu não conseguia enxergar direito através delas e comecei a tropeçar nas pedras e, aos poucos, a me desviar do caminho.

– Pare! – exclamei, me desequilibrando. Não conseguia enxergar mais nada à minha frente; tudo o que eu via era Meghan com aquela estaca atravessada em seu corpo. – Vá embora! – Eu me inclinei para a frente.

De repente, duas mãos me agarraram pelos ombros, impedindo que eu caísse. Eu gritei e tirei as mãos das orelhas. Olhei para baixo, o vento açoitando meu rosto. Eu estava longe do convento e perto demais da beira do penhasco. Mais um passo e eu teria caído nas pedras lá embaixo e quebrado o pescoço, como Hannah Manning. Talvez então eu também virasse um fantasma e viesse assombrar Olive, e talvez a enfermeira Clare, para provar que fantasmas são reais. E Rochelle também, com certeza. Só por diversão.

Lá embaixo o mar se agitava, ameaçador. As mãos delicadas me afastaram da beira do penhasco, e, quando me virei devagar, vi as mechas ruivas despenteadas pelo vento. Depois os olhos verdes e o nariz salpicado de sardas.

– Você estava andando muito perto da beirada! – disse Saoirse, por fim. A voz dela tinha uma cadência adorável, elevando-se levemente no final da frase, como uma escala tocada em um piano.

– Você está bem?

– Hum-hum… – Seria possível que aquela seria a nossa primeira conversa? Eu tinha que dizer algo interessante. – É que… tinha uma abelha me perseguindo – falei sem pensar muito.

Ela arqueou as sobrancelhas.

– Uma abelha?

– Sim, eu estava tentando afugentá-la e desviei do meu caminho.

– Por causa da abelha? – Ela olhou ao redor, procurando.

– Ela estava querendo entrar na minha orelha…

– Será que ela foi embora?

– Parece que sim.

– Que bom, assim você não vai cair do penhasco.

– Morta por ataque de abelha – falei em tom de riso e no mesmo instante desejei que o chão se abrisse e me engolisse.

– Está indo para a capela ou só passeando?

– Para a capela, sim. Estou precisando clarear a mente, depois dos últimos acontecimentos. – Dei de ombros, não querendo acrescentar que esperava me absolver dos meus pecados para parar de ser assombrada por meninas mortas.

– Eu vou com você.

COMO SOBREVIVER A UM FILME DE TERROR

Ela sorriu e eu sorri de volta, pensando se estava com alguma semente de framboesa nos dentes por causa da geleia que havia comido no café da manhã. Caminhamos lado a lado com passos lentos, retornando para o caminho de seixos, subindo a colina para mais perto das nuvens. Curiosamente, eu não ouvia mais os fantasmas, só os batimentos do meu coração.

– Meu nome é Saoirse – disse ela, quando o convento surgiu no horizonte.

– Eu sei. O meu é Charley.

– Você é nova no colégio, não é? Entrou neste ano?

– Logo antes do verão. Em maio, na verdade.

– Hum, época ruim para mudar de escola.

– Sim. – Eu sorri.

– Não deu para esperar até agosto?

– Minha mãe tinha pressa que eu viesse para cá.

Ela assentiu e chutou uma pedrinha no caminho.

– Ela arrumou um emprego novo – expliquei.

– Bem, eu estou aqui desde o princípio. Bem monótono...

– Como alguém que estudou a maior parte da vida em colégios mistos, posso garantir que você não está perdendo muita coisa.

Subimos os degraus para a capela e eu diminuí o passo, ansiosa para prolongar a conversa.

– Alguém da sua família estudou no Harrogate também?

– Não, só eu. Meus pais estudaram na cidade e se deram bem. Não sei direito por que vim para cá.

Chegamos à porta da capela e olhamos em volta. A maior parte dos bancos já estava ocupada. Procurei um lugar onde pudéssemos nos sentar juntas e continuar a conversar, talvez até combinar alguma coisa. Eu ainda precisava de um par para o baile de Halloween. Um par *de verdade*. Olive não contava.

– Onde quer se sentar? – perguntei.

– Saoirse!

Ergui o rosto e vi duas meninas do segundo ano acenando para ela do primeiro banco.

– Humm… – Ela olhou para mim e depois para as amigas.

– Pode ir – falei. – Não gosto muito de me sentar na frente. E nem sei se vou ficar até o fim, talvez eu saia no meio, então é melhor eu ficar mais para trás.

Ela assentiu.

– Bem, foi bom te conhecer, Charley. Fique longe das abelhas e das beiradas do penhasco.

Eu sorri, apreciando o senso de humor dela.

– Pode deixar.

Depois que Saoirse foi se reunir com o grupo na frente, eu me sentei na extremidade do último banco, sentindo o vento do oceano passar por baixo da porta e bater em minhas costas. Do outro lado da nave, avistei a figura esguia de Rochelle. Ela usava um vestido tão apertado que parecia uma pintura corporal feita na aula de artes. Ao lado dela estavam as outras duas Elles e dois meninos do Eden. Gabrielle riu alto quando um deles cochichou algo ao seu ouvido. Senti o perfume dela daquela distância e na mesma hora comecei a tossir. O fantasma Meghan me fez calar com um "shhh".

Com as gaivotas sobrevoando o telhado do convento, o culto começou. O pastor falou sobre as mortes de Hannah, Sarah e Meghan antes de derivar para uma discussão mais ampla sobre perda, vida e cura. Hannah flutuava no altar, com cara de choro, enquanto tentava tocar no ombro do pastor, e Sarah percorria a nave entre os bancos, olhando para os lados, como se procurasse seu namorado do Eden. Meghan, por sua vez, pairava no fundo da capela, praticando seus aquecimentos vocais, felizmente bem baixinho dessa vez.

Olhei várias vezes para o relógio durante o culto, perguntando-me como era possível que sessenta minutos parecessem seiscentos, até que, finalmente, terminou. Quando os alunos começaram a sair, ansiosos para

COMO SOBREVIVER A UM FILME DE TERROR

a rápida reunião do lado de fora antes de retornarem aos seus dormitórios, eu fingi amarrar o cadarço do meu tênis, retardando minha saída. Saoirse sorriu ao passar por mim, de braço dado com uma amiga. Acenei de leve. Depois que a última aluna saiu, levantei-me e caminhei lentamente até a frente da capela. Meus passos ressoavam na nave silenciosa, ecoando nas paredes de pedra e nas imagens esculpidas em pedra. Meu olhar encontrou o de um deles, um homem de barba curvado sobre um cajado, como um personagem de *O senhor dos anéis*. Os olhos dele pareciam me seguir conforme eu andava. Até que trombei nas costas do pastor.

Ele se assustou e virou-se para mim.

– Rostinho novo – disse por fim, dando um passo para trás.

Pensei em argumentar que não, que eu ia todos os domingos, mas me sentava nos fundos. Esse era o motivo de ele não me conhecer. Acabei concluindo que ele não acreditaria, então não menti.

– Desculpe-me por incomodá-lo, mas posso falar com o senhor um instante? Talvez no confessionário? Posso declarar meus pecados em voz alta, para que até os espíritos possam ouvir?

– Não temos confessionário aqui. Esta é uma congregação não denominacional – disse ele, gesticulando para os bancos vazios e as colunas de mármore.

Meus ombros se curvaram de desânimo. Aquela era a minha última esperança.

– Mas podemos nos sentar aqui mesmo e você me conta o que a está angustiando – acrescentou ele.

Concordei e sentei-me timidamente em um dos bancos ao lado dele.

– Eu… ahn… não sei direito como dizer… mas acho que estou sendo assombrada por fantasmas.

– Certo – ele murmurou baixinho. – Bem, os últimos dias no Harrogate não foram fáceis para vocês, meninas. É normal ter sensações e visões depois de uma experiência traumática.

– Sim, eu falei com a enfermeira e ela me disse a mesma coisa. Mas os fantasmas não vão embora; ao contrário, está cada vez mais difícil de serem ignorados, e eu fico pensando se a culpa é minha, se de alguma forma estou sendo *punida*.

Pensei na vida que eu tinha antes. Nos erros que cometi, os quais me assombravam à noite da mesma forma como os fantasmas estavam fazendo. Talvez fosse um carma, e talvez eu merecesse. Tudo mudou depois que meu pai morreu. Eu não sabia mais quem eu era, não queria sentir, então comecei a ir a festas, a beber. Depois vieram as drogas, os furtos, as mentiras. Eu estava entorpecida, e qualquer coisa que eu fizesse me ajudava, de um modo estranho e tóxico. Mas então fui pega, e presa. Certa noite, na cela do centro de detenção juvenil, eu *vi algo*. Algo que nunca contei a ninguém.

Eu vi meu pai.

Eu sabia que era loucura, porque meu pai estava morto. Mas eu vi. Tão nítido quanto as barras de aço da cela para menores onde me colocaram. Ele estava de pé no canto da cela, parcialmente oculto pelas sombras. Estava imóvel, com os olhos fixos em mim, suas mãos não mais tremiam de dor. Um som penetrou na cela por entre as barras. Era um bipe agudo, seguido por um som rítmico como o tique-taque de um relógio, e outro que parecia um sopro de ar descomprimido.

Foram esses os últimos ruídos que escutei no quarto de hospital onde meu pai estava ligado a monitores e aparelhos como um androide de um filme de ficção científica. Falei o nome dele em voz alta, e ele desapareceu. Sumiu. Nunca mais o vi depois disso. De vez em quando eu ouvia os sons – o bipe, o zumbido, o tique-taque –, mas nunca mais voltei a ver meu pai.

Fiquei sentada na cela por várias horas, envolta pelas sombras da noite, e pensei em minha mãe, sozinha, e sobre o futuro pelo qual meu pai trabalhava em dois empregos e que eu estava jogando fora. Na manhã seguinte, quando a polícia e a assistente social me ofereceram um acordo, eu aceitei. Respondi às perguntas deles, falei e falei. Falei tudo o que eu achava que poderia me tirar daquela situação. Mas não compreendia inteiramente

COMO SOBREVIVER A UM FILME DE TERROR

quais seriam as consequências, e as pessoas se voltaram contra mim, me acusaram de ser "dedo-duro". Ir à escola tornou-se insuportável depois disso, e de repente a vida em uma ilha isolada, longe das pessoas que me odiavam, pareceu bastante atraente.

– Se não adiantou você ignorar os fantasmas – continuou o pastor –, eu então sugiro que você *não* os ignore. Olhe para eles de frente, reconheça a presença deles, e eu diria inclusive para você perguntar o que eles querem. Talvez precisem de ajuda, da mesma forma que nós.

Pensei novamente em meu pai, lembrando-me da visão que tive na cela. Talvez não fosse alucinação, talvez eu tivesse mesmo o dom de ver, como o menino de *O sexto sentido*.

– Acha que devo conversar com os fantasmas que estou vendo?

– Até que enfim! – exclamou Meghan, do fundo da capela.

– Sim, por que não? – disse o pastor.

Assenti com a cabeça, sentindo um frio no estômago com a ideia de enfrentá-las, de olhar para elas sem gritar e acordar o colégio inteiro. Mas, se houvesse uma chance de elas desaparecerem a um estalar de dedos e irem embora na direção da luz, eu faria o que pudesse para isso acontecer.

– Obrigada – murmurei. – O senhor me ajudou muito.

– Ótimo. Até domingo que vem?

Fiz que sim com a cabeça e passei por ele para sair do banco. Depois voltei para o Harrogate correndo, com o vento atingindo meu rosto. Minhas pernas doíam do esforço inusitado em uma manhã de domingo, mas aguentaram. Quando entrei no quarto, fiquei aliviada ao não encontrar Olive. Ela devia estar estudando na biblioteca, então fechei a porta, puxei as cortinas e fiquei no meio do quarto. Respirei fundo, espalmei as mãos sobre o abdômen e me preparei.

O vento uivava do lado de fora, arranhando a janela como se quisesse entrar. Um zumbido surdo soou no meu notebook, ecoando pelo cômodo.

– Olá... meninas. Vocês estão aqui?

Um ruído no corredor me fez virar na direção da porta, e ouvi as vozes abafadas das alunas que se dirigiam para seus quartos. Quando me virei novamente, vi Sarah Keenan me encarando, os olhos arregalados e opacos, o pescoço quebrado pendurado em uma corda vermelha e um filete de sangue escorrendo para seu peito.

Ping. Ping. Ping.

Respirei fundo, sentindo meu estômago se contrair.

Meghan apareceu ao lado dela, com a estaca se projetando das costelas, o sangue manchando a camiseta branca com as palavras "Sonhe Alto" estampadas em amarelo.

– Ora, ora, vejam que decidiu falar conosco – ela falou com ironia.

Engoli em seco, sentindo um nó na garganta.

– Eu estava pensando... Por alguma razão que desconheço, só eu posso ver vocês, e, a não ser que eu esteja enlouquecendo ou que tenha um tumor no cérebro como suspeitei a princípio, isso deve significar que talvez somente eu possa ajudar vocês.

– O que está dizendo?

– Estou dizendo... e por favor não me façam me arrepender disso... estou dizendo que vou ajudar vocês. Vou ajudar vocês a encontrar o caminho da luz, ou seja lá o que for.

Os olhos dela brilharam e de repente o corpo de Hannah Manning apareceu a seu lado, o pescoço ainda retorcido da queda e algo dentro da boca que eu esperava que não fosse um caranguejo. Novamente meu estômago se contraiu. Engoli a bile que subiu à minha garganta e respirei fundo.

– Quer dizer que vai parar de nos ignorar? – perguntou Meghan.

– Sim... acho que sim.

– Legal.

– Legal – repeti.

Regra #12
EVITE ESCADARIAS DESERTAS

Eu me lembrava da travessia de barco no dia da minha chegada ao colégio, de como me senti com o continente ficando para trás e a ilha à minha frente – um pedaço escuro de terra projetando-se do Atlântico Norte. O Colégio Harrogate para Meninas se elevava no alto da falésia, ameaçador para quem olhava de baixo, como uma gárgula empoleirada em uma catedral antiga, com torres, vitrais, portões de ferro trabalhado e alvenaria marrom. A construção ficava tão perto da beira do penhasco que no início eu tinha medo de que desabasse comigo dentro, levando junto minhas queridas edições de capa dura de Stephen King.

À medida que o barco se aproximava da ilha, tudo ia ficando maior – a escola, o convento, o rochedo, a pressão sobre mim para ser bem-sucedida ali. Lembrava-me de me sentir subitamente insignificante e pequena, sentada no barco com os pés cruzados e as mãos no colo, a capa de chuva fechada até o queixo. Estava começando uma vida nova e dizia a mim mesma que as coisas seriam diferentes dali por diante, que eu seria presente, participativa, e que sorriria o tempo todo para as pessoas pensarem que eu era feliz. Mas a escuridão ainda estava dentro de mim, como um balão em meu estômago, inflando lentamente, ameaçando estourar a qualquer momento. Eu seria uma boa menina ali. Uma aluna melhor, uma filha melhor, uma amiga melhor, uma namorada melhor.

A travessia durou cerca de trinta minutos, cortando águas escuras e ventos fortes, minha mala amarela de rodinhas a meu lado no banco, deslizando para a frente e para trás com o balanço do barco. Então o mar se tornou azul-turquesa, cintilando sob o sol de maio. Meu cabelo se emaranhou devido ao ar úmido e salgado, grudando em minha testa e nas faces. Perguntei-me se a marca de batom da minha mãe ainda estava visível em meu rosto, de quando ela me beijara no cais. Ela queria ter vindo comigo no barco, mas achei que isso tornaria mais difícil a despedida quando ela fosse embora. Do modo como foi, *eu* é que estava partindo, o que significava que eu *queria* ir para aquele lugar, que minha antiga escola tinha se tornado tão insuportável que a melhor opção para mim era ir estudar no Harrogate, se eu quisesse ter uma chance de ingressar na universidade e esquecer meu passado. Mesmo assim, uma pequena parte de mim, bem lá no fundo, havia implorado que eu não entrasse no barco.

Eu nunca havia entendido o porquê disso, até agora.

– Conte-me de novo o que aconteceu, mais devagar – pedi com voz fraca, precisando ouvir novamente o relato, sentada com as pernas cruzadas no chão do meu quarto em frente à parede com os pôsteres de Stephen King. Olive ainda deveria demorar pelo menos uma hora para voltar.

Meghan estava sentada à minha frente, com a estaca de metal espetada no torso e apoiada nos joelhos. Felizmente, depois de uns dez minutos consegui parar de olhar para aquilo. Eu tinha pedido a Hannah e Sarah para saírem um pouco, pois o pescoço quebrado de Sarah e o caranguejo na boca de Hannah eram perturbadores demais.

– Eu já contei – gemeu Meghan.

– Mais uma vez, por favor. Eu não entendi... não faz sentido.

– Tudo bem. Eu estava no ginásio com o Clube de Teatro, ensaiando para a apresentação de novembro de...

– *As bruxas de Salém*, sim, sim, eu sei.

– Como sabe que seria *As bruxas de Salém*?

– Porque estou no Clube de Teatro também.

– Está? – perguntou ela, arqueando as sobrancelhas.

– Sim, bom que minha presença tenha sido notada – retruquei com sarcasmo.

– Você fez o papel de Totó em *O mágico de Oz* na primavera?

– Não, eu...

– Não, espere, você era uma aldeã do vilarejo de Munchkin?

– Não, eu...

– Era o macaco alado?

– Não, eu cuido dos adereços. No momento estou decorando uma cortina com lantejoulas, embora não tenha certeza do que veludo e lantejoulas têm a ver com o julgamento das bruxas de Salém...

– Ah, os adereços! – exclamou Meghan, acenando com a cabeça. Acho que se lembrava de mim, afinal. – Bem, isso não é exatamente ser do Clube de Teatro.

– É, sim – eu a corrigi.

– Não, não de verdade.

– Eu *estou* no Clube de Teatro.

Ela franziu o nariz.

– Você já *atuou* alguma vez?

– Não, mas...

– Então!

– Mas estou decorando uma cortina!

– Tudo bem, mas não é a mesma coisa.

– Eu estou no Clube de Teatro! – gritei.

– Você está na decoração do Clube de Teatro.

SCARLETT DUNMORE

– Não senhora, estou no Clube de Teatro, assim como você! Mas por que estamos discutindo isso? O que tem a ver com a sua história?

– Bem, eu estava no ginásio ensaiando as falas, como nós do Clube de Teatro fazemos, e…

Deixei escapar um gemido.

– …Mas não conseguia ouvir minha voz, porque a acústica estava péssima, e alguém tinha aumentado a temperatura. E eu tenho alergia ao calor, fico com uma coceira horrível no pescoço.

– Estava mesmo muito quente.

– Como eu dizia, tenho essa alergia, todo mundo sabe disso, então saí para o corredor para respirar um pouco de ar fresco e fui andando na direção da escada. Fui ensaiando minhas falas… Sabia que consegui o papel de John Proctor? No começo fiquei com raiva, porque como assim me deram um papel masculino? Eu pareço homem, por acaso? Mas depois vi que Proctor é o protagonista, e tem mais falas que todos os outros personagens, então fiquei bem depois disso… Ah, não! Não serei mais o protagonista! O personagem será de Rochelle, agora!

Ela enterrou o rosto nas mãos, lamentando-se.

– Rochelle está no Clube de Teatro? Eu não a vi lá.

– Ela está inscrita em todas as atividades, mas não participa de nenhuma. É só para colocar no currículo. Está no Clube de Francês, mas nem sabe dizer *Je m'appelle Rochelle*!

– Bem… voltando à história, você estava no corredor…

– Não, na escada.

– Isso, na escada. E…?

– E então ouvi um barulho, como de algo caindo no poço da escada. Olhei para baixo, mas não vi nada. Chamei para ver se havia alguém por ali, mas ninguém respondeu. Então continuei praticando, a essa altura eu já estava na metade do monólogo de John Proctor… Você conhece?

– Não, mas voltando…

Meghan ficou em pé.

– Um homem pode achar que Deus dorme, mas nada escapa aos olhos de Deus, agora eu sei. Eu imploro, senhor: enxergue-a como ela realmente é!

– Meghan! – exclamei. Eu tinha sido obrigada a assistir a duas apresentações de *As bruxas de Salém* na minha outra escola, não precisava de uma terceira.

– Bem – continuou ela, para meu alívio. – Ouvi outros barulhos estranhos e subi para investigar...

– Desculpe, agora eu é que preciso interromper. Você estava sozinha na escadaria, ouviu barulhos estranhos e foi *investigar*?

– Fui – respondeu ela, arrastando o "u" de um modo irritante.

– Nunca assistiu a um filme de terror, não? Evite escadarias desertas e nunca investigue barulhos estranhos. Na verdade, fuja deles!

– Quem está ficando nervosinha agora? E não, nunca assisti a um filme de terror. Moramos em uma ilha no meio do nada. Não preciso de nada mais assustador do que isso.

– Tem razão – falei baixinho.

– Então, subi até a porta de acesso ao telhado, que estava aberta. Fica sempre fechada, desde uma noite em que os meninos do Eden subiram lá e fumaram maconha. Vi uma coisa na borda do telhado, parecia um moletom preto, então fui até lá para pegar e levar para os Achados e Perdidos, e foi quando senti um empurrão nas costas. Um empurrão forte.

– Alguém *empurrou* você?

– Sim, me empurraram do telhado. Eu não pulei! Não aguento mais ouvir as pessoas dizendo que pulei. Por que eu faria isso? Vou para a Gaiety School of Acting[2] no próximo verão! Estou quase a caminho do BAFTA[3] – ela gritou, afastando o cabelo para trás. – Sou praticamente a sucessora de Margot Robbie!

Uma resposta jocosa foi até a ponta da minha língua, mas eu a engoli.

---

[2] Gaiety School of Acting: Escola de Arte Dramática na Irlanda. (N.T.)

[3] Prêmio da Academia Britânica de Cinema. (N.T.)

– Então você não pulou?

– Não! – Ela ergueu os braços.

– E Hannah e Sarah?

– Também não!

Estremeci.

– Como você sabe? Elas falam com você?

– Não, mas gesticulam com a cabeça e gemem quando faço perguntas. Hannah chora, mais que tudo. – Meghan inclinou-se para a frente e sussurrou: – Acho que ela não está aceitando muito bem essa coisa de ser fantasma.

– Elas estão aqui agora?

– Não, porque você disse para elas saírem.

– Eu passo mal de olhar para elas. Tenho estômago fraco.

Meghan revirou os olhos.

– E assiste a filmes de terror?

– Nos filmes é só corante vermelho e xarope de milho.

– Eca…

– Para onde vocês vão quando não estão por aqui, me dando engulhos? – perguntei.

– Não podemos ir muito longe. Estamos presas aqui, por algum motivo. Mas às vezes vamos para os outros quartos. – Ela flutuou até a porta e deu impulso para a frente, atravessando a madeira e ficando só com a parte de trás da calça jeans para fora.

– Elas estão aqui no corredor – disse ela, enfiando a cabeça pela parede, o cabelo loiro caindo sobre os ombros. Em seguida, pressionou as têmporas. – Hum, tontura… acho que me virei muito rápido.

Inclinei a cabeça para o lado e olhei para ela.

– Vocês conseguem fazer coisas? Quero dizer, eu posso pedir para vocês fazerem algo?

Ela soltou um suspiro irônico.

– Quem te dera, não é?

COMO SOBREVIVER A UM FILME DE TERROR

– Fique de pé em uma perna só.

Meghan olhou para mim com uma ruga na testa.

– Isso é o melhor em que você consegue pensar? Se pudesse pedir algo para nós, é isso que você pediria? Para começo de conversa, eu fiz uma série de agachamentos no ginásio na sexta-feira, e não estou a fim de fazer mais. Segundo, como eu disse, quem te dera. Fique *você* em uma perna só.

– Eu não quero ficar em uma perna só.

– Então, por que eu iria querer?

– Eu *sei* que você não quer, estava só testando... – Balancei a cabeça e fiz um gesto de impaciência com as mãos. – Deixe para lá, estamos nos desviando do assunto. Temos de focar no que realmente importa. – Respirei fundo. – A verdade é que há um assassino em série aqui no Harrogate.

Hannah e Sarah flutuaram para dentro do quarto, pairando ao lado de Meghan. Suas expressões eram de indignação e raiva.

– E então, o que vamos fazer? – perguntou Meghan, com as mãos nos quadris.

– Vamos levar a questão para o topo. – Apontei para o teto.

Meghan ergueu o rosto.

– Você sabe que a diretora Blyth está do outro lado do pátio, e não lá em cima, não é?

Regra #13

LEMBRE-SE: SEGREDOS SEMPRE VÊM À TONA

– Assassinadas? – repetiu a diretora Blyth pela quarta vez.

O senhor Gillies estava ao lado dela, com as mãos nos bolsos da calça, a gravata meio torta. Os dois se entreolharam.

– Sim, assassinadas. – Assenti com um movimento de cabeça, subitamente consciente do zumbido do monitor do computador sobre a mesa e do som de um teclado na sala ao lado. A secretária provavelmente estava respondendo aos e-mails de pais ansiosos.

– Senhorita Sullivan, fiquei sabendo que você e sua colega de quarto têm uma imaginação fértil, possivelmente alimentada pelo interesse em "filmes assustadores". Mas aqui se trata da vida real.

– Três pessoas foram assassinadas!

– Três pessoas se suicidaram. Uma tragédia, sim, mas bem diferente de assassinato – observou o senhor Gillies com firmeza.

– Mas é o que estou dizendo, as mortes não foram suicídio! Há um assassino em série aqui na escola!

COMO SOBREVIVER A UM FILME DE TERROR

– Assassino em série? – repetiu a senhorita Blyth, em tom de protesto. – Senhorita Sullivan, tem noção do que está dizendo?

– Sim, e acho que precisamos avisar a polícia, fechar a escola para evitar outras mortes, mandar todo mundo para casa...

– Ah... – Ela acenou com a cabeça, reclinando-se na cadeira. – Já entendi. – Ela olhou para o senhor Gillies. – Martin, pode nos dar um minuto, por favor?

O senhor Gillies parecia furioso, ou por ser chamado de Martin na frente de uma aluna, ou por estar sendo excluído da conversa. Seus olhos escureceram, seus lábios se apertaram numa linha fina, mas em seguida sua expressão se suavizou e ele inclinou de leve a cabeça antes de sair.

A diretora aproximou-se de mim, e o hálito de café atingiu meu rosto.

– Sabe, talvez você não saiba, mas você não é a única aluna que vem à minha sala contar uma história ridícula com o intuito de voltar para casa. A vida aqui na ilha não é para todo mundo. É um estilo de vida muito diferente, nem um pouco parecido com o da cidade.

– Não é o que está acontecendo, diretora.

– Isto aqui não é uma prisão, senhorita Sullivan. Você é livre para ir embora quando quiser. Este é um colégio interno para alunas sérias, focadas nos estudos, em interesses extracurriculares e no futuro. Mas, se você quiser voltar para o centro de detenção juvenil, posso dar um telefonema e providenciar para que o senhor Terry a leve para o continente amanhã mesmo.

Engoli em seco, e meu sangue gelou. Devo ter ficado pálida.

– Sim, eu sei, Charlotte... ou Lottie, não é, como te chamavam? Eu já sabia de tudo antes de você vir para cá. Ou acha que não verificamos os antecedentes de nossas alunas e suas famílias? Eu conheço a sua história e sei também que você não teve escolha. Você não está aqui por causa de dinheiro ou notas. Está aqui porque, por acaso, conheço sua tia Rhoda. Na verdade, ela e eu estudamos juntas aqui e somos amigas até hoje.

– Eu não sabia.

– Eu pedi a ela para não contar. Queria que você tivesse um novo começo aqui, e não vi problema em você mudar de nome para deixar o passado para trás. Eu estava disposta ao que fosse preciso para você ter uma oportunidade de se dedicar aos estudos em seu último ano de colégio. Mas fiquei sabendo que você chega atrasada às aulas, está quase ficando de recuperação em educação física e inglês, não está fazendo amizades. E agora, esta ideia maluca?

Ela suspirou.

– Ao contrário do que suas colegas possam pensar, eu não sou uma megera, senhorita Sullivan. Sou rígida porque preciso ser. Sou responsável pelo bem-estar de quinhentas meninas em uma ilha isolada no meio do oceano. – Ela retorceu as mãos. – Sabe como os meninos do Eden estão chamando as meninas daqui? Esquadrão Suicida.

– Não é ruim – murmurei. Os meninos do Eden eram mais criativos do que eu imaginava.

– É ruim, sim, é mesmo muito ruim, principalmente se chegar à mídia. O Harrogate será fechado por tempo indefinido, e eu batalhei muito para manter a ordem e a prosperidade desta instituição, sacrifiquei mais do que você pode imaginar – disse ela, com os olhos marejados. – E muitas destas meninas teriam de retornar para lares e vidas das quais vieram para cá para fugir. Nem todas têm uma família amorosa como você. Não é sem motivo que o Harrogate tem curso de férias. É para aquelas que não podem retornar para suas famílias por questão de segurança e para as que são indesejadas por seus familiares. Elas não têm para onde ir. O Harrogate é o único lar que elas têm. Que continue assim.

Olhei pela janela, para as alunas reunidas no pátio, algumas sentadas na mureta da fonte, conversando animadamente com as amigas, compartilhando histórias, outras sentadas em mantas no gramado com suas mochilas. O tempo havia melhorado, o clima ameno era mais uma reminiscência dos outonos passados no continente, lembranças das árvores carregadas de folhas cor de cobre e âmbar, salpicadas de dourado. Eu sentia

COMO SOBREVIVER A UM FILME DE TERROR

saudade das caminhadas com meu pai nos fins de semana, do som de sua voz quando ele encontrava bolotas caídas das árvores que permaneciam inteiras e de como ele sempre pegava alguma folha bonita e perfeita para levar para minha mãe. De como ele a colocava com cuidado sobre o painel do carro na volta para casa, para a cidade de tráfego intenso e prédios de vidro. Nunca entendi por que meus pais escolheram morar na cidade, sendo que gostavam tanto da natureza.

Meu pai teria adorado aquela ilha, rústica e rural.

O sino tocou, rompendo o silêncio opressivo na sala.

– Quando foi a última vez que ligou para sua mãe? – perguntou a senhorita Blyth.

– Acho que há duas semanas.

– Que aula você tem agora?

– Artesanato. Estou fazendo uma estante para meus DVDs.

– Avisarei o senhor Gillies que você vai se atrasar um pouco – disse ela, levantando-se e empurrando o telefone para mim. – Quero que ligue para sua mãe.

Esperei que ela saísse da sala e fechasse a porta, respirei fundo e disquei o número do celular de minha mãe. A linha estalou, como era típico acontecer com as ligações feitas na ilha, e em seguida caiu na caixa postal. Tentei o telefone fixo, esperando que ela estivesse em casa. Um toque baixo vibrou do outro lado. Depois de uns cinco toques, a secretária eletrônica atendeu.

– *Você ligou para Fiona Ryan. Desculpe, não estou em casa...* Alô? Estou aqui! Alô?

– Mamãe?

– Lottie?... *Por favor deixe o seu número e...* Espere, estou tentando desligar este negócio... *retornarei assim que possível...* Pare!

De repente a máquina desligou e ficou em silêncio.

– Lottie?

– Mãe!

– Ah, que bom, achei que tivesse desligado! Finalmente, falando com minha filha!

– Desculpe, a situação está difícil por aqui.

– Por quê, o que está acontecendo?

– Você não soube?

– Soube o quê?

A diretora Blyth tivera êxito em manter as mortes longe da mídia, então. Fiquei pensando como ela havia conseguido convencer as famílias de Hannah, Sarah e Meghan a ficarem caladas.

– Nada de mais – menti. – A rotina é puxada aqui, muitas tarefas, debates acadêmicos, preparação para os exames preliminares... e tudo o mais.

– Bem, não se estresse com isso. Faça as aulas de reforço se precisar. Ouvi dizer que são ótimas.

– Vou fazer.

– Como está Olive?

– Está bem.

– Diga que mandei lembranças.

– Direi.

– Você está comendo direitinho? Dormindo bem? Está se hidratando? – Típica enfermeira, sempre fazendo perguntas sobre a minha saúde.

– Sim, sim, sim.

– Eu estava de saída neste instante para o correio para postar uma encomenda para você. Os docinhos de que você gosta e o livro novo de Stephen King que você queria.

– Ah, obrigada, mamãe, se bem que vou receber no Natal. – Dei risada.

– Isso aí é mesmo uma ilha, não é?

– Sim, o pessoal aqui adora falar de "vida na ilha", "tempo insular"...

– Saudade de você.

– Eu também, mamãe.

– Faltam só nove semanas para o feriado de Natal, não que eu esteja contando.

COMO SOBREVIVER A UM FILME DE TERROR

Eu ri outra vez. Sentia saudade da voz de minha mãe, mais do que imaginava. Eu realmente queria contar tudo para ela, sobre as mortes, os fantasmas, mas sabia que, se contasse, ela viria no primeiro barco para me buscar. E eu não podia ir embora, não ainda. Eu tinha de fazer alguma coisa. Ninguém acreditava em mim, o que significava que haveria mais mortes, mais assassinatos, mais alunas que não voltariam para passar o Natal com a família. E, como eu era a única que via os fantasmas, era também a única que podia pôr um fim naquilo. Se éramos o Esquadrão Suicida no Harrogate, então eu era Arlequina: astuta, inteligente, impetuosa, obstinada... só não psicótica, acho.

Regra #14
ENTREVISTE TESTEMUNHAS... MESMO QUE ESTEJAM MORTAS

As atividades escolares voltaram ao normal, mas eu estava tendo uma aula diferente, porque estava aprendendo com *fantasmas*.

Sim, parece loucura.

Enquanto Olive pesquisava incansavelmente sobre Voltaire na biblioteca, eu estava no meio do nosso quarto. Uma folha de cartolina branca estava colada na porta com fita adesiva. Eu tinha nas mãos um marcador preto e um laranja, apropriados para o Halloween, embora a associação fosse um tanto dramática. Hannah, Sarah e Meghan estavam sentadas de frente para mim, com as pernas cruzadas.

Hannah estava um pouco perto demais. Seu rosto mutilado fazia meu estômago revirar.

– Então, Meghan, você primeiro... O que se lembra sobre a pessoa que te empurrou?

– Não muita coisa.

COMO SOBREVIVER A UM FILME DE TERROR

Suspirei, fui até minha cama e puxei de baixo do estrado a caixa de refrigerantes de emergência. Eu ia precisar do açúcar e da cafeína. Ofereci uma latinha para Hannah e para Sarah, que balançaram a cabeça dolorosa e desajeitadamente, e sem pensar joguei uma para Meghan. Ela estendeu as mãos para pegar, com um sorriso espalhado no rosto, mas a lata atravessou seus dedos, depois seu torso, e colidiu contra a cama de Olive atrás dela.

Ela olhou para mim.

– É sério isso?

– Desculpe.

Tremendo, puxei a alça do lacre, produzindo um som efervescente e um estalo, parecido com o dos ossos de Hannah. Tomei um gole e sequei a boca com a mão.

– Hum, bom!

Os fantasmas me olharam com expressão zangada.

– Me desculpem – pedi de novo, deixando a lata de lado e voltando à folha de cartolina.

– Então, a pessoa era da minha altura? Mais baixa? Mais alta?

– Humm… um pouco mais alta, acho. Mas é difícil ter certeza. Eu não vi direito.

– Que tipo de roupa ela usava?

– Lembro que eram roupas escuras, e quando caí olhei para cima por um segundo e vi um rosto dourado olhando para mim. Foi estranho, como se eu estivesse suspensa no ar por um momento. Então… aaiii – ela gemeu, segurando a estaca.

– Um rosto *dourado*?

– Sim, acho que era.

– Sinistro… – murmurei, sentindo um calafrio na espinha.

– Sim, muito.

– E você, Sarah, de que se lembra?

Ela abriu a boca para falar, mas tudo o que saiu foi um gorgolejo e um chiado. O laço em volta de seu pescoço ainda estava apertado.

– Ela não consegue falar, esqueceu?

– Não, eu sei – respondi para Meghan.

– Sarah, você consegue fazer sim ou não com a cabeça?

Ela tentou se mover, mas os ossinhos do pescoço estalaram, e imediatamente o meu estômago deu uma reviravolta.

– A descrição de Meghan corresponde à da pessoa que fez isso com você?

Ela inclinou a cabeça para trás, e um osso se projetou sob a pele do pescoço quando ela voltou para a frente. Cruzei os braços sobre o estômago.

– Acho que ela está dizendo que sim – sugeriu Meghan. – Eu fiz bastante treinamento teatral sobre expressão não-verbal.

Eu a ignorei e continuei interrogando Sarah.

– Você também se lembra de um rosto dourado? E de roupas pretas?

Novamente ela dobrou o pescoço para trás e para a frente, de um jeito torto e doloroso.

– Que bom, estamos nos comunicando! – exclamei. – E você, Hannah?

Ela se inclinou para a frente, e o som de ossos estalando e sendo esmagados ecoou no quarto inteiro. Respirei fundo e olhei para ela. Uma parte do maxilar estava pendurada.

– Com licença... – balbuciei, corri para a pia e botei para fora tudo o que havia comido no café da manhã.

Depois olhei para a cartolina na porta. Tudo o que eu havia escrito até então era:

MOLETOM PRETO

MAIS DE 1,70m

ROSTO DOURADO (MÁSCARA?)

– Hannah, a pessoa que te empurrou era assim?

Ela se levantou, o corpo inteiro estalando, foi até a porta, estendeu um braço com um rangido – o outro estava esmagado, como o maxilar – e apontou para *Rosto Dourado*.

– Também se lembra de um rosto dourado?

COMO SOBREVIVER A UM FILME DE TERROR

Ela assentiu com expressão chorosa.

– Por que você estava lá fora no temporal?

Hannah tentou desesperadamente abrir os lábios para dizer alguma coisa, mas só conseguiu produzir sons abafados e um lamento profundo. Lembrei-me das fotos que havia visto dela, do cabelo ondulado, dos olhos verdes amendoados que muitas vezes ficavam escondidos atrás de óculos de aro preto, do sorriso que formava covinhas.

– Eu sinto muito que isso tenha acontecido com você – sussurrei para ela. – Mas vou fazer o que puder para te ajudar.

Os olhos dela brilharam, e por um momento achei que fosse chorar, mas ela estendeu a mão acima da minha.

Acenei com a cabeça e me virei para a cartolina, segurando o marcador com força.

– Estava dando uma volta?

Os ossos do pescoço de Hannah estalaram quando ela tentou balançar a cabeça.

– Ia encontrar alguém?

Pop. Tloc. Crec.

– Estava fugindo de alguém?

Silêncio.

Depois de alguns segundos ela tentou erguer o braço outra vez.

– Isso é um "sim"! Você estava fugindo de alguém, que estava perseguindo você. Viu quem era? – Esperei pelos ruídos de resposta. – Não?

Suspirei, desanimada. Tínhamos tão poucos detalhes, apenas uma peça de roupa que poderia pertencer a qualquer pessoa e a possibilidade de uma máscara dourada, ou então uma pintura facial bem-feita.

– Muito bem, estamos procurando alguém com moletom preto e rosto dourado.

– Estamos procurando *uma aluna do Harrogate* – disse Meghan, revirando os olhos.

– Como sabe que é uma aluna?

– Quem mais conheceria as dependências do ginásio? Ou saberia onde o senhor Terry guarda a chave da porta para o telhado? E aquele aquecedor ligado na temperatura máxima, para me dar alergia? Quem mais teria inveja da minha carreira de atriz em ascensão?

– É verdade. Bem, não a última parte. Mas tem razão, só mesmo uma aluna para saber o horário das aulas do terceiro ano. E o local da reunião do Clube de Teatro, a sua alergia... saber que Sarah pratica sozinha depois do netbol às terças-feiras, e talvez até qual é o dormitório de Hannah. – Tamborilei os dedos no marcador. – Mas ainda não sabemos se os assassinatos foram aleatórios ou se as vítimas foram escolhidas. Talvez o assassino tenha tido a sorte de se deparar com três pessoas que não respeitavam as regras de sobrevivência.

Sarah ergueu uma mão trêmula, olhando de um lado para o outro.

– Regras de sobrevivência são as regras básicas que aprendemos nos filmes de terror – expliquei.

– Pronto, lá vamos nós de novo... – Meghan revirou os olhos.

Eu a ignorei e continuei:

– Não investigue barulhos estranhos, não circule sozinha pelas escadas, tranque a porta à noite, evite corredores desertos e cômodos escuros, não ande no bosque à noite e nunca diga "Eu já volto"...

– Então, o que você está dizendo é que nunca aconteceria com você? – interrompeu Meghan, gesticulando para si mesma e para as outras duas. – Que você escaparia de ser morta seguindo essas regras ridículas aprendidas em um filme de terror de Hollywood, em que uma loira peituda é perseguida por um assassino mascarado? – Ela suspirou com impaciência.

Olhei para Meghan – a loira peituda que havia sido morta por um assassino mascarado –, esperando que ela percebesse a ironia do que acabara de dizer.

Mas ela não percebeu.

Olhei para o relógio. Tínhamos tempo. Fechei as cortinas para bloquear o sol da tarde e fui até minha coleção de DVDs. Passei o dedo pelas lombadas, olhando os títulos, e parei em um clássico dos anos 1990: *Pânico*.

COMO SOBREVIVER A UM FILME DE TERROR

– Este tem bons exemplos – murmurei.

Os fantasmas me rodearam, observando com curiosidade enquanto eu ligava o velho DVD player.

– O que é isso? – perguntou Meghan.

– É um DVD player.

– Você não tem Netflix em casa?

Gesticulei para que ela se afastasse.

– Apenas preste atenção no filme.

Elas se inclinaram para a frente, enquanto os créditos de abertura apareciam na tela da TV: o título em vermelho sobre a cena de um telefone tocando insistentemente, seguida por um grito de mulher e os batimentos de um coração.

Hannah se sobressaltou e deu um passo para trás.

Cena de abertura: uma sala de estar, paredes brancas, uma estante com livros. Um abajur aceso ao lado de um telefone, que toca uma vez.

– Alô? – uma moça loira atende, sozinha na casa...

– Primeira regra – anunciei, pausando o filme na cena da vítima sorridente e otimista –, nunca atenda o telefone quando estiver sozinha em casa.

– Celular também? Ou só telefone fixo? – quis saber Meghan.

– Celular também.

– E se for uma ligação importante?

– É importante para quem está ligando. *O assassino.*

Meghan fez uma careta.

– Não, eu quero dizer no caso de ser alguém que realmente precisa falar comigo, sobre algum assunto importante.

– Próxima – falei, ignorando-a e apertando o "play" novamente. – Estão vendo como ele a enreda em um jogo perigoso? Não entrem nessa, e, se não tiverem escolha, não joguem pelas regras do assassino. Façam as *suas* regras.

Sarah grunhiu e chiou.

– Pois é, também não entendi – resmungou Meghan. – O que ela está fazendo, afinal?

– Pipoca.

– E isso é perigoso?

Hannah tentou acenar com a cabeça, os olhos arregalados.

– Tudo bem, vamos avançar um pouco – falei.

Parei na cena da regra de ouro.

– Vejam, somente *agora* ela está trancando as portas! Concordam que deveria estar tudo trancado antes de ela chegar? E aqui, ela pergunta "Quem é?" quando o assassino bate à porta. E aqui...

– Ah, fala sério, isso já é exagero... – reclamou Meghan, balançando a cabeça.

– ...saindo para o jardim, no escuro, para fugir de um assassino, sendo que ela mora no meio do nada? Decisão não muito sensata – acrescentei, balançando o controle remoto.

Sarah se abaixou. Ela devia ter presenciado minhas habilidades em educação física em algum momento e talvez tenha ficado com medo de que eu a acertasse com o controle.

– Vocês estão entendendo? – perguntei.

– Sim, como não agir em um filme de terror – respondeu Meghan, com ironia. Ela virou-se, exalando o ar ruidosamente.

– O que está fazendo?

Ela girou, os olhos arregalados, os lábios entreabertos em formato de O. Agarrou os cabelos e gritou:

– *Não, Steve! Não morra!*

– Meghan? – Acenei com as mãos na frente dela para detê-la antes que levasse aquela encenação adiante.

Ela respirou fundo e sorriu.

– É assim que se faz. Discreto e...

– Isso foi discreto?

Ela franziu o nariz e cruzou os braços, enquanto eu continuava avançando o filme, mostrando todas as regras de sobrevivência, explicando

COMO SOBREVIVER A UM FILME DE TERROR

quando e como cada personagem as havia ignorado e, por causa disso, perdido a vida. De vez em quando eu olhava para uma apavorada Hannah encolhida no canto, e para Sarah, que examinava com curiosidade os itens em minha estante. Pausei o vídeo nos créditos finais e joguei o controle remoto em cima da cama.

– Esta foi a primeira lição de sobrevivência em filmes que dei para vocês. – Coloquei as mãos nos quadris, satisfeita com a oportunidade de transmitir meus conhecimentos.

– Você acha mesmo que na vida real alguém tentaria escapar por uma portinhola de gato? – Meghan fungou. – Não sou especialista em terror, mas até eu sei que seria uma decisão infeliz.

– E então, o que achou do filme?

– Atuação terrível. Você não fica mesmo com medo ao assistir esse tipo de filme o tempo todo?

Hannah continuava acuada no canto, cobrindo os olhos com as mãos. Balancei a cabeça.

– Para mim não é assustador. Na verdade, raramente eu me assusto...

A porta do quarto abriu-se repentinamente, batendo na parede. Eu gritei, e as três desapareceram no mesmo instante.

– Olive! É você... – Levei as mãos ao peito, engolindo em seco.

Atrás de mim, o armário farfalhava com gemidos e grunhidos. A voz de Meghan soou por baixo da porta:

– Hannah, você precisa chegar um pouco mais para lá. Aii, Sarah, isso é o meu pé!

Eu cheguei a fazer "shh" para silenciá-las, mas logo me lembrei de que Olive não podia ouvi-las.

– Desculpe... – murmurou ela. – Tive de empurrar a porta com o pé.

Ela estava carregando uma pilha de livros e uma caneca de café, além da mochila.

Levantei-me e salvei a caneca de café, para evitar que derramasse no carpete.

– Obrigada. – Ela olhou para a TV, onde a cena final do filme estava pausada.

– O que é isso? Está assistindo a *Pânico* sem mim? – Ela virou-se para fechar a porta com o pé e olhou para o meu patético resumo das descobertas do dia anotadas na cartolina. – Charley, o que está acontecendo?

– Estou tentando descobrir quem é o assassino do Harrogate.

– O quê? – Ela franziu a testa. – Como passamos de três suicídios trágicos para uma trama de *Pânico*?

– Hannah não saltou, ela estava fugindo de alguém, alguém que entrou no quarto dela durante a noite… porta destrancada, por sinal. Sarah foi enforcada para parecer suicídio, mas foi assassinato. E Meghan foi empurrada do telhado. Ela estava ensaiando suas falas para a peça, ouviu um barulho e viu alguém.

– Ok… e como você sabe disso tudo?

– Ahn…

– Por favor, não me diga que os fantasmas te contaram. Eu achei que tudo isso já tinha passado, Charley. – Ela balançou a cabeça.

Olive era minha amiga e se importava comigo, portanto, se ela não acreditasse em mim, poderia se preocupar com minha saúde mental e relatar à diretora. E então eu seria enviada de volta para o continente e encaminhada para terapia. Mas eu não podia ir para casa. Precisava ficar ali no colégio, precisava solucionar aquilo tudo. Eu era a única pessoa com quem aquelas meninas se comunicavam.

– Não me pergunte como sei. Eu sei e pronto.

Olive se reclinou na cama, com uma ruga na testa.

– Por favor – pedi, segurando a mão dela. – Como minha amiga… minha melhor amiga… por favor, acredite em mim.

– Está bem, vamos deixar isso de lado por enquanto. E então, o que temos até agora? – Ela se ergueu e começou a ler a lista.

– Não muita coisa.

– Você acha que o assassino usa uma máscara dourada?

COMO SOBREVIVER A UM FILME DE TERROR

– Acho que sim, mas não tenho certeza.

– Por que ele usaria máscara? Certamente ele não imaginaria que as vítimas poderiam voltar para denunciá-lo.

– Porque claramente trata-se de alguém que quer notoriedade, quer chamar a atenção. E, se usarmos nosso conhecimento sobre filmes, sabemos melhor que ninguém que uma fantasia faz parte do drama.

Olive apontou para a televisão.

– *Pânico...* fantasia épica.

– Sim. A fantasia de *ghostface* é típica de uma festa do dia das bruxas.

– E a máscara sem expressão do Capitão Kirk em *Halloween...* essencial também.

– E a de hóquei em *Sexta-feira 13*.

– *Quem matou Rosemary?* Início dos anos 1980...

– Sim, o uniforme da Segunda Guerra Mundial. E *Girls nite out*, você se lembra?

– Verdade, tinha me esquecido daquela fantasia de urso... Assustadora! E *O massacre da serra elétrica*? A máscara dele era feita com a pele das vítimas! – Olive estremeceu. – Eu sei que, tecnicamente, *Carrie, a estranha* não conta, mas Sissy Spacek usava aquele sangue como máscara.

Ela caiu sentada na cama e olhou para mim.

– Charley, eu sei que você não vai gostar da ideia, mas... acho que devemos falar com a senhorita Blyth.

– Não...

– Se for verdade, ela precisa saber! E a polícia, também!

– Olive, não podemos! Lembra-se de *A hora do pesadelo*, quando Nancy tenta contar a verdade aos pais e eles não acreditam? Eles a mandaram para um terapeuta do sono! Pense bem na nossa história... É tão inverossímil quanto um homem desfigurado usando chapéu de feltro e assassinando adolescentes enquanto dormiam. Ninguém vai acreditar em nós, e com certeza a senhorita Blyth também não vai.

– Poderíamos ao menos tentar convencê-la – insistiu Olive.

115

SCARLETT DUNMORE

– Eu já tentei e não consegui.

– Você contou a ela que fala com as meninas mortas?

– Não, claro que não.

– Ótimo. Eu gosto de ter você como minha colega de quarto, sabia? Não trocaria você por nenhuma outra. Tudo bem, então vamos diretamente à polícia.

– Se a senhorita Blyth não acreditou em mim, a polícia muito menos irá acreditar. Precisamos de alguma coisa, de uma prova concreta, ou de uma testemunha confiável, que não esteja… hum…

– Não diga "morta".

– Eu preciso de mais tempo. Mas não acho que essas três mortes tenham sido incidentes isolados. Acho que, seja quem for, vai matar outra vez.

– Já basta os meninos do Eden nos chamarem de Esquadrão Suicida, agora isso…

– Eu sei que parece loucura, mas faz sentido. Foram mortes muito suspeitas.

Olive suspirou e esfregou a testa.

– Olive, por favor… eu preciso de você. Não consigo desvendar esse mistério sozinha. Se eu estiver enganada, ótimo. Mas… e se eu estiver certa e mais alguém morrer?

Ela olhou com expressão pensativa para a pilha de livros da biblioteca sobre a cômoda antes de se virar para mim.

– Tudo bem. Vamos em frente, vamos descobrir quem é o assassino do Harrogate. Mas com uma condição.

– Pode falar.

– Não me deixe morrer, tudo bem?

– Combinado. Então, seremos as últimas garotas, como em *Terror nos bastidores*.

– Cruzes – Olive gemeu.

– Todo mundo odeia a presunçosa última garota. É previsível demais. E implausível. Porque, veja, como é que todo mundo morre, menos ela?

Regra #15
CONHEÇA SEU INIMIGO...
E SEUS RIVAIS

Depois que o corpo de Meghan foi recolhido e enviado para o continente em um caixote como uma encomenda da Amazon, as fofocas e os rumores sobre um pacto de suicídio morreram (sem intenção de trocadilho). As coisas voltaram ao normal no Harrogate. As atividades extracurriculares foram retomadas, bem como a decoração do ginásio para o baile de Halloween. Serpentinas pretas e cor de laranja foram penduradas nos corredores, balões amarrados nos cantos – não de látex, porque Olive era alérgica a látex e aparentemente havia "inflado como um balão" no primeiro ano em que participou da equipe de decoração (com intenção de trocadilho).

Faltavam nove dias para o Halloween, e a incerteza sobre se o baile se realizaria se dissipou. Trechos de conversas sobre fantasias, maquiagens e tipo de calçados sopravam nos corredores como uma brisa fresca de outubro. Aquelas que não eram obcecadas pela data, por monstros e por todas as coisas sinistras e assustadoras focavam-se mais na expectativa da presença dos meninos do Eden em nossa escola e organizaram um comitê de "vigilância" para a noite, que envolvia apitos baixos, tochas e troca de turnos. Algumas até aventaram a possibilidade de "batizar" o ponche, o que deixou Olive extremamente preocupada. Como a autoproclamada líder do baile de Halloween, ela havia passado semanas aperfeiçoando a receita do ponche para deixá-lo mais vermelho e menos marrom. Estávamos pensando em um nome para ele, e uma das opções era *Ponche da Carrie*. Para nossa consternação, no entanto, as decorações às quais tanto nos havíamos dedicado foram relegadas a segundo plano por causa do grande desafio acadêmico daquele dia, quando o Harrogate competiria com o Eden. Eu não via motivo para remover as serpentinas que haviam demorado meses para chegar à ilha.

Enquanto a diretora Blyth gritava ordens, mudava as decorações de lugar e reorganizava os assentos, liguei para minha mãe novamente, descrevendo um quadro de um semestre letivo perfeitamente normal, e não um de cadáveres, fantasmas e psicopatas mascarados. Até então, eu não fazia ideia se ela acreditaria.

– Que barulheira é essa? – minha mãe perguntou, quando pressionei o telefone ao ouvido para bloquear o alarido que vinha do corredor pela fresta da porta da cabine telefônica.

– São as alunas se preparando para o grande desafio acadêmico.

– O que é isso?

– É uma competição entre o Harrogate e o Eden, um quiz de perguntas. Eu acho bobo, mas Olive disse que é uma batalha anual entre os dois colégios.

– Parece divertido!

Para mim era uma total perda de tempo. Minhas prioridades eram outras... Eu tinha de encontrar um assassino de rosto dourado.

– Estou sem tempo para isso no momento... – Esfreguei as têmporas.

– Por quê? O que está acontecendo?

– Eu...

COMO SOBREVIVER A UM FILME DE TERROR

O silêncio pairou na linha, pesado e opressivo. Pensei em contar tudo à minha mãe, de uma vez por todas. Mas... e se ela não acreditasse em mim? E se eu já tivesse contado mentiras demais? O que aconteceria comigo se o Harrogate fosse fechado? Para onde eu iria? De volta para a detenção juvenil com minhas antigas amigas que eu delatara? Para Sadie?

– Lottie... ou melhor, Charley... está tudo bem? Você está estranha.

– Estou só cansada – murmurei, instintivamente tocando a letra S de ouro em minha corrente, tentando não pensar em quem eu havia deixado para trás, abandonado em meu desespero por liberdade e absolvição.

– Cansada? Por quê?

– É que... tem muito barulho no meu quarto.

A estrangulada Sarah e a empalada Meghan se espremeram dentro da cabine, pressionando-me contra o vidro.

– Desculpe, achei ter ouvido meu nome – murmurou Meghan, empurrando Sarah com o cotovelo. Do lado de fora, a mutilada Hannah observava as alunas que passavam por ela. Instantes depois ela também entrou na cabine.

– Olive ronca? – perguntou minha mãe.

Na verdade, os roncos de Olive se harmonizavam com os estalos e gemidos e sons de esmagamento de ossos. Tudo isso perturbava meu sono à noite.

Meu rosto estava abatido, pálido, com olheiras fundas. Eu mal cochilava por algum tempo todas as noites, vagando por uma espécie de névoa, sem ter certeza se estava sonhando ou se estava acordada.

– Eu escuto as vozes de outras alunas – respondi por fim, encarando os três fantasmas que se empurravam e se acotovelavam, lutando por espaço.

Do lado de fora do cubículo, vi uma onda de animadas alunas de uniforme verde passar. Dei uma cotovelada em Meghan, sentindo uma lufada gelada no braço enquanto tentava enrolar no pescoço um cachecol com o distintivo do Harrogate, contrariada por isso arruinar a minha vibe de detetive.

– Mamãe, preciso desligar. Já vai começar.

– Lottie?

– Oi, mãe?

– Eu te amo. Tenho saudade todos os dias.

Senti meus olhos marejar e respirei fundo, tentando acalmar meu coração acelerado.

– Eu também te amo. Em breve estarei em casa.

Desliguei rapidamente o telefone, para o caso de minha mãe dizer algo mais que me entristecesse, e saí para o corredor, juntando-me a um grupo de garotas que seguiam para o auditório. Procurei o cabelo encaracolado de Olive no mar de estudantes, mas não achei. Avistei, no entanto, os inconfundíveis cabelos ruivos de Saoirse, poucos metros à minha frente.

Alisei e penteei meu cabelo com a mão, colocando alguns fios rebeldes atrás da orelha, e apressei o passo, pedindo licença e abrindo caminho por entre as alunas. Ela estava a um metro de distância de mim agora, e finalmente poderíamos continuar nossa conversa do outro dia, além de que seria a oportunidade perfeita para convidá-la para ser meu par no baile de Halloween e deixar claro o que sentia por ela.

Ou ela aceitaria e eu saberia que ela se sentia da mesma forma, ou recusaria e eu poderia passar o resto do ano letivo chorando em meu quarto, enquanto era assombrada por fantasmas. Pensei em como iniciar a conversa... dizer "Oi" apenas? Não, melhor dizer "Ah, nos encontramos de novo!, com expressão de surpresa, como se não a tivesse visto lá de trás e corrido para encontrá-la. Depois, perguntar em qual categoria do quiz ela estava inscrita, evitando confessar que fazia cinco meses que eu tinha uma paixonite por ela e que sonhava com ela quase todas as noites. Com ela e com cadáveres destroçados.

Tossi discretamente, e ela olhou na minha direção, então abri a boca para falar, mas tudo o que saiu foi uma interjeição de susto e de uma sensação extremamente desagradável.

COMO SOBREVIVER A UM FILME DE TERROR

Eu havia tropeçado em uma lixeira e caído de bruços em cima de um saco de lixo preto grande e malcheiroso. Restos de comida, lixo dos quartos e latas de suco amassadas e gosmentas estavam aglomerados na frente do meu nariz. Os dedos do meu pé doíam pela colisão, e minha barriga, também. Por pouco eu não tinha caído de cabeça dentro do lixo.

– Você está bem?

Olhei para cima e vi Saoirse debruçada sobre mim, os cabelos ruivos caindo sobre os ombros, as pontas suavemente encaracoladas. Foi então que me dei conta de que a impressão que eu passava era de estar *abraçando* a lixeira.

– O que está fazendo? – ela perguntou, com a sombra de um sorriso no rosto.

Fiquei olhando para ela, momentaneamente hipnotizada pelos olhos verdes profundos. Ela também olhava para mim, esperando.

– Ah... eu... estou procurando recicláveis – respondi, sentindo que enrubescia.

Ela franziu a testa. Mas eu já tinha falado, então não tinha como voltar atrás. Precisava levar adiante a minha resposta tola. Enterrei as mãos na lixeira, passando pelas laterais pegajosas do plástico, e tateei em meio a pacotes de salgadinhos e restos de maçãs. Peguei uma lata de suco e mostrei a ela, com um sorriso amarelo.

A ruga na testa de Saoirse se aprofundou.

– Estou presidindo um comitê de sustentabilidade. Preservação do meio ambiente, tudo isso – expliquei.

Ela meneou a cabeça.

– Que ótima iniciativa! Bem, nos vemos lá. Boa sorte.

Joguei a lata de volta no lixo e abri a boca para dizer "Até daqui a pouco", mas ela já tinha se afastado pelo corredor, para longe de mim e da lixeira. Minhas mãos estavam recobertas de uma substância marrom e pegajosa. Esfreguei-as inúmeras vezes no meu blazer, com uma careta.

Do outro lado do corredor, encostados nos armários, estavam os três fantasmas. A mutilada Hannah ergueu os polegares, Sarah com o pescoço torcido olhou para mim sem expressão, e a empalada Meghan meneou a cabeça e aplaudiu, com um largo sorriso no rosto.

– Fiquem quietas, está bem? – sussurrei, ao passar por elas.

A maioria das alunas já havia entrado no auditório, então entrei atrás do último grupo, sentindo-me envergonhada, pegajosa do que quer que estivesse na lixeira, mas também estranhamente animada. Sim, eu havia caído em cima de uma lixeira, e sim, havia enfiado as mãos dentro do lixo, mas aquela havia sido minha segunda conversa com Saoirse em pouco tempo, e isso era significativo.

– Sullivan, antes tarde do que nunca! – exclamou o senhor Gillies, me assustando.

Ele parecia ter envelhecido da noite para o dia, estava mais curvado, a barba por fazer, o cabelo grisalho desalinhado.

– Sente-se.

Obedeci e apressei-me a procurar meu lugar, impressionada com a visão dos dois colégios juntos. De um lado os uniformes verdes do Harrogate, do outro os blazers cor de mostarda dos meninos do Eden, que exalavam excesso de confiança. Alguns garotos estavam de pé no corredor, provocando as meninas como se estivessem em um parquinho. Meninos contra meninas. Revirei os olhos e fui até a minha fileira, sob a algazarra que reverberava no salão. Sentei-me com o grupo da categoria previamente definida, os crachás coloridos à vista para que os alunos do Eden pudessem ver e escolher. Cinco pessoas de cada grupo eram selecionadas para competir com a equipe adversária, depois de uma decisão no cara ou coroa.

Quando o senhor Gillies abriu as inscrições, fiquei desapontada por não ver a categoria *Curiosidades sobre filmes de terror* no quadro. Tinha passado quase a manhã inteira decidindo qual categoria seria a mais aproximada da minha capacidade, de modo que, quando fui colocar meu

COMO SOBREVIVER A UM FILME DE TERROR

nome, a maior parte das categorias já estava preenchida. Claro que Olive já estava inscrita em ciências, línguas estrangeiras e matemática, mesmo depois de eu lembrá-la de que deveríamos escolher apenas *uma* categoria. Quando o sino tocou na hora do almoço, só restavam vagas em geografia, geologia e gramática. Aparentemente, as alunas do Harrogate tinham dificuldade com as matérias que começavam com a letra G. No final escolhi geografia, sem pensar muito, porque era a primeira das três, mas, quando me sentei no auditório do Harrogate e vi o capitão do grupo de geografia do Eden escolhendo a dedo a equipe oponente, comecei a me arrepender seriamente da minha escolha.

Geografia? O que eu tinha na cabeça? Minha esperança era não ser selecionada para participar.

– E para finalizar... a menina que chegou por último.

Olhei para um lado e para outro. Talvez alguém mais na fileira de geografia tivesse chegado em cima da hora e depois de mim. O senhor Gillies clareou a garganta atrás de mim, e quando me virei ele arqueou as sobrancelhas e gesticulou para o palco. Era eu mesma, não restava dúvida. Gemi baixinho e me levantei, arrastando sem querer a cadeira, que arranhou ruidosamente o piso, arrancando risinhos dos garotos do Eden. O doutor Pruitt, parcialmente escondido atrás de um alto-falante ao lado do palco, os silenciou com um "shh" prolongado. Esgueirei-me por entre as fileiras de cadeiras, ocasionalmente pisando no pé de alguma colega, e andei com passos desajeitados até o palco. Os alunos do Eden estavam à minha esquerda, fileira atrás de fileira de cabelos cuidadosamente penteados, camisas brancas impecáveis e blazers cor de mostarda adornados com o emblema do colégio e o lema *Floreat Edena* – "Que o Eden Floresça" em latim. À minha direita estavam as meninas do Harrogate, maquiadas como se fossem para um baile de formatura, com base, cílios enormes e batom vermelho ou pink. E lá estava Olive, os cabelos fartos e cacheados presos em um coque com um elástico prateado de camurça. Ela acenou para mim com as duas mãos, animada.

123

Diminuí o passo, pensando numa maneira de escapar. Talvez fingir que estava passando mal e desmaiar, logicamente caindo com cuidado para não me machucar.

– Seria bom chegar hoje – gracejou o capitão da equipe do Eden, no palco.

Todos riram.

Apressei-me e subi os degraus de dois em dois, até chegar à mesa do meu grupo, equipada com microfones e botões de campainha, como se estivéssemos em uma convenção da União Europeia. Escolhi o último assento, mais próximo da extremidade do palco e mais distante de Rochelle, que infelizmente também havia escolhido geografia. Além dela, estavam sentadas à mesa Rebecca, da minha turma de inglês, Kirsten, do artesanato, e outra menina do grupo de estudos de cujo nome eu não me lembrava. Rochelle, obviamente, era a capitã do time e convidou os meninos do Eden para se sentarem à mesa do outro lado.

– Jack, Connor, Kyle, Thomas...

Revirei os olhos. Claro que eu sabia o nome de todos os alunos do terceiro ano do Eden.

– ... e Broden. – Ela sorriu ao chamar o último e pestanejou como uma personagem de desenho animado.

Broden subiu ao palco, suspirando alto para que todos soubessem que sua participação poderia decepcionar. Ele e eu poderíamos formar uma dupla.

Pop. Crec. Tloc.

A mutilada Hannah empoleirou-se na fileira da frente, sentada em cima de uma menina da turma de estudos modernos, ossos e cartilagens pendurados por todo lado na frente do rosto da garota, que, coitada, estremeceu sem entender o porquê. Olhei em volta à procura de Meghan e Sarah e senti uma cotovelada nas costas. Virei-me e vi Kirsten olhando séria para mim. O quiz já havia começado? Ah, sim, pergunta número 3. Opa...

COMO SOBREVIVER A UM FILME DE TERROR

A diretora Blyth deu uma tossidela antes de fazer a pergunta. Ela estava elegante, com um vestido verde-escuro, meia-calça preta e sapatos de salto alto. O cabelo estava penteado em um coque e ela usava um broche do distintivo do colégio. Segurava um cronômetro prateado na mão ligeiramente trêmula.

– Kinshasa é a capital de qual país?

O Eden apertou a campainha.

– República Democrática do Congo.

– Qual país europeu tem a população mais numerosa?

O Eden apertou a campainha de novo.

– Qual país tem o litoral mais extenso?

– Qual é o maior país não banhado pelo mar?

– Qual país está a menos de um metro e meio acima do nível do mar, o que o torna o país mais plano?

Pergunta após pergunta, o Eden apertava a campainha e acertava a resposta. Enquanto a minha campainha continuava intocada, as outras participantes do grupo pelo menos tentavam.

– Você está indo muito mal – a empalada Meghan falou por sobre meu ombro.

Uma gota de sangue pingou na mesa de madeira.

– Estou tentando – eu respondi, sem mover os lábios, como um ventríloquo.

– Ah, está? Mesmo? Ou ainda está pensando naquela ruiva?

Estendi o braço com a mão espalmada acima da campainha.

– Qual país era anteriormente conhecido como Sião?

Eu não sabia a resposta.

– Qual foi o último país a abolir a escravidão?

Também não sabia.

– Toubkal é a montanha mais alta de qual país?

Não fazia a menor ideia.

Rochelle olhou para mim com uma careta, os lábios retorcidos numa expressão de escárnio.

– Charley, participe – Kirsten sussurrou.

– Isso, Charley, participe – repetiu Meghan com um esgar.

– Você poderia pelo menos me ajudar – murmurei.

– Quantos países existem na região central da África? – perguntou a diretora Blyth.

– Três – Meghan soprou para mim.

Apertei a campainha.

– Três!

– Resposta incorreta. Eden, sua vez!

Lancei um olhar furioso para Meghan, que se limitou a franzir o nariz e murmurar:

– Desculpe, eu sou atriz, não sou obrigada a conhecer outros assuntos além de arte dramática.

O paquera de Olive, Thomas, tossiu discretamente antes de responder:

– Nove.

– Resposta correta! – exclamou a senhorita Blyth, balançando a cabeça, decepcionada.

Aplausos irromperam entre os alunos do Eden, enquanto as meninas do Harrogate me vaiavam, numa comovente demonstração de coleguismo.

A senhorita Blyth escreveu no quadro do placar:

Eden: 11
Harrogate: 2

Ihh... uma perda vergonhosa para nós.

Os holofotes foram direcionados para a plateia, para a primeira fileira do lado do Eden, iluminando os sorrisos presunçosos dos garotos, seus cabelos estilosos e dentes brancos. Olhei para a ala do Harrogate, procurando os cabelos vermelhos, o narizinho sardento e os olhos verdes. De repente,

Como sobreviver a um filme de terror

um lampejo dourado atraiu minha atenção. Estreitei os olhos e divisei um vulto no fundo do auditório, vestido de preto, meio escondido nas sombras e entre as decorações de Halloween – serpentinas, faixas e balões – guardadas no canto. Talvez fosse um professor, ou funcionário, mas, fosse quem fosse, estava imóvel. Parecia uma estátua, fria e rígida. Mas então a pessoa se moveu e eu vi... o rosto *dourado*! Dourado como o rosto da pessoa que perseguira e assassinara as meninas. A máscara dourada.

Inalei o ar com dificuldade e procurei Meghan a meu lado, mas não a vi. Será que eu estava alucinando?

Quando olhei para a primeira fileira de cadeiras, avistei Meghan numa posição protetora na frente de Hannah, que tremia e se encolhia atrás dela. Sarah gorgolejou e chiou, acenando com os braços. Não, eu não estava alucinando.

– É agora, Charley – avisou Meghan, dando um passo para trás.

Empurrei minha cadeira e ela caiu no chão, com um barulho que ecoou no salão. Os alunos se assustaram, alguns cobriram a boca com a mão para não rir. A senhorita Blyth olhou feio para mim. Eu apontei para o fundo.

– O as... O assa... – gaguejei.

Eu não conseguia falar. A senhorita Blyth me fulminava com os olhos, o maxilar tenso. Olhei aflita para a plateia, mas não vi o senhor Gillies, e o doutor Pruitt também não estava em seu posto no canto do palco.

Lá do fundo, o rosto dourado me encarava.

– Eu... Eu...

Alguém à minha direita fez "shh". Eu não conseguia falar nem respirar.

– Charley, sente-se. É a última pergunta – Rochelle sibilou da outra ponta da mesa. – Pode ser a nossa chance.

– Sente-se, senhorita Sullivan – ordenou a senhorita Blyth. Ela virou-se para a plateia e prosseguiu: – Em qual continente encontra-se...

O vulto escuro se moveu lentamente, o rosto dourado ainda olhando na minha direção, me fitando, do jeito como eu o fitava. Ele estava ali para matar outra vez.

SCARLETT DUNMORE

– ... a maior extensão de território?

Eu tinha de fazer alguma coisa. Apertei a campainha com força, e o som da sirene cortou o ar dentro do salão. A mesa balançou e Rochelle deu um gritinho assustado. Os garotos da equipe de geografia do Eden me encararam, as mãos pairando sobre as respectivas campainhas.

– Ele está aqui! – gritei, com voz aguda.

– Perdão? – murmurou a diretora Blyth. – O continente, Charley. O nome do continente.

– O assassino! – Minha voz soou como um uivo, enquanto eu apontava desesperada para o fundo do salão.

De repente me senti como Sarah Michelle Gellar em *Eu sei o que vocês fizeram no verão passado*, gritando histericamente para uma plateia perplexa e completamente alheia, enquanto o namorado era esfaqueado no estômago com um anzol de pesca enferrujado.

À minha volta, cadeiras rangeram e sussurros se transformaram em gritos. A senhorita Blyth deixou cair o livro de perguntas. A lombada da capa dura bateu no piso de madeira e o som ecoou no recinto. Ela olhou para mim com expressão furiosa no rosto corado, os olhos saltados. Apontei para o fundo do salão, e ela olhou naquela direção. Mas não havia nada ali além das serpentinas cor de laranja, faixas de plástico e balões pretos.

O vulto havia desaparecido.

Regra #16
O ELENCO DO FILME

A manhã seguinte transcorreu em meio a uma névoa de idas ao escritório da diretora, louças grudentas do café da manhã e livros didáticos pesados. Passei a primeira hora antes do café tentando convencer a senhorita Blyth de que não havia necessidade de me internarem no Hospital Geral de Wexford, e a última hora pedindo a ela que não ligasse para minha mãe. Por fim, cedi e pedi desculpas por ter interrompido o desafio acadêmico e levado o Harrogate a perder a competição para o Eden. Acho que isso era o que mais a incomodava – a derrota, não a possibilidade de um assassino em série no colégio. Tentei explicar a ela que o Eden teria vencido de qualquer maneira, que a possibilidade de uma reviravolta estava fora de questão, já que o Eden estava muito à frente, mas isso pareceu enfurecê-la ainda mais. Por alguma razão, ela tinha certeza de que suas meninas conseguiriam se recuperar e vencer.

E depois eu é que sou delirante...

Olive passou a manhã inteira de mau humor. Ela tivera um bom desempenho na rodada de línguas estrangeiras, inclusive entrando em um desentendimento acalorado sobre as origens do malaiala; mas no final o Eden ganhou. Como em todas as outras rodadas.

Ninguém acreditava em mim. Claro, somente eu tinha visto o assassino com rosto dourado no fundo do salão, e eu não era exatamente uma testemunha confiável. Como punição, fui proibida de participar do próximo desafio acadêmico, o que, para mim, era na verdade uma recompensa; então, no final das contas, a senhorita Blyth e eu saímos do escritório dela igualmente satisfeitas com o resultado.

Depois de mais um fracasso em meu trabalho de inglês, finalmente consegui ler mais um capítulo de *Outsider*, de Stephen King, e esperei Olive voltar da biblioteca. Aquele seria um sábado diferente para nós. Não tínhamos escolhido filmes para assistir, não tínhamos reservado nosso horário preferido das 19 horas na sala comunitária para usar o micro-ondas, não tínhamos separado nossas calças de moletom ou de pijama e meias de lã nem preparado os pufes e cobertores no chão para assistir a um filme. Não, aquele não seria um Sábado de Assassinato para nós. Naquela noite haveria festa no Eden. Sim, Olive e eu iríamos a uma festa de verdade – com pessoas de verdade.

Dobramos nossos pijamas debaixo dos travesseiros e vasculhamos minuciosamente o guarda-roupa, experimentando cada peça, abrindo malas, procurando no fundo das gavetas e finalmente abrindo uma sacola preta com roupas destinadas a doação, esperando para ser despachada para o continente. Concluímos que havíamos ido para aquela ilha desprovidas de trajes adequados para festas, mas por fim conseguimos encontrar uma solução, em estilo adolescente rebelde cinematográfico, na forma de camisetas retrô e pulseiras de contas pretas com minúsculas caveiras prateadas penduradas que balançavam conforme andávamos. A mutilada Hannah gentilmente tentou me ajudar com a maquiagem, mas depois de várias tentativas não conseguiu segurar o pó facial para me entregar. Agradeci a ela pelo esforço, ignorei as caretas da empalada Meghan ao ver minha

COMO SOBREVIVER A UM FILME DE TERROR

escolha de roupa e continuei aplicando o rímel preto e espesso que ameaçava fechar meus olhos para sempre.

Finalmente estávamos prontas para nossa noite de devassidão, o que para nós significava conversar secretamente com os meninos. Finalizamos a maquiagem, garantimos nossos penteados com uma quantidade alarmante de spray de cabelo – teríamos de tomar cuidado para evitar chegar perto de chamas – e saímos pela janela, o que logo percebemos que era completamente desnecessário, já que a porta dos fundos ficava ao lado do nosso quarto.

A brisa marinha nos atingiu com força no rosto, levando-nos imediatamente a nos arrepender da decisão de renunciar à nossa rotina semanal. Fechamos nossas jaquetas até o pescoço, ajustamos nossos cachecóis e prosseguimos, sabendo que, enquanto todo mundo estava na expectativa para o baile de Halloween dali a uma semana, havia um assassino à solta tramando o próximo crime.

O caminho para o Eden começava na trilha costeira que Olive e eu percorríamos regularmente e depois seguia para o noroeste da ilha, passando pelo convento. Naquela noite, o usual silêncio noturno era rompido pelas vozes animadas das meninas e por passos apressados. A maioria tivera a ideia sensata de levar os sapatos de salto alto em saquinhos de pano e usar tênis para a caminhada de uma hora, para evitar torcer um tornozelo, mas passamos por uma ou outra garota inexperiente trôpega sobre saltos finos, segurando-se à amurada de segurança com as duas mãos.

Os três fantasmas flutuavam atrás de nós, Meghan na liderança, praticando seus trinados vocais enquanto examinava periodicamente as unhas ainda impecáveis; Sarah chiando animada no meio, e Hannah por último, soluçando e olhando para o penhasco onde perdera a vida.

O cascalho fazia ruído sob nossas botas, no solo espesso de sal e calcário. Uma névoa úmida nos envolveu, e colocamos o capuz na cabeça para evitar que o ar da ilha arruinasse nossos cabelos.

– Você tem certeza, Charley? – perguntou Olive.

– Não. Mas, neste momento, a maioria das nossas colegas está no Eden, então o mais provável é que o assassino também esteja lá.

– Justamente o motivo pelo qual deveríamos ter ficado em casa. – Olive gesticulou para a construção escura e agourenta atrás de nós, situada na beira do penhasco, com trepadeiras retorcidas subindo pelas paredes de pedra da Ala Elizabeth.

O Harrogate não era "casa" para mim, mas depois de seis anos era natural que fosse para Olive e para tantas outras meninas que estudavam ali há mais tempo que eu. E a diretora Blyth tinha dito que o colégio era o único lar que algumas delas conheciam, tendo sido esquecidas por seus familiares no continente. A vida tinha sido difícil depois que meu pai morrera, principalmente para minha mãe, que tivera de trabalhar em turnos extras para pagar a hipoteca, mas eu sempre tive um lugar seguro para onde voltar, algo que algumas das meninas ali não tinham, então o colégio era a casa delas. E agora alguém estava tentando privá-las disso.

– Neste momento somos as únicas que sabem que há um assassino aqui, por isso temos de fazer alguma coisa, senão a nossa formatura no verão contará com meia dúzia de gatos pingados.

– Lado positivo: menos competição para a universidade – brincou Olive.

Hannah lançou um olhar fulminante para ela. Engoli o riso e virei-me para olhar o mar lá embaixo, batendo contra as pedras com rajadas de sal e espuma.

– Estou com um pressentimento ruim – disse Olive.

– Temos uma vantagem… o assassino não espera que estejamos lá esta noite. Isso nos dá um pouco mais de tempo para fazer nossa pesquisa.

– Como Charley em *A hora do espanto*.

Eu me encolhi, sabendo que tinha me dado aquele apelido por causa dele antes de ir para a ilha – um adolescente obcecado por filmes de terror e determinado a expor o monstro que vivia na casa ao lado. Ao contrário de Meghan, porém, eu era sensível à ironia.

– Qual é o plano para hoje?

COMO SOBREVIVER A UM FILME DE TERROR

– Pensei que podíamos circular... – sugeri – e conversar com Archie, o namorado de Sarah. Perguntar se ele sabe de algo que possa ajudar.

Sarah emitiu gorgolejos em tom animado.

– Quem as viu pela última vez... amigas, e principalmente inimigas.

Meghan franziu o nariz.

– *Inimigas?*

– Sim – respondi, chutando um pedregulho no chão.

Olive gemeu alto.

– Isso significa que teremos de falar com as *bruxas* de Eastwick?

– Sim, as Elles serão nossas melhores amigas nesta noite.

– Charley, a quem estamos querendo enganar? Somos adolescentes em um internato para meninas, não detetives. Isso é trabalho para a polícia.

– A polícia não vai acreditar em nós, como a diretora Blyth não acreditou. E, se tudo isso der em nada e eu estiver apenas vendo e ouvindo coisas, então o Harrogate não será prejudicado, e não teremos colocado em risco a carreira acadêmica de ninguém. Por enquanto estamos apenas... verificando.

– Verificando? *Verificando* se há um assassino em série no colégio?

– Sim. – Assenti com a cabeça, percebendo como isso parecia bizarro quando verbalizado em voz alta. – Além do mais, somos praticamente especialistas!

– Somos?

– Lá vamos nós – murmurou Meghan, marchando à nossa frente.

– Claro! A quantos filmes de terror em colégios já assistimos? Existe um padrão, uma tendência. O assassino sempre faz parte do elenco principal: a rainha do baile e líder de torcida, o atleta, o melhor amigo tímido, o interesse amoroso...

– A aluna novata...

– Sim, a aluna novata, que também pode ser a solitária do colégio. Às vezes é o parente injustiçado.

– Como em *Baile de formatura/A morte convida para dançar* – disse Olive, empolgada, quase tropeçando na beira do caminho costeiro.

– Sim, a maioria dos assassinos psicopatas segue um padrão previsível: *Babysitter: Rainha da morte,* obviamente é a rainha do baile; *Pacto secreto,* o namorado, lógico; *Eu sei o que vocês fizeram no verão passado,* o pai; *Tem alguém na sua casa,* o amigo tímido; *Atração mortal,* a solitária do colégio; *Halloween,* parte 1 até... sei lá... 100..., o irmão; *Garota infernal,* a líder de torcida.

– Tecnicamente foi o diabo – corrigiu Olive. – E o elenco estava todo errado. – Ela estremeceu. – Então, o que está dizendo é que temos de fazer uma associação com esses papéis para descobrir o assassino?

– É um ponto de partida, e é o que sabemos. Nós *conhecemos* filmes de terror, Olive.

O frio aumentou, e nos enrolamos em nossos cachecóis enquanto o vento perfurava a trama de lã. A caminhada para o Eden era mais longa do que eu imaginava, e o calor e segurança de nosso dormitório pareciam mais atraentes do que nunca. Assim como o filme e a pipoca de que havíamos nos privado.

– Muito bem, então, a rainha do baile... Rochelle? – continuou Olive.

– Não se esqueça das outras duas bonecas – acrescentou Meghan.

Assenti com a cabeça.

– Sim, e Annabelle e Gabrielle também entram na lista.

– A aluna novata e solitária do colégio... você. Desculpe...

– A melhor amiga tímida... você. Desculpe – rebati.

– Bem, não temos namorado... nem namorada. Então esse personagem fica de fora por enquanto.

– Presumindo que somos as protagonistas do filme – apressei-me a acrescentar.

– Temos de ser. Somos nós que encontramos os corpos.

– Tem razão, Olive. Por que não pensei nisso? Somos as estrelas principais! O assassino nos escalou como protagonistas da trama. Somos sempre conduzidas ao local dos corpos. Ele quer que sejamos nós a encontrá-los!

– Mas, então, se somos as protagonistas e não as suspeitas, quem iremos escalar como a aluna novata e a melhor amiga tímida?

– Você conhece a lista melhor do que eu.

– Bem, Kirsten, do artesanato, não se encaixa exatamente no papel de solitária do colégio, mas, depois de você, ela é a segunda novata. Chegou aqui em janeiro.

– Tudo bem, falaremos com ela também. E a melhor amiga?

Olive deu de ombros.

– Não temos outras amigas.

– Verdade.

Olhei para os três fantasmas que se arrastavam atrás de mim no caminho de cascalho, no esforço de nos acompanhar. Além de Olive e da minha ex, Sadie, aquelas três garotas eram as únicas com quem eu havia passado mais tempo. Eu poderia dizer que eram minhas amigas?

– E o atleta, quem é? – perguntou Olive.

– Você também conhece os meninos do Eden melhor do que eu.

– Não muito, na verdade.

– Como assim? Você foi a várias festas lá, você mesma me contou.

– Porque eu queria que você me achasse legal quando nos conhecemos.

– Olive, olhe para mim… estou usando uma camiseta de *Stranger things* com a frase "Hellfire Club"! Acha mesmo que dou importância para quem é "legal"?

– Estou tão apaixonada por Steve – ela murmurou.

Meghan se inclinou para mim.

– Quem é Steve?

Sorri e balancei a cabeça, enquanto descíamos em direção ao sul da ilha, mais longe do que eu já havia ido. O vento estava mais brando naquela área, até as ondas pareciam mais suaves, o mar menos ameaçador. Logo avistamos os telhados do Colégio Eden para Meninos recortados contra o céu enluarado.

Era uma construção sofisticada de vidro, toda iluminada, parecendo um farol sobre a pedra onde se situava. Sem dúvida, uma arquitetura impressionante, embora mais adequada para uma paisagem urbana do que para uma ilha acidentada fustigada por temporais.

Olive respirou fundo, abafou uma exclamação e parou, visivelmente nervosa. Passei o braço pelo dela e o apertei de leve.

– Venha, vamos escalar nossos personagens e encontrar nosso assassino.

Regra #17
INFILTRE-SE NA FESTA DO ENSINO MÉDIO

O Colégio Eden para Meninos havia sido erigido cinquenta anos antes. Embora poucos se lembrassem do Harrogate como mosteiro, a geração mais velha da ilha se recordava da colossal construção do Eden, que havia durado oito anos. Enormes folhas de vidro, painéis de madeira escandinava e blocos de concreto reforçado foram enviados do continente, levando operários da cidade e o barulho da modernidade para o que anteriormente era uma ilha pacífica de beleza natural intocada.

Segundo Olive, a arquitetura havia sido inspirada no Salão do Centenário da Polônia, de influência alemã, mas de perto lembrava mais um planetário, com o domo no telhado e o formato de quadrifólio. O interior tampouco era aconchegante – paredes brancas, superfícies de aço, escadas de vidro em espiral e quadros de Arte Moderna de artistas americanos irreverentes como Joseph Stella e Charles Demuth nos quais fragmentos geométricos coloridos eram dispostos em um design de origami e posteriormente vendidos por preços exorbitantes.

Em suma, era um prédio sem charme.

– Bem-vinda ao Colégio Eden para Meninos – anunciou Olive, olhando para a cúpula de vidro que em nada combinava com a paisagem da ilha. Era tão grande que escondia o oceano lá atrás, e o luar refletido nos painéis de vidro nos ofuscava.

– Onde é a festa? – perguntei.

– Ouvi as meninas comentando ontem que seria no salão da piscina.

– Tem um *salão de piscina*?

– Uma piscina bem maior que a do Harrogate, acredite. Ao passo que a nossa é para uso recreativo, a do Eden tem cinquenta metros e é para treinar futuros medalhistas olímpicos.

– Imagino que o reitor deve amar o fato de a piscina ser usada para festas e bebedeira.

Olive fez uma careta e gesticulou na direção dos fundos do prédio.

Evitamos os holofotes brilhantes que iluminavam o gramado molhado e seguimos por um caminho de pedra imaculadamente limpo que atravessava um roseiral e canteiros de ervas mais bem-cuidados do que os da senhorita Blyth. Meghan vinha atrás de nós, mas Hannah e Sarah flutuavam através das roseiras, com dificuldade para enxergar o caminho, devido ao ângulo infeliz de seus pescoços quebrados.

A construção se dividia em longas alas tubulares que lembravam um laboratório de pesquisa subaquático, cada uma com uma porta de aço e teclado de senha para entrar. Passamos por fontes de mármore e um conjunto de quadras de tênis cobertas. Fiquei imaginando o custo daquela construção e que tipo de pais ela atraía para matricular os filhos. Depois de passar pelas quadras, seguimos o caminho que serpenteava pelo jardim até os fundos do colégio, onde nos deparamos com uma construção de tijolos brancos com portas de vidro. No jardim o ar estava parado, calmo, e a escuridão nos envolvia.

Pop. Tloc. Crec.

COMO SOBREVIVER A UM FILME DE TERROR

Virei-me para os três fantasmas a meu lado. Meghan segurava Sarah e Hannah firmemente pelos pulsos, tendo sido obrigada a redirecioná-las de volta para o caminho várias vezes.

– O que foi? – perguntou Olive, olhando para o jardim vazio atrás de nós.

– Nada – falei baixinho. – É aqui?

– Não parece que tem um bando de adolescentes aí dentro, parece? – observou Olive. – Com esse silêncio... nem vozes, nem risadas, nem música... – Ela girou a maçaneta da porta. – Está trancada.

Olhei para Meghan em busca de respostas; ela estava tão perto de mim que a haste de ferro quase me tocava.

– A porta perto dos banheiros está destrancada – disse ela.

– Tente a porta perto dos banheiros – falei para Olive.

Contornamos a casa, nossas botas fazendo ruído no caminho de pedregulhos. Olive girou a maçaneta da porta e ela se abriu.

– Como você sabia? – perguntou ela, surpresa.

– Hum... palpite, apenas.

Depois que a porta do vestíbulo se fechou atrás de nós, ouvimos o som abafado da música, com vozes e risos.

– Paredes à prova de som – falei. – Não admira que as festas sejam realizadas aqui.

– A senhorita Blyth estaria acampada ali no jardim se fosse no Harrogate.

Olive parou diante da porta interna, hesitante. Tossiu baixinho, ajeitou o cabelo com a mão, endireitou a jaqueta vermelha que havia comprado no verão, parcialmente encobrindo a imagem de Ghostface na camiseta, e respirou fundo.

– Você vai entrar? – perguntei.

– Vou, sim... claro.

Notei que as mãos dela tremiam ao segurar a maçaneta.

Abrimos a porta e no mesmo instante sentimos uma onda de calor nos envolver, em contraste com a temperatura fria do lado de fora. Caminhamos por entre os alunos que se encontravam no hall próximo aos toaletes e chegamos à área principal da piscina. Era um espaço amplo e quente, insuportavelmente quente. Eu mal conseguia respirar. Fui conduzindo Olive em direção a uma janela e a abri, inspirando o ar desesperada.

– Não admira que as meninas estejam com tão pouca roupa – disse Olive, tirando a jaqueta. – Isto aqui está parecendo uma sauna!

Passei a mão pela testa, olhando ao redor à procura dos fantasmas. Hannah estava encolhida em um canto, olhando com ar melancólico para um grupo de garotas que conversavam animadamente, de vez em quando abraçando ou cumprimentando alguém. Sarah perambulava por ali, ofegante, talvez procurando seu ex-namorado, e Meghan tentava pegar um copo descartável de cerveja sobre uma mesa, praguejando quando seus dedos atravessavam o plástico toda vez.

– Muito bem – disse Olive, meio sem fôlego, amarrando as mangas da jaqueta em volta da cintura. Qual é o plano?

– Vamos começar checando as pessoas que se enquadram na lista de suspeitos.

Vasculhamos a multidão de adolescentes, procurando os personagens do elenco. A rainha do baile estava dançando na beira da piscina, usando uma roupa extremamente apertada, e os garotos em volta dela feito uma horda de zumbis de *Dia dos mortos*, de George Romero.

Fazia pouco tempo que estávamos ali, mas muitos estavam me encarando, provavelmente me reconhecendo do fiasco do desafio acadêmico.

– Precisamos interagir! – Olive gritou acima do som alto do ambiente.

Nos entreolhamos e começamos a dançar no ritmo da música. Dançar não era o meu forte, eu era mais do tipo de ficar sentada e observar, mas Olive tinha razão, precisávamos interagir. Meus membros se moviam de modo estranho, não pareciam pertencer a mim; eu mais transpirava do que outra coisa.

– Ali está Kirsten – disse Olive, segurando meu braço –, nossa aluna novata. Ou melhor, a segunda novata.

COMO SOBREVIVER A UM FILME DE TERROR

Assenti com a cabeça e começamos a nos mover para mais perto dela. Estava em um círculo de amigas, dançando com um copo na mão. Um garoto do Eden entrou no meio do grupo, e as meninas se afastaram para dar espaço a ele, todas encantadas. Vi ali a minha oportunidade.

– Oi, olá, Kirsten! – chamei, no tom mais alegre e casual que consegui, com Olive atrás de mim.

– Ah, oi! – respondeu ela com uma ruga na testa, olhando em volta como se quisesse o apoio das amigas, que continuavam olhando embevecidas para o garoto do Eden.

– Eu sou Charley – falei, estendendo a mão.

Depois de uma breve hesitação ela segurou minha mão, e eu apertei com força, esperando intimidá-la, deixar claro que as protagonistas do filme não estavam nem um pouco abaladas pelos acontecimentos recentes. Isto presumindo que ela fosse a assassina, claro. Se não fosse, então eu não estava fazendo nada para refutar as apreensões das pessoas a meu respeito.

– Eu conheço vocês – ela falou alto, acima do som da música, tentando soltar a mão da minha. – Nós fazemos artesanato juntas.

– Eu não tinha certeza se você se lembrava dos nossos nomes, já que você é *novata*. – Dei uma piscadela.

– Você também é – ela observou. – Veio depois de mim. E vocês duas têm… estado em evidência ultimamente.

– Ah, obrigada! – Olive sorriu, alisando com ar de orgulho sua camiseta.

– Então, Kirsten – comecei –, o que está achando do Harrogate até agora? Gosta do colégio? Está feliz aqui? Infeliz? Solitária? Ressentida? Faria *qualquer coisa* para voltar para sua casa? – Pisquei para Olive.

– Eu gosto… está indo tudo bem – respondeu ela, com um risinho nervoso e começando a se afastar na direção das amigas.

– Mas certamente você sente saudade de casa, não? – perguntou Olive, colocando-se entre ela e o grupo.

– Sinto, claro, mas gosto bastante daqui. – Ela deu de ombros.

– Gosta?

– Sim… conheci meninas legais, fiz boas amizades, para a vida toda. Na verdade, Chloe e eu vamos tirar um ano sabático depois que nos formarmos.

– Ah, é?

– Sim, vamos viajar pela América do Sul. – Ela tomou um longo gole de sua bebida.

– Ah, muito bom! – exclamei.

Ela não parecia ser a assassina. Aparentava estar feliz, contente, como se estivesse curtindo bastante o colégio. Eliminar o terceiro ano inteiro, uma a uma, não devia estar em sua lista de coisas a fazer antes de se formar e viajar.

– Você está no Clube de Teatro? – perguntou Olive.

– Não – Kirsten respondeu no mesmo instante em que Meghan surgiu por trás dela, olhando gulosamente para o copo.

Olive prosseguiu com a entrevista:

– Ah, você não estava lá, então, no sábado de manhã?

– Não, estava no Clube de Redação Criativa; temos aula todo sábado. Estamos montando uma antologia. Eu sou a editora.

Meus ombros se curvaram. Amizades, planos de viajar, membro de destaque no Clube de Redação Criativa, do qual eu havia sido dispensada por causa da minha imaginação obscura e distorcida. Estava começando a sentir inveja de Kirsten do artesanato e a descartá-la como nossa assassina.

Ela deu um passo para trás, tentando afastar-se de nós.

– Eu… vou procurar minhas amigas – falou, recuando um pouco mais.

Meneei a cabeça para Olive, que se afastou para dar passagem. Kirsten não era a nossa assassina de rosto dourado. Antes que tivéssemos tempo de procurar o próximo membro do elenco, um rapaz de cabelo loiro espetado se aproximou com um sorriso largo no rosto.

– Meninas novas! Sejam bem-vindas… Posso oferecer a vocês algo para beber? Algo para *refrescar*?

COMO SOBREVIVER A UM FILME DE TERROR

Revirei os olhos e detectei um sorriso no rosto vermelho de Olive. Esperava que ela estivesse corada por causa do calor. Seria possível que ela achasse atraente aquele tipo de gracejo?

– Não, obrigada – respondi.

– Sim, claro! – Olive falou ao mesmo tempo.

Olhei para ela, séria. Aquele não era o plano. Estávamos ali para interrogar, não para flertar.

– É só um minuto – ela disse. – Eu já volto. – Ela piscou.

– Tudo bem, mas seja rápida.

Olive meneou a cabeça e abriu um sorriso largo que me fez suspeitar que não seria tão rápido. Nem um pouco. Enrolei meu cabelo em um coque meio bagunçado e fui até a janela, desfrutando a brisa que entrava e refrescava minha nuca.

– Está quente, não?

Olhei para o lado e vi um rapaz de cabelos compridos soltos e um copo em cada mão.

– Sufocante – concordei, desviando o olhar. Não queria que ele achasse que eu estava a fim de bater papo.

– Como você se chama? – ele perguntou.

– Charley – respondi um pouco brusca, sem saber como me livrar dele educadamente.

– Oi, Charley, eu sou Archie.

Suspirei, sentindo que precisava ser mais clara.

– Escute, Archie…

De repente Sarah apareceu, tentando encostar o rosto ao dele e seus dedos arranhando-o.

– Você é *Archie*? – repeti, devagar.

– Sim – ele respondeu, olhando ao redor. – Já nos conhecemos?

– Não, não. É que eu reconheci o seu nome. Você é o Archie que estava namorando a… – por pouco não falei "a menina que foi estrangulada". Sarah Keenan?

Scarlett Dunmore

No mesmo instante o semblante dele se entristeceu, e os cantos dos olhos ficaram brilhantes com lágrimas não derramadas. Ele devia estar no Clube de Teatro do Eden – não que a dor não fosse sincera, mas a arte dramática estava presente ali.

– Sim – disse, baixando o olhar.

– Sinto muito por sua perda. – Forcei um sorriso simpático e coloquei gentilmente a mão no braço dele.

Sarah me lançou um olhar zangado e inclinou o pescoço quebrado e os olhos saltados para perto demais do meu rosto. Retirei a mão depressa.

– Sim, foi muito triste.

– Eu imagino. Mas você está enfrentando com coragem, participando da festa e tudo o mais.

– Sim… É preciso. – Ele balançou a cabeça.

Foi difícil não revirar os olhos.

– É… sempre quente desse jeito aqui? – perguntei.

– Mais ou menos, sim. Aceita uma bebida? – Ele ergueu os dois copos para mim.

– Claro.

Eu sorri. Fazia meses que havia parado de beber, mas precisava ser amável se quisesse fazer perguntas. A cerveja estava deliciosamente gelada e refrescante, e acabei tomando o copo inteiro quase de uma vez só.

– Obrigada.

– Quer dar uma volta lá fora, respirar ar fresco?

– Agora não, quem sabe mais tarde. – Dei um sorriso forçado, tentando fazer com que parecesse espontâneo.

– Seu rosto é familiar para mim… Você tem certeza de que já não nos conhecemos?

Sarah chiou e fez um som de engasgo, desesperada para falar.

– Tenho certeza – insisti.

– Ah, me lembrei agora! – ele exclamou, gesticulando. – Você é a menina que perdeu o desafio acadêmico!

COMO SOBREVIVER A UM FILME DE TERROR

Dei uma risadinha, sem jeito.

– Sim... adoro agitar um desafio acadêmico.

– Alguém desafiou você?

– Sim – respondi, rápido demais. – Fui desafiada.

– As meninas do Harrogate têm um senso de humor estranho – disse ele, balançando a cabeça.

– Você nem imagina – murmurei, olhado para a desajeitada Hannah no canto e para Meghan, que tentava falar com uma amiga na beira da piscina. Sarah continuava a meu lado.

– Nunca tinha visto você numa festa antes.

Dei de ombros.

– É a primeira vez que venho ao Eden.

– E o que está achando?

– É uma construção bem diferente... original.

– É incrível, não é? Naturalmente linda.

Concordei com um movimento de cabeça, incapaz de falar. Precisava retomar minha investigação, discretamente, claro.

– Archie, por acaso Sarah comentou alguma coisa com você antes de morrer? Algo do tipo, se ela estava com medo de alguém, ou se havia discutido com alguém, ou se estava sendo perseguida?

– Perseguida?

– Algo do tipo, que seja estranho, que possa ser importante, entende?

– Não, acho que não. Por quê?

– Só curiosidade. Quando foi a última vez que você a viu?

– Numa festa aqui, no fim de semana anterior.

– Aconteceu alguma coisa nesse fim de semana?

– Você faz um bocado de perguntas! – exclamou ele, passando a mão pelos cabelos longos.

– É que estou curiosa para saber o que aconteceu – repeti.

– Se você está falando da briga, não foi tão ruim como comentaram por aí. Eu estava presente. Houve uma discussão, e uns empurrões, mas não foi a briga épica de tapas e socos como o pessoal disse que foi na segunda de manhã.

– Houve uma briga? – perguntei, olhando na direção de Sarah.

Ela chiou e ofegou e apontou para alguém atrás de mim. Tentei me virar, mas era tanta gente dançando e me empurrando que me desequilibrei e não consegui ver quem era.

– Com a minha ex – disse Archie, tomando um gole de cerveja.

– O que aconteceu?

– Ela ainda está muito magoada com o término. Me acusou de traí-la com Sarah.

– E você traiu? – perguntei sem cerimônia, olhando para Sarah.

Ela tossiu e desviou o olhar.

– Não é traição quando você está apaixonado! – argumentou ele, apertando o peito num gesto dramático.

Sarah flutuava ao lado dele, os olhos marejados, o rosto magro e sofrido tentando sorrir, enquanto tentava abraçá-lo.

– O que aconteceu exatamente?

– Minha ex ficou furiosa… entrou no meu quarto, pegou uma tesoura e rasgou minhas roupas! A amiga dela fez pior. Jogou uma pedra no meu notebook. O doutor Pruitt cobrou o Harrogate por isso. Eles vão ter de pagar.

– Uau… – Uma pedra no notebook era bem radical, até para mim.

– Então, as pessoas acham que Anna é uma ovelhinha, que segue as amigas por toda parte, mas tem algo errado com aquela garota. Ela tem algum distúrbio mental. – Ele tomou o restante da cerveja e arrotou alto.

Fiz uma careta e virei-me para Sarah, cujo enlevo não parecia nem um pouco abalado.

– Como elas conseguiram entrar no Eden? Isto aqui parece uma fortaleza.

– Rochelle deve ter as chaves-mestras das duas escolas. Eu não duvidaria…

COMO SOBREVIVER A UM FILME DE TERROR

– Espere... você disse *Rochelle*? – perguntei, incrédula. – E a amiga louca é Annabelle?

– Isso mesmo.

– *Rochelle Smyth* é sua ex?! – gritei.

– Está falando de mim? – Uma voz gelada soou às minhas costas.

Olhei para trás e vi uma cena de filme: a multidão separada em duas partes como o Mar Vermelho, com Rochelle e Annabelle no centro.

Rochelle me encarava com olhos frios e escuros. Vazios, como os de uma assassina.

Regra #18
ALGUÉM SEMPRE MORRE NAS FESTAS DO ENSINO MÉDIO

– Eu... ahn... – gaguejei, sem saber direito como mentir e por onde começar.

– Eu... *ahn*...? – debochou Annabelle, arregalando os olhos com os cílios espessos de rímel.

– Se tem algo a dizer sobre mim, diga na minha cara. Ou prefere anunciar em uma reunião na frente da escola inteira? – desafiou ela, por entre os dentes. Estava segurando um copo de plástico vermelho contendo um líquido azul-neon de aspecto suspeito.

Meu sangue ferveu. Repreendi a mim mesma por ter me colocado naquela situação. Aquela não era eu. Eu havia lidado com garotas como Rochelle todos os dias na minha outra escola. Na verdade, *eu* era uma delas... não que eu fosse admitir isso para ninguém, muito menos para Olive.

COMO SOBREVIVER A UM FILME DE TERROR

– Se eu tiver algo a dizer, não se preocupe, que direi! – exclamei bem alto, fitando-a nos olhos, que estavam emoldurados por delineador preto pesado e o que pareciam ser cílios postiços que se curvavam para cima até quase tocar as sobrancelhas, de um jeito bastante artificial.

Ela me lançou um olhar fulminante, piscou e então recuperou a compostura. Mediu-me de cima a baixo com um sorrisinho torto.

– Interessante a sua escolha de roupa. Sabe que ainda faltam duas semanas para o Halloween, certo?

– Engraçado, eu ia dizer a mesma coisa de você – retruquei, olhando para o corpinho esguio espremido em um conjunto de couro preto e branco que parecia um figurino saído de *Mad Max*.

Olive correu para perto de mim e pressionou minhas costas com a mão.

– É uma lástima, sabem… – Rochelle falou em voz alta para o grupo aglomerado ao redor. – Parece que o Harrogate aceita *qualquer uma* agora. – Ela me olhou de cima a baixo outra vez.

Dei um passo à frente, mas Olive me puxou pelo braço. Trombamos com jovens que estavam dançando e avançamos pela borda da piscina, onde alguns alunos boiavam de costas, jogando uma bola inflável gigante uns para os outros.

– O que está fazendo? – questionei, olhando para trás para Rochelle e amigas que nos observavam enquanto nos afastávamos no que parecia ser uma atitude de derrota, para minha grande contrariedade.

– Eu é que pergunto, Charley, o que *você* está fazendo? – retrucou Olive, em tom indignado. – Você está cutucando a onça… no hábitat *dela*.

– Eu a estou enfrentando. É o que você deveria fazer também. Toda vez que ela te provocar, provoque também. Ela vai acabar recuando e escolhendo outra vítima.

– Ou vai ficar ainda mais enfurecida e me acertar com uma machadinha. É Rochelle Smyth, Charley! Essa garota infernizou a minha vida durante cinco anos. Conseguiu fazer minha primeira colega de quarto ir embora

149

da ilha. Fez tanto bullying que ela não aguentou. Depois disso, passei dois anos fazendo minhas refeições no consultório da enfermeira Clare, porque tinha pavor de encontrá-la no refeitório. Ela é maldade pura!

Segurei o braço de Olive.

– E se *ela* for a assassina?

– Seria óbvio demais, não?

– Não a escalamos como rainha do baile sem motivo.

Olive deu de ombros.

– Sem dúvida ela seria capaz. É amargurada com a vida a esse ponto. Também tinha uma história com todas as vítimas: Sarah roubou o namorado dela. – Sarah chiou e gorgolejou atrás de Olive, que continuou: – Meghan tirou dela o papel de protagonista na peça da escola.

– Ei! – protestou Meghan. – Eu ganhei o papel!

– E Hannah? – perguntei, olhando para seus olhos tristes, membros retorcidos e cabelos sujos de areia.

– Ela tinha raiva também. No terceiro ano, Hannah denunciou à diretora Blyth que as Elles tinham colado nos exames finais. O caso acabou não tendo consequências, mas os pais de Rochelle ficaram sabendo, e ela fez da vida de Hannah um inferno depois disso.

Hannah concordou com a cabeça, os olhos vidrados e tristes.

– Não sei, tem alguma coisa errada – murmurei, olhando de novo para Rochelle.

Ela estava de frente para Annabelle, o rosto vermelho e contorcido, como se estivesse gritando, ocasionalmente olhando para Archie para verificar se ele estava vendo. Não estava. Ele estava olhando para mim, e *sorrindo*. Talvez eu tivesse desempenhado meu papel um pouco bem demais. Estremeci e puxei Olive para o meio dos alunos, tentando escapar do campo de visão dele.

De repente, em meio ao cheiro de suor e hormônios, senti o familiar aroma de carvalho e limão. Virei-me e a vi movendo-se suavemente ao som da música. Saoirse estava de costas para mim, conversando e dançando

Como sobreviver a um filme de terror

com um menino e uma garota que reconheci da nossa ala de dormitórios. Engoli em seco com dificuldade.

– Ah, pare com isso! Convide-a para sair! – exclamou Olive.

– O que... quem? – fingi não entender.

– Quem pode ser? – Olive revirou os olhos. – Aquela para quem você fica olhando desde que chegou à ilha. Por favor... faça isso por mim. Não aguento mais ver você babando. Me distrai da minha paquera com Thomas.

Senti meu rosto queimar. Eu era assim tão óbvia?

– Não, não posso. Além do mais, não é para isso que viemos aqui. – Balancei a cabeça.

– Não, mas ela está logo ali. E, se ela for a próxima vítima, talvez você nunca tenha a chance de falar com ela...

– Olive!

– Desculpe.

– Tudo bem, mas só se você também falar com Thomas hoje.

Ela apertou os lábios por um momento e em seguida suspirou.

– Está bem. Combinado. – Olive cuspiu na palma da mão e a estendeu para mim.

Fiz uma careta e recuei, com a mão para trás.

– Isso não é necessário – falei.

Olive gesticulou, me dispensando, e se afastou, deixando-me sozinha. Respirei fundo, criando coragem. Movendo-me no ritmo da música, passos e ombros, fui me aproximando de onde Saoirse estava.

– Oii! – exclamei, um pouco alto demais.

Saoirse e os amigos se viraram para mim. Ficou óbvio que eu havia interrompido a conversa num momento inconveniente. Mas, depois de alguns segundos, Saoirse sorriu.

– Olá, Charley.

Senti-me explodir por dentro, como uma exibição de fogos de artifício.

– Você não é aquela menina que surtou no palco ontem? – perguntou o menino do Eden.

SCARLETT DUNMORE

– Sim, sou eu mesma. – Como eu podia me esquivar daquilo? – É que eu achei ter visto algo.

– O quê? – Ele franziu a testa.

– Não sei... acho que estava nervosa com o desafio acadêmico, foi isso. Vocês deram um banho em nós.

A expressão do rapaz se suavizou e ele começou a falar de si mesmo e de seus talentos acadêmicos, sem querer me proporcionando uma saída. Eu não queria perder tempo tentando convencer quem nunca acreditaria em mim de que estávamos todos correndo perigo. Na verdade, eu tinha algo mais importante a fazer e a dizer.

– Eu adoro festas. – Era mentira, mas nem tanto se Saoirse estivesse presente.

– Sério? Eu sou mais caseira – retrucou ela. – Gosto de ficar em casa na maioria das noites.

– Ah, mas eu também! – apressei-me a dizer, puxando a gola da minha camiseta. – Está calor, não está?

– Sim, muito quente – respondeu ela, sorrindo.

Ela tinha um sorriso lindo. Épico. Feito para o cinema. Sorri de volta.

– Você vai ao baile de Halloween? – perguntei.

– Com certeza! Adoro Halloween.

Parei de dançar e arqueei as sobrancelhas, boquiaberta. Aquilo apenas confirmava que ela era a garota dos meus sonhos. Era agora ou nunca. Alisei meu cabelo para trás e clareei a garganta.

– Você... ahn... será que podemos ir juntas?

Ela olhou para mim por um longo momento e começou a dizer algo...

De repente, tudo ficou escuro, como se o salão tivesse mergulhado em um buraco negro. Alguém gritou e a música parou, substituída por murmúrios na escuridão. Tateei com as mãos à procura de uma parede ou cadeira para me apoiar, mas tudo o que sentia era o ar quente e úmido na ponta dos meus dedos. De algum lugar próximo escutei o gorgolejo e o chiado de Sarah, enquanto os ossos de Hannah estalavam e rachavam.

COMO SOBREVIVER A UM FILME DE TERROR

Pelo menos eu tinha a companhia de três fantasmas no escuro.

– Quem apagou a luz? – gritou um garoto a meu lado.

– Foi um fusível queimado? – perguntou outro.

– Será que foi no colégio inteiro?

Seguiu-se o som de passos e de pessoas se movendo, juntamente com exclamações e o arrastar de cadeiras no piso de ladrilhos.

– Não, o prédio principal está com luz.

– Alguém sabe onde fica o quadro de luz? Pode ter sido queda de tensão.

– Fica na sala da caldeira. Acendam a lanterna dos celulares.

À nossa volta, vários pontinhos de luz brilharam, e o brilho da piscina e os rostos ao redor ficaram visíveis outra vez. As Elles tinham sumido, e no lugar delas duas meninas do nosso ano balançavam os celulares, como se estivessem em um show.

Infelizmente, Saoirse também não estava mais à vista.

Dois garotos do Eden desceram para a sala da caldeira, enquanto os que estavam no salão se serviam de cerveja e ponche, e o som de vozes preencheu o recinto.

Depois de alguns minutos, as luzes do teto piscaram e o salão se iluminou outra vez. Apertei os olhos, ofuscada pela claridade. Quando voltei a abri-los, Meghan estava na minha frente e eu me assustei e me virei. Todos aplaudiram e assobiaram quando os dois alunos voltaram para o salão e ergueram os braços, aceitando os aplausos, como se apertar um interruptor no quadro de luz fosse uma façanha monumental. Procurei Saoirse, mas tudo o que eu via eram adolescentes dançando, então comecei a procurar Olive, abrindo caminho por entre a turba, tentando localizar a jaqueta vermelha amarrada na cintura. A meu lado, os meninos do Eden continuavam aceitando os elogios.

– Estava um breu lá embaixo, e a bateria do celular de Joe acabou e não estávamos enxergando nada! – disse um deles, rindo.

– Mas não era fusível, alguém desligou a rede elétrica.

– Que coisa sem graça – comentou alguém.

Minha pele se arrepiou inteira, como se eu estivesse com frio, mas não estava. Ao contrário, estava com calor, mas mesmo assim todos os pelos do meu corpo se arrepiaram.

Atrás dos meninos, avistei Olive, os cabelos cacheados balançando conforme ela corria em minha direção.

– Ah, aí está você! Como foi?

– Desastroso. Perguntei se ela queria ir comigo ao baile de Halloween, mas aí ficou tudo escuro.

– O baile? Achei que *nós* iríamos juntas, não? – Ela fez uma expressão magoada.

– Bem, ela não disse que sim. Na verdade, não disse nada, pois alguém apagou as luzes bem nessa hora.

– Não foi um fusível?

– Não, alguém apagou as luzes intencionalmente.

A música techno recomeçou a tocar, os efeitos eletrônicos vibrando à nossa volta.

– Alguma coisa estranha está acontecendo – falei.

Olive segurou meu braço.

– Como em um filme de terror?

Assenti com a cabeça.

– Sim. Como em um filme de terror.

Olhamos ao redor, coladas uma à outra, vendo os adolescentes dançar animados.

– É uma festa do colegial… – murmurei. – Todo filme de terror tem uma, e toda vez alguém morre. Você conhece o padrão. Procure nos armários, vestiários e banheiros.

Ela virou-se para mim.

– Procurar o quê?

– Um corpo.

– Um corpo?! – ela gritou.

– Mais um, não – Meghan choramingou.

COMO SOBREVIVER A UM FILME DE TERROR

– Shh! Cuidado, precisamos ser discretas para não chamar a atenção. O assassino pode estar por aqui.

Olive assentiu, olhando apreensiva para os rostos perto de nós. Saímos da área da piscina, balançando os braços exageradamente para fingir indiferença, e fomos para o corredor mal iluminado, as lâmpadas fluorescentes no teto oscilando. O único ruído ali era o dos canos de ventilação da piscina, que estavam funcionando mais rápido que de costume para circular o ar com tantas pessoas lá dentro. Havia três portas do outro lado, todas com a placa de banheiro. De trás da primeira porta ouvimos vozes altas e estridentes, que reconheci de imediato. Abrimos a porta e vimos Rochelle e Annabelle de pé em frente à pia, com pequenos estojos de maquiagem e segurando pincéis de rímel como se fossem armas brancas.

– E você viu como ela estava vestida? – disse Rochelle, com a mesma voz esganiçada que eu às vezes ouvia em pesadelos. – Eu disse a ela que ia usar meu conjunto preto e branco, e ela me aparece com uma roupa exatamente igual! É para isso que combinamos antes, para não parecermos um trio de vasos!

– E você a viu conversar com Archie mais cedo? – dardejou Annabelle, jogando lenha na fogueira.

– Ah, não se preocupe, eu vi! Que cobra... – Rochelle olhou para o espelho, viu nosso reflexo e girou nos calcanhares.

– Vocês querem alguma coisa?

Annabelle também se virou.

– Com licença, estamos tendo uma conversa *particular*.

– Num banheiro que é *público* – retruquei, olhando ao redor.

– O que vocês querem? – repetiu Rochelle, com o pincel de rímel na mão.

Eu a ignorei e fechei a porta, voltando para o corredor. Os outros dois banheiros eram individuais, e o primeiro estava em silêncio e às escuras, o que foi possível constatar pela fresta debaixo da porta. Acima de nós as luzes piscaram.

Bati na porta.

- Olá? Tem alguém aqui?

Não houve resposta, então entramos. O cheiro lá dentro estava insuportável, e saímos depressa.

- Que horror - balbuciou Olive, tapando o nariz com os dedos.

O último banheiro também estava vazio. Na extremidade do corredor havia uma fileira de armários altos e estreitos, alguns trancados, outros entreabertos.

- Acho que não tem espaço aí dentro para um corpo. O que acha?

- Bem, *eu* não caberia aqui, com certeza - disse Olive, abrindo um deles.

Estavam quase todos vazios, com exceção de um ou outro par de tênis encardidos e sungas enroladas, que não nos atrevemos a tocar.

- Fala sério, o que vocês estão fazendo?!

Viramo-nos para ver as duas Elles que haviam saído do toalete.

- Ahn... - murmurei, sem saber ao certo como responder para Rochelle.

- Estamos procurando um cadáver - disse Olive, num tom um pouco casual demais.

- Oi? - perguntou Annabelle, piscando várias vezes.

- Um-ca-dá-ver - repetiu Olive, enfatizando cada sílaba.

Puxei-a pela mão de volta para a área principal da piscina. Olhei em volta à procura dos fantasmas, mas um verdadeiro mar de estudantes nos rodeava.

- Por que estão procurando um cadáver? Já não encontraram suficientes? - provocou Rochelle, atrás de nós.

Nos desviamos de dançarinos e tropeçamos em copos de plástico no chão, tentando despistar as duas Elles, que insistiam em nos seguir. Quando finalmente chegamos ao outro lado, vi que havia uma espécie de depósito na extremidade do salão da piscina, com um armário grande - o lugar perfeito para esconder um cadáver. Segurei a maçaneta do armário e respirei fundo. Olive ficou atrás de mim, espiando por sobre meu ombro e cutucando minhas costas, me encorajando.

Como sobreviver a um filme de terror

Abri a porta com toda a força e algo volumoso caiu em cima da minha cabeça. Eu gritei, e Olive também gritou atrás de mim. O que quer que tivesse me atingido caiu no chão ao nosso lado. À nossa volta, gargalhadas explodiram, acima do volume da música. Não era um cadáver, era uma enorme boia inflável verde-limão. Eu me senti uma idiota. Dei de ombros e olhei para Olive, que estava com o rosto mais vermelho que a jaqueta dela. Ela abriu a boca para dizer algo, que eu esperava que fosse espirituoso o suficiente para me distrair do fiasco da boia, quando um grito horripilante ecoou no salão da piscina.

Foi um grito de gelar o sangue. Tão alto e agudo que cortou o ar e penetrou em minha pele e músculos. A única vez que ouvi um grito como aquele foi de Shelley Duvall em *O iluminado*, a que Olive e eu havíamos assistido pelo menos três vezes desde que eu chegara à ilha. Mas aquilo não era um filme de Stanley Kubrick, aquilo era a vida real, e em vez de fugir para longe eu saí correndo na direção do grito, abrindo caminho por entre os alunos, empurrando dançarinos, ziguezagueando entre os jovens que entravam e saíam da piscina. Olhei para trás para me certificar de que Olive estava me seguindo, mas vi apenas rostos desconhecidos. Não havia ninguém vindo atrás de mim. E ninguém parecia estar surpreso ou assustado. Seria possível que ninguém mais tivesse ouvido o grito?

Confusa, continuei apressada, empurrei as portas para uma área de lanchonete, com mesas e cadeiras de metal e máquinas de venda automáticas contendo garrafas de água, refrigerantes e energéticos. Nos fundos havia uma porta dupla prateada de vaivém com uma escotilha que dava para a cozinha. Outro grito cortou o ar, vindo de trás da escotilha. Prendi a respiração e empurrei a porta devagar. Ela rangeu ao abrir-se, com o ruído de metal se arrastando sobre o ladrilho. De pé na cozinha estava Meghan, com a haste de ferro atravessada em seu corpo apontando para um canto no fundo, para onde ela olhava estarrecida.

– Desculpe – ela murmurou. – Não queria ser tão dramática, mas... é brutal demais, até para nós.

SCARLETT DUNMORE

Ao lado dela estavam as outras duas. Hannah tentava tapar os olhos com as mãos nodosas e retorcidas, e Sarah, curvada e alquebrada, ergueu um braço e apontou para a geladeira alta na parede do fundo. A porta estava entreaberta, deixando escapar ar frio e a claridade da lâmpada interna. Andei devagar até lá, até que senti algo viscoso sob as solas das minhas botas. Ergui o pé com alguma dificuldade e, quando olhei para o chão, vi que estava pisando em uma poça de sangue.

Olhei de volta para os três fantasmas colados uns aos outros, quase abraçados. Um forte cheiro metálico e picante me envolveu quando abri a porta da geladeira, e uma onda de náusea se espalhou pelo meu corpo. Larguei a porta para cobrir o nariz e ela se abriu, batendo na bancada ao lado. Os fantasmas soltaram uma exclamação abafada atrás de mim. Meghan gritou.

Dentro da geladeira, na prateleira de cima, aninhada entre um pote de maionese com baixo teor de gordura e uma garrafa de leite de aveia, estava a cabeça decepada de Gabrielle.

Regra #19
ESPERE UM NÚMERO CRESCENTE DE CADÁVERES

A brisa que entrava pela janela da sala de aula sacudiu as persianas, o metal batendo no vidro. Nos mexemos desconfortavelmente nas cadeiras em círculo, evitando olhar umas para as outras. Olive estava a meu lado, sua respiração curta e rápida me distraindo dos olhares das demais. Rochelle e Annabelle estavam de frente para nós, suas fungadas forçadas abafando o tique-taque do relógio de moldura branca na parede atrás delas. Ao lado delas estavam a diretora Blyth e o senhor Gillies.

Hannah estava num canto, toda tristonha, olhando pela janela para as árvores e rochedos, ou para o próprio infeliz reflexo, enquanto Sarah, ao lado de Rochelle, a fulminava com os olhos. Meghan se equilibrava em uma mesa no fundo da sala, praticando suas escalas vocais com sons agudos estranhos e parando de vez em quando para massagear o maxilar.

Minha cabeça doía e latejava, um lembrete de como eu quase não havia dormido naquela noite depois de tudo o que acontecera. Claro que eu havia encerrado a festa e alertado a direção do Eden e a do Harrogate, para desânimo geral e contrariedade de muitos.

– Charley – repetiu a senhorita Blyth, num tom de voz que combinava cansaço e irritação.

Clareei a garganta e continuei:

– Estou dizendo, diretora, ela está morta. Eu *vi* a cabeça dela na geladeira.

Annabelle fez uma careta e deu um gritinho.

– E eu estou lhe dizendo que o senhor Gillies não viu nada naquela cozinha quando chegou.

Olhei para o senhor Gillies, que fitava com expressão sombria as duas Elles restantes.

– Francamente – continuou a senhorita Blyth –, estou mais chateada por saber que minhas meninas estão saindo escondido e fazendo sabe-se lá o que com aqueles garotos do Eden!

– Se estou mentindo, então onde está Gabrielle? – perguntei, gesticulando exaltada.

– Eu já contei que nós discutimos ontem à noite e ela saiu furiosa – sibilou Annabelle.

Havia uma frieza nos olhos dela que eu não havia notado antes. Uma rigidez no maxilar conforme ela falava. Talvez Archie tivesse razão, aquela menina tinha algum desequilíbrio mental.

Virei-me para a diretora.

– Não é possível acreditarmos que Gabrielle esteja em algum lugar da ilha esperando o mau humor passar. Onde ela passou a noite? Ela não me parece ser do tipo que gosta de acampar na natureza. – Olhei de soslaio para Annabelle, que continuava me encarando.

A senhorita Blyth concordou.

– Admito que, neste momento, Gabrielle Harrison está *desaparecida*.

– Desparecida?! Ela está morta!

– Ainda não se completaram vinte e quatro horas. Depois disso, um policial virá do continente para redigir um relatório de desaparecimento, o que será péssimo para a reputação do Harrogate.

– Acho que o Harrogate tem problemas mais sérios – não resisti à tentação de dizer.

COMO SOBREVIVER A UM FILME DE TERROR

– Quanto tempo temos de ficar aqui sentadas? – indagou Rochelle, enxugando uma lágrima. – Eu gostaria de ajudar nas buscas por minha melhor amiga. Além disso, tenho uma tarefa de francês para entregar amanhã.

– Você faz francês? – perguntou Olive, com o cenho franzido.

– *Oui*. – Rochelle sorriu.

– Certo, meninas. Tudo isso já nos tomou muito tempo. Não sei o que aconteceu ontem à noite ou se é alguma brincadeira...

– Não é brincadeira! – exclamei, em tom de choro.

– Mas está na hora de voltar à rotina. Vamos continuar procurando Gabrielle, conforme o planejado, com a ajuda do Eden.

Annabelle deu de ombros.

– Ela deve estar no Eden.

A senhorita Blyth franziu a testa.

– Pois bem, iremos verificar novamente com eles e deixar bem claro que, se Gabrielle não retornar imediatamente ao Harrogate, será suspensa por período indefinido.

Olive deixou escapar uma exclamação abafada. Para ela, suspensão era pior que a morte.

Olhei para o corpo sem cabeça que trombava nas paredes e tropeçava nos móveis conforme cambaleava pela sala de aula, em um vestido de couro preto e branco e sapatos azuis de salto alto. Tudo indicava que a Gabrielle morta era tão atrapalhada quanto a Gabrielle viva.

– Ela não está no Eden. Vocês estão perdendo tempo procurando por ela, quando deveriam procurar o assassino.

Rochelle revirou os olhos, e Annabelle fez uma expressão de desprezo. A meu lado, Olive escorregou na cadeira, evitando olhar para mim.

– Charley, nós já falamos sobre a sua imaginação fértil. Não vamos entrar por esse caminho de novo, por favor – disse a senhorita Blyth.

Suspirei profundamente, enquanto me recostava na cadeira. Era inútil. Ninguém acreditava em mim. Era exatamente o que o assassino queria, que todo mundo achasse que eu estava louca. Por qual outro motivo ele teria se dado ao trabalho de dar sumiço na cabeça decepada antes que mais alguém visse? E como ele sabia que eu tinha visto? Devia estar me observando. Como naquela primeira noite, do lado de fora da janela, o assassino estava me espionando o tempo todo.

Eu havia saído correndo da cozinha depois de ver a cabeça, fazendo uma barricada para que ninguém entrasse e se deparasse com aquela cena, mas agora eu compreendia que deveria ter deixado a porta aberta, deixar que houvesse testemunhas. Enquanto eu procurava socorro, o assassino havia voltado e limpado tudo, o que significava duas coisas: primeiro, a cabeça de Gabrielle estava em algum lugar da ilha... grotesco!... e segundo, aparentemente *eu* era o pivô daquilo tudo. Havia alguma razão para ser eu quem encontrava os cadáveres e para eu – e ninguém mais – enxergar e ouvir os fantasmas. Isso me colocava no papel de protagonista. Eu era Jamie Lee Curtis em *Halloween*, com a diferença de que eu garantiria que não houvesse sequências. Michael Myers[4] não reapareceria no meu filme.

– A senhora tem razão – retruquei com firmeza. Todos no círculo se viraram para mim, surpresos. – Quer dizer, estou cansada, os exames estão próximos, a escola é nova para mim, vida nova, tudo isso. Como ter certeza do que vi? – Dei de ombros, deslizando para fora da cadeira. – E Annabelle está certa...

– Estou?

– É provável que Gabrielle Harrison esteja no Eden neste momento.

A senhorita Blyth me fitou com os olhos apertados. A diretora não se deixava enganar tão facilmente.

– É melhor voltarmos para nossos quartos. Rochelle tem que fazer a tarefa de francês. E Olive e eu precisamos ir à biblioteca – acrescentei.

– Está bem – disse a senhorita Blyth, ainda me estudando com astúcia.

– Conversaremos na segunda-feira, se até lá Gabrielle não aparecer ou entrar em contato com alguém.

---

[4] Michael Myers: personagem assassino em *Halloween*, que usa máscara e reaparece em todas as sequências do filme. (N.T.)

COMO SOBREVIVER A UM FILME DE TERROR

– Boa ideia – concordei rapidamente, segurando o braço de Olive e fazendo-a levantar-se.

Ela cambaleou a meu lado para fora da sala de aula e pelo corredor, sob os olhares de outras alunas e junto com os fantasmas.

– Charley... a biblioteca é para o outro lado – disse ela.

– Nós não vamos para a biblioteca.

– Não?

– Temos outras coisas para fazer.

– Ah, é? – Ela olhou para o corredor e ergueu as sobrancelhas, com a respiração irregular.

Vindo em nossa direção, vestido com um terno caro e segurando um longo guarda-chuva preto em uma das mãos, vi o doutor Pruitt. Também congelei. Alguma coisa naquele homem, na presença dele, fazia o espaço parecer pequeno e apertado, como se as paredes se movessem, estreitando o corredor.

Ele parou quando nos viu e perguntou com o maxilar tenso:

– Meninas, sabem onde posso encontrar sua diretora?

Olive fez que sim com a cabeça, mas não disse nada.

– Ela estava na ala de Línguas e Literatura, sala 13. Posso lhe mostrar se quiser. – Imediatamente me arrependi da minha oferta e mordi o lábio, esperando pela resposta.

Ele gesticulou, me dispensando.

– Não é necessário. Eu sei onde é. – O doutor Pruit olhou para a frente com expressão de desdém e passou por nós, seus passos ecoando pelo corredor.

Olive e eu estremecemos ao mesmo tempo, nos entreolhamos e continuamos a andar. Atravessamos o pátio debaixo de uma garoa fina. Passamos pela fonte de mármore, em cuja borda, em dias de tempo bom, as alunas se sentavam para ler, estudar ou conversar com as amigas. Naquele dia, o pátio estava deserto. Fomos até a Ala Edite e entramos em nosso quarto, ainda bagunçado, com roupas espalhadas por toda parte e maquiagens abertas sobre a cômoda. Um pincel de blush havia caído no chão e manchado o carpete, que teríamos de limpar antes do feriado de Natal.

Pop. Tloc. Crec.

Eu sabia que não precisava, mas segurei a porta aberta para os três – não, agora *quatro* – fantasmas entrarem. Mas eles ignoraram meu gesto e atravessaram a parede. Gabrielle, sem a cabeça, trombou em Meghan, que se virou, fazendo com que a estaca de ferro batesse no quadril de Gabrielle. Sarah tentou rir, mas o som que produziu foi um chiado ofegante. A alquebrada Hannah ficou em um canto, examinando as mãos.

O quarto estava começando a ficar pequeno demais.

– A coisa não está indo bem – reclamou Meghan, cruzando os braços e apoiando-os sobre a estaca.

Fechei a porta e tirei os tênis. Em seguida, peguei outra folha de cartolina, coloquei-a sobre a primeira com fita adesiva e escrevi com o marcador preto: **SUSPEITOS**.

– O que está fazendo? – perguntou Olive, parada no meio do quarto, de costas para os quatro fantasmas.

– Vou fazer uma lista dos suspeitos que temos até agora… Ah, e obrigada pelo apoio – acrescentei, virando-me para a porta.

Olive fez uma careta e sentou-se na beirada da cama.

– Desculpe… Eu queria dizer alguma coisa, queria mesmo. Mas não vi nada. Você foi até lá sozinha. Num minuto você estava ali, com a boia aos nossos pés, e no outro não estava mais. Aí você veio correndo e gritando que havia uma cabeça ensanguentada, e o salão da piscina virou um caos!

– Acho que o pior para eles foi ter a festa interrompida – falei, desenhando uma linha vertical no meio da folha.

– Eu não podia fazer nada. Eu não estava lá, não vi. Me desculpe.

Eu parei e me virei.

– Tudo bem. Eu entendo. O mais importante é que você acredita em mim… Você acredita, não é?

– Lógico que sim! Você é minha melhor amiga…

COMO SOBREVIVER A UM FILME DE TERROR

– Única amiga.

– Você é minha única amiga. Eu acredito em você.

– Obrigada. – Eu sorri. – Me ajuda a fazer uma lista dos suspeitos?

– Claro que ajudo! – Ela se levantou, pegou uma caneta e veio para perto da porta. – Qual será o primeiro nome?

– Rochelle! – exclamamos em uníssono.

Comecei a escrever o nome na coluna da esquerda.

– Rochelle namorava Archie.

– Sério que era *Archie* quem ela estava namorando?

– Sim, e ele a traiu com Sarah – falei, apontando para o fantasma de Sarah.

Olive olhou para a parede e inclinou a cabeça, sem entender. Parei de apontar.

– Rochelle ficou tão revoltada que foi até o Eden e destruiu o quarto dele. Com a ajuda de Annabelle, que também vai entrar na lista. Aquela garota tem mais loucura dentro da cabeça do que spray no cabelo.

– Como elas entraram no Eden?

– Exatamente a minha dúvida. Archie acha que Rochelle tem todas as chaves, tanto do Harrogate como do Eden, o que explicaria ela ter acesso ao telhado para empurrar Meghan, já que o senhor Terry deve ter trancado a porta. E sabemos que Gabrielle se desentendeu com as outras duas Elles na festa e depois desapareceu. E Rochelle tinha motivo para matar Sarah e Gabrielle! – exclamei e pulei, animada.

– Você está se divertindo demais com isso – Meghan me repreendeu.

Parei de pular e olhei para os fantasmas de Sarah e Gabrielle.

– Me desculpem – murmurei. Comecei a andar em círculos sobre o tapete que ficava no centro do quarto, entre as duas camas. – Bem, então sabemos que Rochelle estava enciumada e zangada na festa…

– E bebendo! – acrescentou Olive, levantando a mão como se estivesse na aula.

– Isso, e bebendo. Portanto, ela tem motivo e tem os meios.

– Onde Annabelle se encaixa nisso tudo?

– Podem estar atuando juntas...

– Mas e as luzes? Como elas desligaram a luz sem que ninguém visse?

– Duvido que elas sequer saibam como desligar a luz – palpitou Meghan.

– Elas devem ter saído do salão em algum momento... ou pelo menos uma delas – falei, enquanto escrevia com força, fazendo a tinta do marcador borrar. – Bem, quem mais tinha desavenças com Gabrielle?

Meghan suspirou e encarou o fantasma de Gabrielle, que balançava os braços.

– Além do terceiro ano *inteiro*?

– Vou acrescentar o doutor Pruitt – falei.

– Acha mesmo que ele odeia o Harrogate a esse ponto?

– Não é estranho que ele conheça as salas e os caminhos aqui dentro? Isso significa que ele já esteve aqui muitas vezes.

– Talvez ele e a Blyth tenham seu modo particular de passar o tempo na ilha. – Meghan piscou e eu fiz uma careta.

– Bizarro...

– O que é bizarro? – perguntou Olive.

– Nada, deixa pra lá.

– Podemos adicionar Archie à lista – sugeriu ela.

– Boa ideia! – Sarah apareceu de repente entre mim e a porta, e eu recuei com o marcador na mão. – Ou não...

– Ele tinha uma conexão com duas das vítimas... isto é, com as meninas.

– Motivo? – Meghan questionou.

Sarah flutuou à minha volta, seu pescoço retorcido estalando e provocando um calafrio na minha espinha.

– Acho que ele não tem um motivo óbvio – observei. – Ao contrário, alguém poderia ter motivo para fazer *dele* uma vítima.

Sarah grunhiu e tossiu, inquieta.

– Mas tudo bem, não vamos descartá-lo por enquanto.

– Tudo bem, quem mais?

COMO SOBREVIVER A UM FILME DE TERROR

– Já que estamos incluindo o doutor Pruitt, temos de adicionar o senhor Gillies. – Acenei com o marcador.

– O senhor Gillies? – Olive repetiu, surpresa.

Comecei a contar nos dedos:

– Ele está agindo de maneira suspeita ultimamente... Nós cruzamos com ele na ocasião da morte de Sarah... Ele não estava em lugar nenhum quando encontramos Meghan morta, e mais tarde apareceu no escritório da senhorita Blyth todo molhado... e... bem, e ele me dá arrepios às vezes. Mesmo aprovando meus trabalhos de artesanato.

– Acrescente o nome dele. Todas nós sabemos que ele não simpatizava com Gabrielle. Nem com as outras duas bruxas de Eastwick.

– Bruxas de Eastwick... – Meghan suspirou no fundo do quarto, enquanto o corpo sem cabeça de Gabrielle trombava continuamente na cômoda.

– Você já notou que o senhor Gillies não tem a ponta do dedo mindinho da mão direita? – Olive estendeu o dedo mindinho para mim.

– Não... acho que nunca olhei com curiosidade para as mãos dele – respondi com ironia.

– Acidente na aula de artesanato – continuou ela.

– Isso não inspira muita confiança.

– Parece que Gabrielle tinha pouca coordenação motora. Teria arrancado a mão dele com uma serra, se ele não tivesse tirado rápido. Cortou só a ponta do dedo mindinho.

– Aii... Isso também me daria vontade de matar.

Mas eu esperava que não fosse o senhor Gillies. A aula dele era a única em que eu conseguia notas decentes. Preferia que fosse a senhorita Evans, já que eu estava quase tomando bomba em inglês.

– Gillies – disse Olive, pegando o marcador da minha mão e escrevendo na cartolina.

Dei um passo para trás e estudei a lista.

– E agora, o que fazemos? Seguimos estas pessoas pelo restante do ano letivo? Ouvimos suas conversas atrás das portas, vasculhamos seus cestos de lixo? – Suspirei e caí sentada na cama.

167

Sarah andava de um lado para o outro na frente da cartolina, enquanto Meghan examinava a lista com as mãos nos quadris. Hannah encolheu-se no canto do quarto, abraçando as pernas dobradas e chorando baixinho. Gabrielle tinha caído de joelhos e com os braços abertos em cima do carpete, seus dedos se movendo como minhocas.

– Nenhuma dessas pessoas me chama particularmente a atenção – disse Meghan. – Qualquer um deles poderia ter me empurrado.

Eu me joguei para trás na cama, com braços e pernas abertas. Fiquei pensando se o assassino estava ali no colégio naquele momento, planejando o próximo passo. Quem seria a próxima vítima? E por quê?

Olive deitou-se ao meu lado e encostou a cabeça de leve na minha.

– Sabe, tem um meio mais rápido de descobrir os segredos das pessoas... sem precisar vasculhar os cestos de lixo.

Eu me sentei empertigada, e Olive se apoiou em um cotovelo.

– A diretora Blyth tem uma ficha de cada aluna e de cada funcionária no arquivo, no escritório – sussurrou.

– Olivia Montgomery, você é um gênio!

– Sim, acho que sou um pouco. – Ela sorriu, e as covinhas profundas surgiram em seu rosto.

Pulei para fora da cama e comecei a abrir as gavetas da cômoda.

– Escolha sua camuflagem, Montgomery. Vamos agir sob disfarce!

Regra #20
REALIZE OPERAÇÕES CLANDESTINAS SE NECESSÁRIO

– Eu disse camuflagem, Olive... não isso.

Olive estava na minha frente usando um pijama de malha com bolinhas, os cabelos presos em um coque.

– Eu não tenho roupa de camuflagem. Nunca estive no exército – disse ela. – O que você vai usar?

Olhei para minha calça jeans justa, tênis e o saco de lixo tamanho gigante sobre minha camiseta, com recortes para a cabeça e os braços.

– Achei melhor, como é de noite, me vestir de preto para não aparecer. Melhor do que pijama de bolinhas!

– É mesmo? – ela brincou.

– Tudo bem, vamos lá. Lanternas? – perguntei, mostrando a ela a pequena lanterna prateada que viera junto com o pacote de boas-vindas do colégio, junto com papel de carta, envelopes e canetas gravadas com o emblema do Harrogate para escrever para a família, uma garrafa de água mineral, o catálogo da biblioteca e uma cópia do regulamento da escola.

A lanterna era para não tropeçar e processar o colégio. Havia também um lembrete das regras a serem obedecidas e sugestões de como escrever para os pais, que pagavam nossas mensalidades, elogiando o Harrogate. Imaginei o que viria na sacola de boas-vindas do Eden... um iPhone? Um grande livro de capa dura sobre a horrenda arquitetura moderna?

– Vamos.

Abrimos a porta do quarto sem fazer barulho e saímos para o corredor escuro. As outras alunas já estavam recolhidas. A escuridão nos envolveu e Olive bocejou. Eu estava acostumada a dormir pouco e a ficar acordada até tarde assistindo a filmes no sofá esperando o turno de minha mãe terminar, ao passo que Olive definitivamente não era uma pessoa notívaga e tinha o costume de se deitar às 21 horas nos dias de semana.

Eu a cutuquei para despertá-la e fiz um sinal para que me seguisse. Passamos pelos dormitórios e pelos banheiros, de onde vinha um leve aroma de condicionador de coco e desodorante floral. A porta para o pátio rangeu baixinho quando saímos. Do lado de fora, o ar frio nos circundou e uma névoa espessa descia dos rochedos, espalhando-se pelo pátio. Estava tão silencioso que podíamos ouvir o rebentar das ondas nas pedras conforme atravessávamos para o outro lado do pátio.

Pop. Tloc. Crec.

Virei-me para trás e fiz um sinal para calar Hannah, mas logo me lembrei de que só eu podia ouvi-la. Gabrielle flutuou através da fonte, cambaleante nos sapatos azuis de salto, e esbarrou em Sarah, que a empurrou.

A porta da Ala Elizabeth se abriu para o corredor escuro. Nossos passos eram silenciosos, mas eu havia subestimado o barulho que o saco de lixo poderia fazer conforme eu me movia, roçando em minha roupa.

Olive olhou para mim com o cenho franzido.

– Desculpe – murmurei em silêncio, apenas movendo os lábios.

Segurei o saco sobre minha cabeça, fazendo uma anotação mental para a próxima vez – nada de sacos plásticos para investigações secretas.

Meghan flutuava à nossa frente, espiando pelos cantos e acenando para nós. Ter um fantasma fazendo reconhecimento do território era muito

COMO SOBREVIVER A UM FILME DE TERROR

prático. A biblioteca estava trancada, mas o luar se infiltrava pelos vitrais, refletindo sombras verdes, vermelhas e azuis no corredor por baixo da porta. Pulamos sobre as faixas coloridas como se fossem lavas e caminhamos pé ante pé, passando pela enfermaria, até a sala da senhorita Blyth.

A escuridão inundava a sala enquanto espiávamos pela folha de vidro na parte superior da porta, com os fantasmas atrás de nós. O nome da diretora estava gravado em ouro, a perna do *Y* ligeiramente lascada. Resisti à tentação de arranhar o restante da tinta dourada. Olive olhou para mim, seu rosto pálido à luz do luar. Nossa respiração estava rápida, e eu ansiei por poder respirar livremente na segurança do nosso quarto. A maçaneta gelada cedeu quando eu a girei, a porta se abrindo com um rangido e gelando o sangue em nossas veias.

Nós entramos e fechamos a porta.

– Estranho estar destrancada – sussurrei.

– Você acha que alguma aluna em seu juízo normal se atreveria a entrar aqui?

O escritório da diretora parecia diferente à noite, mais ameaçador e menos acolhedor.

As bordas afiadas dos móveis se projetavam no escuro como garras, e as pernas de metal das cadeiras brilhavam como lâminas. Tudo o que tocávamos rangia como pregos em um quadro-negro. Era impossível agir em silêncio ali.

– Shh! – fez Meghan.

– Shh! – repeti para Olive.

– Não é minha culpa, tudo é barulhento nesta sala! – disse ela baixinho.

Tateamos no escuro até o arquivo cinza no canto perto da janela. Quando puxei a gaveta, ela não cedeu.

– Está trancado. Deve ser aqui que estão as fichas. – Suspirei. – Não acredito que a senhorita Blyth não confie em nós.

Olive colocou a mão sobre a minha e puxou, mas não adiantou. O arquivo estava trancado.

SCARLETT DUNMORE

– Será que a chave está em algum lugar por aqui?

Com relutância, ligamos nossas lanternas e direcionamos o foco para a mesa da diretora, passando os dedos sobre os objetos. Dentro das gavetas havia envelopes pardos e brancos enviados do continente, endereçados à senhorita Cornelia Blyth, e uma enorme quantidade de artigos de escritório: réguas, grampeadores, furadores, lápis, borrachas, apontadores, marcadores e canetas de várias cores que combinavam com os vitrais da biblioteca. Nas outras gavetas havia pastas, um kit de primeiros socorros, pilhas e um cofre, também trancado. Não que eu pretendesse roubar a senhorita Blyth. Invadir a sala dela já era ruim o suficiente.

Olive vasculhou os pertences sobre o peitoril da janela, espiou numa mochila de notebook e até em um par de chinelos embaixo da escrivaninha.

– Nos chinelos, será?

– Nunca se sabe. As pessoas escondem coisas nos lugares mais estanhos.

Suspirei e virei-me para a estante, com fotografias de ex-alunas, sendo que a senhorita Blyth era a única que ainda permanecia na ilha. Ao lado dos porta-retratos havia um vaso de uma suculenta artificial, as folhas de borracha ligeiramente pegajosas sob meu toque. Foi então que ouvi um suave tilintar metálico. Enterrada junto à falsa raiz, estava uma argola com duas pequenas chaves.

– As pessoas escondem coisas nos lugares mais estranhos – repeti, retirando as chaves e mostrando-as para Olive.

Corremos até o arquivo e enfiamos uma das chaves na primeira gaveta, girando para um lado e para outro. A gaveta não abriu. A outra chave deslizou com facilidade e a gaveta se abriu. Olive iluminou o interior com a lanterna, e eu folheei o que pareciam ser as fichas de todos que já haviam trabalhado no Harrogate, incluindo a própria senhorita Blyth.

– Por que ela tem uma ficha dela mesma? – sussurrou Olive, abrindo a pasta.

Sob a folha de registro havia cartas de pais, algumas elogiosas e outras, não: reclamações sobre professores, sobre notas injustas, sobre aumento das mensalidades e sobre tolerância a bullying. Havia também um maço de folhas presas por um clipe – trocas de e-mails impressos. Passei os olhos o mais rápido que pude.

– O que diz? – perguntou Meghan.

– São e-mails entre Blyth e Pruitt.

– Eu disse que estava rolando algo – disse ela com um sorriso.

– Escute isto: *O Harrogate pode tolerar o uso recreativo de drogas, mas o Eden, não. Incidentes futuros serão relatados ao conselho escolar... Decidi não informar à polícia sobre a recente invasão do Eden, mas envio anexo uma fatura com a descrição de todos os danos causados.* Archie estava certo. O Harrogate teve que pagar pelo notebook quebrado. – Folheei os outros e-mails. – Tem um aqui em que Pruitt e seus benfeitores oferecem uma quantia pelo Harrogate, prédio e terreno. A senhorita Blyth recusou.

– De quanto estamos falando? – quis saber Olive.

Aproximei a folha do foco da lanterna. Um envelope pardo escorregou e caiu no chão perto dos pés quebrados de Hannah. Quando me abaixei para pegar, notei que havia manchas de carvão em suas pernas. Levantei-me devagar, e os olhos dela estavam escuros, vazios, sem a expressão que eu havia visto quando ela aparecera para mim pela primeira vez, na biblioteca.

– O que foi? – sussurrou Olive, olhando ao redor da sala.

– Nada – respondi, abrindo o envelope.

Dentro havia extratos bancários, com o nome do Harrogate em negrito no topo, números impressos em vermelho e sinais de menos na maior parte dos valores.

– Talvez ela não devesse ter recusado a oferta. Parece que o Harrogate está com problemas financeiros – falei, mostrando os extratos para Olive. – Não admira que a senhorita Blyth esteja tão desesperada para manter as mortes em segredo. Todos esses crimes poderiam arruinar o colégio.

– Acho que isso praticamente descarta Blyth, não?

– Acho que você tem razão. Ela morou aqui a vida inteira. No máximo, ela mataria para manter a escola funcionando. Mas isso coloca Pruitt mais no topo da nossa lista.

SCARLETT DUNMORE

– Veja os outros.

Os arquivos dos departamentos de Inglês e Ciências estavam praticamente vazios, contendo somente currículos do corpo docente e cartas de recomendação de ex-professores. Os de Matemática e Línguas, a mesma coisa. O de Arte Dramática continha algumas reclamações de pais que achavam que suas filhas deveriam ter sido indicadas para o papel principal, e no de Educação Física também havia alguns e-mails de pais irritados, reclamando de oportunidades perdidas e falta de apoio a sonhos atléticos. A última e maior pasta de todas era de Artesanato.

Olhei para Olive e abri a pasta. Embaixo das avaliações padrão da equipe, todas dando ao senhor Gillies as notas mais altas, um currículo notável e um e-mail elogiando sua "boa influência cristã" sobre as alunas, estava uma declaração policial. Passei os dedos pelo cabeçalho em relevo do Departamento de Justiça e desci pelo texto, mas, onde deveria haver uma explicação sobre o motivo de ele ter sido interrogado pela polícia do continente em 19 de maio de 2015, havia apenas trechos riscados com marcador preto. Tudo havia sido ocultado e censurado, sem possibilidade de compreensão. Não consegui ler uma única frase. Olive pegou a pasta das minhas mãos e segurou a declaração no alto, iluminando o verso com a lanterna.

– Alguma coisa? – perguntei.

Meghan, Hannah e Sarah se inclinaram também.

Olive apertou os olhos, concentrada.

– Humm, só palavras soltas… *investigação… processo… provocação… tentativa de suicídio…* quem fez isso realmente não queria que ninguém lesse.

– Suicídio?

– Tentativa de suicídio, diz aqui.

– Dá a impressão de que ele quase levou alguém a tentar se suicidar. Mas então, por que ele continua lecionando aqui?

– Ele e a senhorita Blyth se conhecem há muito tempo. Havia rumores sobre os dois tempos atrás.

COMO SOBREVIVER A UM FILME DE TERROR

– O quê? Sério?

– Fofocas, provavelmente. Mas ele foi um dos primeiros contratados pela senhorita Blyth. Na verdade, ele veio para ser diretor assistente. Parece que foi rebaixado para professor de artesanato depois de 2015. Ele e o senhor Terry, o barqueiro faz-tudo, estão aqui desde a década de 1970. O Harrogate é a vida deles.

– Uma vida dedicada a garotas ricas, egoístas e ingratas como as Elles – murmurei, vendo Gabrielle se atrapalhar com um armário.

– Melhor levar o nome do senhor Gillies para o topo da lista também.

– Mentalmente anotado.

Colocamos a pasta de volta na gaveta, cuidadosamente entre as de letras F e H, e nos ajoelhamos para verificar a gaveta inferior.

– Fichas de alunas, ah, isso vai ser interessante! – exclamou Olive.

– Por onde começamos?

– Por S de Smyth.

Retirei a ficha de Rochelle, nem um pouco surpresa com a espessura, e folheei as primeiras páginas.

– E-mails dos pais, queixas de colegas, de funcionários, nenhuma novidade. Ah, e ela está reprovando na maioria das matérias... ou melhor dizendo, *estava*. – Virei a folha para Olive, sob o foco da lanterna. – Está vendo, as notas dela foram modificadas, riscadas e aumentadas. Ano passado ela tirou D em artesanato, mas alguém riscou o D e escreveu B.

– Eu sabia! Nunca entendi como ela conseguiu tirar B. Ela quase nunca aparece na aula, e quando vai passa a maior parte do tempo encostada, tagarelando com as amigas. O projeto dela no ano passado era uma placa quadrada com seu nome, mas nem isso ela fez direito, esqueceu um L. E era um retângulo, não um quadrado.

Dei uma risadinha e guardei a ficha de volta no lugar. A de Annabelle era bem parecida, e a de Gabrielle, também. Estremeci ao relembrar a cena da cabeça decepada, ensanguentada e com tecidos pendurados.

– Aqui está a sua, Charley.

SCARLETT DUNMORE

Estiquei o braço para impedir que Olive pegasse a minha ficha. Era bem mais espessa que a de Rochelle. Eu não esperava ver minha ficha no arquivo, mas é óbvio que estaria lá. A senhorita Blyth sabia de tudo a meu respeito antes mesmo que eu pisasse naquela ilha. Eu vinha enganando a mim mesma, querendo acreditar que Charley Sullivan era uma pessoa real, que *poderia* ser alguém real naquele lugar. Mas não, no fundo eu sempre seria Lottie Ryan. E tudo naquela ficha confirmava isso. Todos os relatórios de mau comportamento, notas baixas, declarações policiais, até mesmo o curto período passado no centro de detenção juvenil no continente. Estava tudo ali, e assim que Olive lesse ela saberia. E poderia passar a me ver com outros olhos. Eu gostava de ser quem eu era para ela. Gostava da pessoa que ela me encorajava a ser.

De repente a correntinha de ouro em meu pescoço ficou pesada, à medida que as lembranças vinham à minha mente – aquele dia no tribunal, a última vez que vi Sadie, e depois aquela manhã no cais, quando me despedi da pessoa que eu era e embarquei com destino ao Harrogate.

Apertando o maxilar, empurrei minha ficha de volta, fazendo com que se perdesse no mar de registros de alunas.

Olive franziu a testa e abriu a boca para dizer algo, mas um ruído no corredor nos assustou, e nos pusemos de pé depressa. Ela me fitou com os olhos arregalados.

Tive um sobressalto ao ouvir outro ruído, dessa vez seguido por um clique, como uma porta se fechando. Abaixei-me e fechei a gaveta, sentindo meu estômago revirar e se contrair. Os ruídos continuaram, um farfalhar a princípio, depois o som de passos. Meghan enfiou a cabeça pela porta fechada da sala.

– Alguém está vindo! – ela avisou.

Como se tivesse escutado, Olive começou a agitar as mãos, a alça de pulso da lanterna balançando no ar. Segurei-a pelos ombros e empurrei-a para baixo, rastejando até a mesa da diretora. Empurramos a cadeira e nos encolhemos no espaço apertado sob a mesa, junto com Meghan e

COMO SOBREVIVER A UM FILME DE TERROR

Sarah. Hannah estava no canto junto à janela, e Gabrielle não estava em nenhum lugar à vista.

– Lanterna! – movi os lábios silenciosamente para Olive, no instante em que a porta do escritório se abriu.

Ela desligou a lanterna e cobriu a boca com a mão para não deixar escapar nenhum som.

Os passos eram suaves, como se fossem intencionalmente abafados, aproximando-se da escrivaninha encoberta pela escuridão. A pessoa tateou os objetos sobre a mesa da senhorita Blyth, como que procurando algo. Olhei para as chaves na minha mão suada, pressionando-as com a palma.

A pessoa se afastou, e o ar dentro da sala ficou parado, o breu suavizado apenas por um facho de luar no chão diante da mesa. De repente, o som de uma gaveta sendo aberta rompeu o silêncio, fazendo-me prender ainda mais a respiração. Segundos depois os passos se afastaram em direção à porta e para o corredor.

Olive e eu continuamos imóveis por um tempo que nem consigo calcular, até que por fim esticamos as pernas e engatinhamos para fora do espaço sob a escrivaninha.

O traseiro de Meghan projetou-se da porta da sala da diretora, enquanto a metade superior de seu corpo devia estar do lado de fora. Ela recuou para dentro da sala e balançou a cabeça.

– Não consegui ver nada, sinto muito. A pessoa estava de capuz.

– Quem será que era? – sussurrou Olive, espiando para o corredor deserto.

– Claramente alguém que queria informações, como nós, mas por qual motivo? – Olhei para a gaveta de fichas de alunas, que a pessoa havia deixado aberta. – Eu fechei essa gaveta, portanto a pessoa tirou algo dali.

Olive e eu nos ajoelhamos e passamos os dedos pelas pastas, A-G, H-N, O-...

– Charley, sua ficha sumiu. Foi a sua ficha que a pessoa pegou! – Olive exclamou com voz abafada.

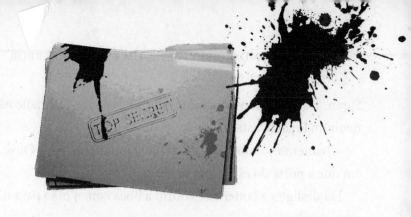

Regra #21
SEGREDOS NÃO PERMANECEM GUARDADOS PARA SEMPRE

O tilintar de louça e talheres do café da manhã na segunda-feira fazia minha cabeça latejar. Não tínhamos dormido quase nada. Olive conseguira cochilar um pouco até o alarme tocar na mesinha de cabeceira, mas eu havia passado a noite em claro, pensando nas mãos de quem se encontrava a minha ficha do colégio.

– Eu não entendo – Olive suspirou, colocando cereal em sua tigela. – Quem poderia estar interessado na sua ficha?

– Não há nada nela além de antigos relatórios escolares, boletins de notas e talvez cartas de professores me indicando para o Harrogate. É bem monótona – acrescentei, sentindo minha pele se arrepiar.

Olive inclinou-se para dizer algo.

COMO SOBREVIVER A UM FILME DE TERROR

– Acho que deve haver cópias de documentos e formulário de matrícula também, apenas ocupando espaço – acrescentei, antes que ela falasse, esperando que isso explicasse a espessura da pasta.

Olive não disse nada e se recostou na cadeira.

Soltei o ar e olhei para meu prato. Minha torrada estava intocada, a manteiga derretendo e encharcando o pão. A caneca de café estava vazia, e eu tinha implorado à atendente que me desse uma segunda xícara. Era permitido às alunas do terceiro ano somente uma dose de cafeína no café da manhã; qualquer coisa além disso seria vício, segundo a senhorita Blyth, que eu costumava ver na sala dos professores debruçada sobre uma caneca de café em todas as horas do dia.

Sarah estava de frente para mim, com o pescoço torto e passando as mãos através de uma caneca de café.

– Eu sei – resmungou Meghan ao lado dela. – Também estou precisando.

– E agora, o que fazemos? – perguntou Olive.

Dei de ombros novamente. Eu sabia que havia coisas mais importantes a considerar, no caso um assassino psicopata que estava dizimando uma a uma as alunas do terceiro ano, porém meu lado egoísta me levava a pensar somente na minha ficha escolar que havia sido surrupiada. O que a pessoa iria fazer? Para quem contaria o que estava registrado ali? Olhei ao redor do refeitório, imaginando se a pessoa estaria lá. Será que já havia lido a ficha? Claro que sim. Era um material de leitura interessante.

Uma onda de náusea me inundou. Todo mundo ficaria sabendo quem eu de fato era. E, se não soubesse, uma simples busca na internet pelo meu nome verdadeiro forneceria todas as informações necessárias. Eu teria de sair do Harrogate, dizer adeus a Olive, ir para outra escola, outra cidade...

– Charley, está tudo bem? Você está branca como um fantasma – disse Olive.

Olhei rapidamente para os fantasmas e notei que pareciam mais avermelhados e com a pele mais esfiapada. Por que as mãos de Hannah estavam começando a escurecer e esfarelar?

– Charley?

Olhei para Olive, que me fitava com expressão apreensiva.

– Estou bem. Só um pouco indisposta com tudo o que está acontecendo. Importa-se se eu for me deitar um pouco?

– Claro que não. Pode ir, eu devolvo sua bandeja, não se preocupe.

– Obrigada – murmurei, levantando-me cambaleante.

O refeitório ainda estava movimentado, o burburinho de vozes e o tilintar de talheres reverberando nas antigas paredes de pedra, decoradas com tapeçarias do convento penduradas entre luminárias e arandelas. Rochelle e Annabelle estavam encolhidas em uma mesa de canto, bebendo o que imaginei ser sua segunda ou terceira xícara de café, já que as regras não se aplicavam a elas. Os olhos de ambas escureceram quando passei pela mesa, seguindo-me até a saída. Seriam elas as assassinas? Estariam com a minha ficha? Se estivessem, com certeza em pouco tempo o colégio inteiro ficaria a par do conteúdo.

Passei um dedo sobre a letra "S" de ouro em minha corrente e forcei-me a sair para o ar frio da manhã. Faltavam poucos dias para o Halloween, minha época favorita do ano, mas eu estava preocupada demais para curtir. Além disso, eu não precisava ler um livro de Stephen King ou assistir a um filme de terror sobre um assassino vingativo que matava adolescentes... eu estava *vivendo* um.

– Anime-se – disse Meghan a meu lado.

– Fácil para você falar... Você não está sendo alvo de um assassino de um filme de terror e sendo assombrada pelas vítimas dele. – No mesmo instante mordi o lábio.

Meghan virou-se para me encarar, a estaca projetando-se de seu torso.

– Não, você tem razão. Eu só fui empurrada do telhado pelo assassino de um filme de terror e agora sou uma das vítimas e estou assombrando você. Ah, sim, *muito* fácil falar!

– Desculpe – falei, baixando a cabeça. – Às vezes eu me esqueço de que... que você está...

COMO SOBREVIVER A UM FILME DE TERROR

– Morta?

– Sim.

– Eu sei. Eu também. – Ela suspirou. – No sábado tentei ir ao ensaio do Clube de Teatro, mas obviamente não consegui. Droga.

Comecei a responder, mas calei-me quando um grupo de alunas passou por mim. Se me vissem falando sozinha, eu estaria na balsa com destino ao continente e ao hospital naquela mesma tarde. Abri a porta da Ala Elizabeth e senti o calor abafado dos aquecedores. As paredes estavam cobertas de prêmios e certificados emoldurados – *Excelência em Ensino, Maior Conquista no Setor Educacional, Prêmio Cultural de 2022, Prêmio de Sustentabilidade de 2023.*

Harrogate era um colégio de superdotados. E havia eu. Vi meu reflexo pálido e cansado no armário de vidro repleto de troféus, placas e prêmios. Esfreguei os olhos e continuei andando. Mais adiante ficava o escritório da senhorita Blyth, de frente para um arco no corredor que dava para o pátio, onde as alunas se reuniam e conversavam. A diretora certamente via e ouvia tudo, conhecia todos os segredos.

Ao passar em frente à sala, vi que a porta estava entreaberta e ouvi vozes familiares. Corri para me encostar na parede e estiquei o pescoço na direção da porta, tomando cuidado para não fazer nenhuma sombra.

– ...Tem certeza?

– Sim, Martin. Alguém esteve aqui na minha sala. Certeza absoluta.

– Uma aluna?

– Pode ser.

– Pruitt?

– Se Pruitt esteve aqui, significa que está ficando desesperado, o que não é bom. Nada bom. – A senhorita Blyth suspirou e eu prendi a respiração.

– Diga a Terry para ficar atento. Quero saber de todos os movimentos de Pruitt nesta ilha de agora em diante.

– Vou dizer.

De repente a porta se abriu e o senhor Gillies parou na soleira, bloqueando quase toda a luz de dentro da sala. Soltei uma exclamação abafada, e Meghan deu um gritinho.

– Sullivan? O que está fazendo aqui?

– Eu... ahn... eu...

O que eu estava fazendo ali? Como poderia responder?

A voz da diretora soou atrás dele:

– Charley?

Passei pelo senhor Gillies, que me lançou um olhar intimidador.

– Desculpe-me por interromper, mas eu queria saber se há alguma novidade sobre Gabrielle...

Ufa... Era um motivo plausível para eu estar ali. Poderia ser, pelo menos.

O fantasma sem cabeça de Gabrielle pairava no corredor, levantando os braços acima do pescoço, à procura da cabeça. Meghan saltava sobre uma perna e outra como se estivesse pulando corda.

A senhorita Blyth olhou para o senhor Gillies, com as sobrancelhas arqueadas e a expressão preocupada. Será que eles sabiam de alguma coisa?

– Não – respondeu ele, brusco. – Não está na hora da sua primeira aula?

Fiz que sim com a cabeça e saí da sala, afastando-me em direção à ala seguinte, que eu tinha de atravessar para chegar ao meu quarto. Olhei por sobre o ombro para ver se havia alguém me seguindo. Além dos quatro fantasmas.

– Foi por pouco – sussurrou Meghan, flutuando pelo corredor.

– Quase – concordei.

– É bom você torcer para não rastrearem a invasão do escritório até você e Olive. Caso contrário, você irá embora daqui no primeiro barco, e nós permaneceremos aqui para sempre... assombrando os corredores do Harrogate.

– Isso daria um bom título de filme – refleti.

O corredor dos dormitórios estava estranhamente quieto àquela hora, com a maioria das alunas ainda no refeitório terminando o café da manhã antes do primeiro sinal. O único som era o grasnado das gaivotas. Eu tinha ouvido casos de gaivotas esfomeadas atacando alunas no pátio em tardes ensolaradas, enquanto elas se sentavam na mureta da fonte para lanchar. Felizmente nunca havia acontecido comigo. Eu tinha medo de pássaros. Bichos com bico, garras e asas. Geralmente eu evitava filmes em que eles apareciam como antagonistas.

Como se pudesse ouvir meu pensamento, uma delas voou contra a janela do corredor, assustando-me e fazendo-me gritar. Apressei o passo na direção do quarto. A porta estava dura, como se estivesse presa em alguma coisa, talvez a manga de uma peça de roupa ou a capa de um livro de Olive caído no chão. Empurrei com força e, quando ela se abriu, ouvi o som de papel amassado.

No chão, aos meus pés, ainda parcialmente preso sob a porta, estava um envelope pardo com meu nome escrito. Abaixei-me para pegá-lo e o abri, retirando de dentro uma folha de papel.

Estou com sua ficha escolar.
Encontre-me no convento às 20h30. Vá sozinha.

Regra #22
EXERCÍCIO, EXERCÍCIO, EXERCÍCIO!

Naquela noite, enquanto Olive decorava a tabela periódica para a prova de química avançada, resmungando baixinho números e símbolos, eu vesti o máximo de roupas possível. Mesmo assim, senti um frio cortante até os ossos quando me perguntei quem teria colocado aquele bilhete embaixo da porta. Estaria eu prestes a ficar cara a cara com a pessoa que entrara no escritório da senhorita Blyth?

Pela segunda vez naquele dia eu havia mentido para minha colega de quarto e melhor amiga. Quando ela perguntou aonde eu ia, respondi que ia fazer uma aula de reforço na biblioteca. Não podia contar que ia encontrar uma pessoa que eu não fazia ideia de quem era e que estava com a minha ficha, porque não podia arriscar que ela achasse estranho ser tão importante para mim recuperar a ficha. Também não podia me arriscar a deixá-la me acompanhar escondida e acabar ouvindo alguma conversa a respeito. Eu precisava de um recomeço, de uma nova vida na ilha, e quem quer que fosse que tinha nas mãos o meu passado estava me oferecendo

COMO SOBREVIVER A UM FILME DE TERROR

um acordo. Eu não tinha muito dinheiro, nem habilidades acadêmicas, mas estava tão desesperada que precisava saber o que a pessoa tinha em mente e o que ela queria.

– Estou indo – falei para Olive, amarrando meus tênis. Regra de sobrevivência... use calçados com os quais você possa correr.

– Tem certeza de que não quer que eu te ajude? Estou livre.

– É que a senhorita Blyth se ofereceu para me dar uma aula de inglês.

– Isso é excepcionalmente gentil da parte dela... mas você está agasalhada demais para ir à biblioteca – ela observou.

– Aquela travessia do pátio deve estar congelante – retruquei. – Vejo você daqui a uma hora.

Olive assentiu e voltou a decorar fórmulas, andando de um lado para outro no quarto, enquanto eu saía e fechava a porta. O corredor estava movimentado com as conversas de antes de dormir e o som dos chuveiros. Abri a porta para o pátio e o vento da ilha atingiu meu rosto. Passei pela ala da biblioteca, olhei para trás para me certificar de que ninguém estava me seguindo, além dos quatro fantasmas, e atravessei o pátio até os portões de ferro.

– É bom torcer para não encontrar ninguém – disse Meghan, olhando ao redor.

O toque de recolher estava próximo, mas os portões estavam abertos. Olhei em volta também e passei sob a arcada do portão.

Senti um bem-estar ao ouvir os sons do oceano enquanto caminhava em direção ao convento. A capela parecia ameaçadora, com seus contornos em meio à névoa; os vitrais estavam escuros. Apenas o reflexo de uma ou outra vela tremulando no interior se manifestava. Nos fundos do convento havia uma pequena cabana de palha, com paredes espessas e venezianas nas janelas. Estaria vazia naquela noite. O pastor vinha somente nos fins de semana para o culto de domingo; depois, na segunda-feira, retornava para o continente, onde morava. A ilha não era para qualquer um. Nem mesmo quem vivia em solitude conseguia passar os dias naquele lugar fustigado por tempestades e pelo frio inclemente e assombrado pelos lamentos do oceano.

O mês de outubro era bem mais frio na ilha do que no continente, com temperaturas muitas vezes abaixo de zero na calada da noite. O vento enrijecia meus dedos, e desejei ter trazido luvas mais quentes. Teria de pedir à minha mãe para me enviar um par na próxima remessa, presumindo que o colégio ainda estivesse aberto até lá. Mesmo que o assassino fosse pego, eu não sabia se o Harrogate teria condições de continuar depois daquilo tudo. Ou a diretora Blyth continuaria fazendo o possível para acobertar os acontecimentos? Ela talvez conseguisse esconder problemas financeiros e episódios de bullying, mas uma série de assassinatos a sangue-frio não seria tão fácil.

O som dos meus passos no cascalho e o rebentar das ondas nas pedras mantinham um ritmo constante, acalmando-me como uma canção de ninar. Ainda assim, eu não conseguia me livrar da preocupação com minha ficha roubada.

Pop. Tloc. Crec.

– Ainda acho que não é uma boa ideia – disse Meghan, flutuando a meu lado.

Perto dela, Hannah balançou a cabeça e olhou para mim com expressão melancólica.

– *Todas nós* achamos – acrescentou Meghan.

– Eu sei, mas preciso recuperar aquela ficha.

Eu não poderia continuar no Harrogate se todos ficassem sabendo.

Sarah passou na nossa frente, o luar iluminando todas as marcas em seu pescoço. Ao lado dela, Gabrielle cambaleava perigosamente perto da beira do penhasco.

– Essa garota é irritante – Meghan gemeu. – Se bem que eu deveria ser grata por ela pelo menos não poder falar, já que está sem a cabeça.

Suspirei e continuei subindo o caminho que levava aos degraus do convento. A sólida porta de madeira estava trancada, portanto o encontro

COMO SOBREVIVER A UM FILME DE TERROR

não seria lá dentro. Fechei mais o casaco, puxando a gola para cima, e esperei. Lá embaixo o mar se agitava, e eu podia sentir o borrifo das ondas nos meus pés. As águas profundas e turvas batiam contra as pedras, competindo com os estalos dos ossos de Hannah. À noite e no silêncio, o mar parecia mais revolto.

– Que frio – murmurei, cobrindo a boca com a gola do casaco.

– Eu estou quentinha – retrucou Meghan.

– Há quanto tempo estamos aqui?

– Eu não tenho muita noção do tempo, estando morta e tudo o mais.

Puxei a manga do casaco e olhei para o relógio.

– Vinte minutos, já. A pessoa vem ou não?

– O toque de recolher é às 21 horas – lembrou Meghan.

– Eu sei – respondi, sentando-me nos degraus ao lado dela.

– Você não pode se arriscar a ser pega aqui depois do toque de recolher.

– Eu sei.

– Se você for expulsa do Harrogate, o que vai acontecer conosco?

Revirei os olhos, impaciente.

– Ela está um pouco perto demais da borda, não está?

Olhamos para Gabrielle, que cambaleava sobre as pedras no caminho costeiro em seus sapatos azuis de salto alto. Antes que eu pudesse avisar, ela desapareceu na borda do penhasco, e a última coisa que vi foi uma perna bronzeada na penumbra.

Meghan e eu nos levantamos e nos entreolhamos.

– Ela... m... morreu de novo? – gaguejei.

Meghan arregalou os olhos e abriu a boca. Em seguida fechou-a e suspirou.

– Droga, ela voltou. – Apontou para o corpo sem cabeça de Gabrielle cambaleando colina acima pelo caminho de seixos.

– Eu sabia que não seria tão fácil nos livrarmos dela.

– Então vocês não podem morrer duas vezes... bom saber disso.

De repente, o sino do toque de recolher ressoou no ar, me assustando. Hannah veio flutuando na minha direção, com os braços estendidos, como se estivesse tentando dizer alguma coisa. O empretecimento que eu havia notado nas mãos dela mais cedo havia se alastrado pelos braços e pelo rosto, como algo saído de *Terror em Silent Hill*. Seus dedos pareciam garras arranhando o ar. Eu gritei e caí para trás, batendo as costas nos degraus de pedra. O preto se transformou em cinzas, desintegrando os membros quebrados, até que ela virou pó. E sumiu.

Um silêncio profundo nos envolveu quando o sino parou de tocar.

– O que... aconteceu? – balbuciou Meghan.

– Não sei... – Engoli em seco. – Será que ela também vai voltar? – Olhamos para a colina, onde momentos antes Gabrielle havia reaparecido, mas tudo o que vimos foi a névoa vazia. – Acho que não.

Antes que Meghan pudesse responder, ouvi o som de passos pesados atrás do convento. Inspirei fundo e segurei a respiração, esperando a pessoa aparecer, mas a névoa ficou mais densa e eu não conseguia enxergar nada. Resisti à tentação de perguntar "Olá? Quem está aí?", sabendo muito bem pelos filmes de terror que fazer isso apenas informaria a quem quer que fosse a minha presença e localização.

Toc... toc... toc.

Definitivamente eram passos, e estavam se aproximando.

De repente a minha ficha escolar pareceu insignificante. Ali estava eu sozinha no alto de um penhasco, no escuro, depois do toque de recolher, no meio de uma trama de *Halloween*. Nem mesmo Olive sabia que eu estava fora do colégio, o que significava que ninguém iria me procurar ali.

– Acho que é hora de ir – advertiu Meghan, espiando por entre a névoa que cercava o convento conforme os passos chegavam mais perto.

– Boa ideia.

Eu me virei e disparei a correr, tentando afastar a bruma com as mãos, pois não estava enxergando um palmo à minha frente. Até que, inevitavelmente, tropecei. Enquanto tentava me equilibrar, senti um peso nas costas

COMO SOBREVIVER A UM FILME DE TERROR

que me empurrou para baixo e caí, roçando a cabeça em uma pedra. O peso estava em cima de mim, do meu corpo inteiro, me pressionando. Através da névoa cerrada, tive o vislumbre de um brilho dourado... uma máscara!

Forcei meu corpo para cima, e o vulto em cima de mim caiu para o lado. Vi a calça preta, botas pretas, mas tratei de engatinhar, levantar e sair correndo. Minhas coxas latejavam, o suor pingava da minha testa, aquecendo minha pele. Senti minhas pernas começarem a fraquejar e me amaldiçoei por ignorar uma regra vital dos filmes de terror: exercício!

Ninguém consegue fugir de um assassino se estiver ofegando e resfolegando!

– Maldita educação física! – exclamei sem fôlego, enquanto corria para baixo, em direção à Ala Elizabeth.

Eu sentia a pessoa atrás de mim, ganhando vantagem.

– Corra *mais rápido*! – ouvi Meghan gritar para mim.

Estava quase alcançando o pátio, quase chegando... até que trombei em alguma coisa e o impacto me fez cair de novo. Rolei para o lado e bati no arco de ferro do portão. Soltei um uivo de dor, ao mesmo tempo que um grito cortou o ar a meu lado. Virei-me e olhei na direção do penhasco, mas não vi nada, somente a bruma impenetrável e silenciosa. Quem quer que estivesse me perseguindo havia sumido.

– Mas que diabos... – praguejou alguém ali perto.

Virei-me devagar para ver onde eu havia esbarrado e vi Rochelle esparramada no chão do pátio, os longos cabelos escuros cobrindo seu rosto. Ela os afastou e me encarou, furiosa.

– Charley? Agora você está nessa. Vou adorar contar para Blyth.

Ela deu um sorriso maquiavélico.

Regra #23
CONHEÇA O FINAL

– Charley Sullivan. – A diretora Blyth me fitou com expressão zangada. – Não aguento mais ver você na minha sala.

Suspirei e me reclinei na cadeira, enquanto Rochelle Smyth se encolhia na poltrona a meu lado, sorridente.

– Gostaria de me explicar por que estava fora do colégio ontem à noite depois do toque de recolher?

– Ela esbarrou em mim com tudo, me derrubando. Eu poderia ter me machucado gravemente – resmungou Rochelle.

– Rochelle – a senhorita Blyth a repreendeu –, estou cuidando disso.

– Sim, diretora. – Ela sorriu com doçura.

– O que estava fazendo lá fora, Charley?

Considerei contar tudo à diretora – que fui perseguida por uma pessoa mascarada, que a aluna sentada a meu lado e a amiga poderiam ser as assassinas, ou que poderia até mesmo ser alguém da equipe da escola, mas eu sabia que ela não iria querer ouvir isso de novo. Também não queria dar essa informação a ela por enquanto. Eu não confiava plenamente na

COMO SOBREVIVER A UM FILME DE TERROR

senhorita Blyth. Já a tínhamos descartado como assassina, em vista do desespero para impedir que o Harrogate afundasse, mas ela poderia estar protegendo alguém... uma aluna... ou um velho amigo.

Olhei para trás, para os quatro – agora três – fantasmas, em busca de uma luz, mas eles estavam abraçados, quietos, ainda se recuperando da noite anterior. Gabrielle parecia não ter se dado conta, mas sem Hannah... Sarah e Meghan pareciam... *perdidas.*

– Charley? – insistiu a senhorita Blyth.

– Eu... ahn... estava dando uma volta.

– Uma volta? Com aquela neblina? – questionou a diretora.

– Sinistro – murmurou Rochelle. – Ela descumpriu o toque de recolher. Ela poder ser nova aqui, mas regras são regras.

– Rochelle! – a diretora advertiu novamente e levantou-se de sua cadeira. Virou-se para a janela, contemplando o pátio onde as alunas estavam reunidas em pequenos grupos.

Olhei para o arquivo a meu lado, imaginando se ela sabia que uma ficha havia sido roubada: a *minha.* A sombra de um sorriso lampejou no rosto de Rochelle quando olhei para ela. Por que ela me enviaria aquele bilhete? O que ela queria?

– Charley... – A senhorita Blyth suspirou, virando-se para mim. – Temos toque de recolher por uma razão. Não podemos permitir que as alunas perambulem por aí no escuro e perto dos penhascos. Já tivemos três mortes trágicas neste semestre, possivelmente quatro.

– Quatro? – perguntei, erguendo o rosto para ela. – Gabrielle já não está *desaparecida*?

– Encontramos uma bolsa no fundo de um dos penhascos, sobre uma pedra perto da água. A bolsa de Gabrielle.

A meu lado, Rochelle teve um sobressalto e cobriu a boca com a mão, como se fosse chorar. Mas não derramou uma lágrima.

– Estamos tratando o caso como um trágico acidente.

SCARLETT DUNMORE

– Mais um? – murmurei, tentando não revirar os olhos. Devia ter sido imaginação minha, que alguém tivesse me perseguido ao longo do penhasco usando uma máscara como em uma cena de *Halloween*, pensei com ironia.

– Sinto muito, mas devo enfatizar a importância de regras como o toque de recolher, para a segurança das alunas. Não tenho escolha a não ser colocar você em confinamento pelo resto da semana.

– A semana inteira? – choraminguei.

Rochelle tirou a mão do rosto, das lágrimas falsas, por tempo suficiente para sorrir para mim.

– E ela? – questionei. – Ela também estava lá fora. Não deveria ser um exemplo também? Para a segurança das alunas, é claro?

O rosto de Rochelle ficou pálido, depois vermelho.

– Eu não conseguia me concentrar na tarefa de francês. Tinha acabado de saber que minha melhor amiga provavelmente havia caído para a morte, então saí para respirar um pouco.

Estreitei os olhos. Ela tinha ido me subornar ou me matar?

A senhorita Blyth clareou a garganta.

– Rochelle, Charley tem razão. Receio ter de colocar você em confinamento também.

– Eu estou de luto! – ela choramingou.

– Você pode ficar de luto no confinamento – retruquei, sem conseguir disfarçar a raiva. – Será tranquilo.

– Confinamento para as duas, a partir de hoje. Agora voltem para suas aulas.

Rochelle levantou-se abruptamente da poltrona e correu para a porta, empurrando-me da frente do caminho.

– Ah, e… Charley – a senhorita Blyth me chamou.

Virei-me para ela para vê-la sentada na cadeira, empertigada, as mãos entrelaçadas, enquanto a chuva açoitava a vidraça da janela.

– Procure ficar longe desta sala pelo menos pelo resto da semana, por favor. Estou tentando não incluir isso na sua ficha, para poupar sua tia – avisou ela.

COMO SOBREVIVER A UM FILME DE TERROR

Olhei para a gaveta inferior do arquivo, sabendo que minha ficha não estava mais ali, e assenti com um movimento de cabeça.

Os corredores estavam silenciosos, com a maioria das alunas na primeira aula do dia, tendo terminado o café da manhã enquanto Rochelle e eu estávamos com a diretora. Decidi cabular a aula de inglês, porque tinha coisas mais importantes a fazer do que debater sobre o senhor Rochester de *Jane Eyre*, e voltei direto para o quarto. Estava estranhamente silencioso também, sem os estalos dos ossos de Hannah, e sentei-me na beirada da cama com um suspiro trêmulo. Sarah e Meghan pairavam ao lado da pia, e Gabrielle flutuava sobre o cesto de roupa para lavar de Olive, no canto do quarto.

– O que aconteceu? – perguntei por fim.

Sarah chiou e arfou, tentando falar.

– Não sei. Todas nós pensávamos que ficaríamos por aqui com você para sempre, ou até você descobrir quem está por trás dos assassinatos – respondeu Meghan em tom solene. Sarah silenciou e sentou-se a meu lado na cama. – Foi como se Hannah tivesse avançado na velocidade rápida pelo processo de decomposição. Num minuto ela estava ali e no outro era uma pilha de cinzas.

– Como assim? Ser fantasma é uma coisa *temporária*?

– Talvez – ela sussurrou. Em seguida, sentou-se a meu lado, como se jogasse todo o seu peso na cama, embora as cobertas permanecessem intactas. – Para onde acha que ela foi?

– Provavelmente para um lugar melhor do que aqui – respondi, mordiscando o lábio.

Meghan balançou a cabeça.

– Você não acredita nisso.

– Acredito – insisti, sem muita convicção. Na verdade, eu não fazia ideia de onde Hannah estava, mas não podia dizer isso. Não quando Sarah ou Meghan poderiam ser as próximas.

– Você viu – Meghan fungou a meu lado –, ela parecia apavorada. Não parecia com alguém que estivesse se dirigindo para a luz.

– Ela deve estar em alguma espécie de vida após a morte, com certeza. Não acho que a vida após a morte seja aqui no Harrogate. Se for, espero nunca morrer.

Meghan se levantou e começou a andar pelo quarto, porém sem encostar os pés no chão.

– Deve haver uma espécie de cronômetro em todas nós, e conforme esta situação se arrasta, enquanto o assassino está por aí à solta, nossos cronômetros disparam, um a um.

– Não diga isso.

– Mas é verdade. E sei que você também pensa assim.

Olhei para baixo, incerta do que estava pensando naquele momento. Assassinos em série, fantasmas, um colégio na beira de um penhasco no meio do oceano... Minha mente estava confusa.

Levantei-me um tanto abruptamente. Se Meghan estivesse certa, e elas tivessem algum tipo de cronômetro para irem embora em definitivo, eu não podia ficar ali sentada esperando isso acontecer. Éramos um time – um time disfuncional e paranormal, mas ainda assim um time. E, apesar de eu não gostar de esportes e cabular as aulas de educação física sempre que possível, sabia que não era certo abandonar as parceiras de time. Estávamos juntas naquilo.

– Bem, se for assim, então ainda temos tempo de pegar a pessoa que fez isso com vocês antes de...

– Antes de nos transformarmos em uma pilha de cinzas e sermos sugadas para um mundo intermediário, ou talvez até para o inferno?

– Sim. Antes que tudo isso aconteça. – Estremeci, imaginando se ela persistiria ou desistiria. – Me desculpe, não sou muito boa para dizer frases motivacionais.

Sarah gorgolejou no canto do quarto. Apontei para ela.

– Ela é a capitã dos esportes aqui. Ela é quem deveria fazer isso.

Sarah chiou e balbuciou alguma coisa, depois revirou os olhos e ficou quieta.

COMO SOBREVIVER A UM FILME DE TERROR

– Acho que *essa* foi a frase motivacional dela – disse Meghan.

– Que bom! – exclamei, resistindo à tentação de ser irônica e dizer que havia entendido tudo. – Agora vamos voltar ao nosso assunto. Temos muito trabalho pela frente!

Meghan se posicionou a meu lado.

– É melhor nos apressarmos, senão você vai ficar só com aquela ali, já que foi a última a morrer.

Olhamos para Gabrielle, que engatinhava no chão com seus sapatos azuis nos pés, os braços esticados à procura da cabeça. Peguei um marcador na escrivaninha e comecei a trabalhar.

Quando Olive voltou da aula, eu havia reescrito a lista de suspeitos na cartolina atrás da porta, acrescentando outros nomes e rostos, incluindo *A atendente do refeitório com dentes tortos* e *A garota sonolenta da aula de inglês*. De repente, todo mundo era suspeito.

– Como foi com a diretora? – perguntou Olive, entrando no quarto.

– Peguei confinamento. – Dei de ombros. – Não é a primeira vez.

Ela me olhou boquiaberta.

– Nunca peguei confinamento.

– Por que não estou surpresa? – debochou Meghan.

– O que está fazendo? – Olive chegou mais perto.

– Procurando.

– O quê?

– Alguma coisa que me escapou na primeira vez que olhei esta lista.

– Como o quê, por exemplo?

– Algo que nos dê uma ideia de qual é o grande plano.

Olive deixou sua mochila pesada cair no chão com um baque alto e jogou-se na cama, sem saber que estava ao lado de um fantasma com o pescoço torcido e de outro sem cabeça.

– Se somos especialistas em filmes de terror, não deveríamos saber?

– Ela tem razão – observou Meghan. – Vocês duas deveriam saber como isto tudo vai terminar.

– Você está certa! – Comecei a andar em círculos no tapete entre nossas camas.

– Temos de pensar de trás para a frente... O que sabemos sobre os finais de filmes?

– Acontecem sempre à noite! – Olive sorriu, levantando a mão como se estivesse em sala de aula.

– Sim! – Estalei os dedos. – O final dos filmes de terror quase sempre acontece depois do decorrer de uma longa noite, como...

– *Pânico*! – Meghan exclamou, batendo palmas como se aplaudisse a si mesma.

– *Depois da meia-noite, Escola noturna, Noite infernal* – acrescentei, tentando me lembrar de nossos títulos "noturnos" favoritos.

– E sempre tem uma fantasia, uma máscara para esconder a identidade até a cena final, quando então ela é rasgada ou quebrada, para que a revelação seja a mais dramática possível – acrescentou Meghan, gesticulando na direção da folha de cartolina.

– E a cena final geralmente acontece quando um grupo se reúne, como se acreditassem que dessa forma estariam mais seguros.

– *Assassinatos na fraternidade secreta* – Olive sugeriu.

– E *A noite das brincadeiras mortais*!

– Às vezes durante uma festa, ou baile de formatura.

– *Carrie, a estranha.*

Olive assentiu.

– *A morte convida para dançar.*

– E às vezes durante alguma comemoração, como *Natal sangrento* ou...

– *Halloween* – lembrou Olive.

Olhei para Meghan e depois coloquei as mãos nos ombros de Olive.

– É isso!

– O Baile de Halloween! – nós três exclamamos em uníssono.

Meghan deu um pulinho, empolgada.

– Acertei! Sou uma nerd do cinema também!

COMO SOBREVIVER A UM FILME DE TERROR

– Este será o fim do jogo! – gritei. – O último movimento do assassino. O *Halloween*! Mike Myers está se preparando para o grande final! E precisamos estar prontas.

– Como? – perguntou Meghan.

Dei um passo para trás.

– Temos de dar um jeito para o Baile de Halloween não acontecer, para não dar ao assassino o pano de fundo para sua cena final.

Olive balançou a cabeça.

– Boa sorte... As meninas do comitê vão matar você. Eu teria mais medo de um bando de adolescentes que estão contando os dias para o baile do que do assassino mascarado do Harrogate.

– Rochelle terá de esperar outra oportunidade para usar sua fantasia de criada francesa... presumindo que não seja ela a assassina – brinquei.

Olive deixou escapar um gemido.

– Provavelmente ela iria se fantasiar de melindrosa de *O grande Gatsby*. Definitivamente, ela é uma aspirante a Daisy Buchanan.

Franzi a testa.

– Quem?

– Sério, Charley, não dá para você ler apenas os livros de Stephen King o tempo todo. Não admira que esteja indo mal em inglês.

Fiz um gesto de pouco-caso.

– Bem, voltando à questão em pauta, vamos dar um jeito de suspender o Baile de Halloween.

Meghan deu de ombros.

– E depois?

– Depois temos de preparar todo mundo... providenciar armas de defesa, coisas assim.

Olive fez uma careta.

– Armas de defesa? Como o quê? Lápis apontados e livros didáticos pesados?

– Aposto que tem armas úteis na sala de artesanato – sugeriu Meghan.

– Isso! – exclamei. – Se estivermos na mira do assassino do Harrogate por algum outro motivo que não seja a facilidade de nos incriminar por causa do nosso fascínio por filmes sangrentos, então precisamos nos armar. Porque seremos os alvos finais.

Olive sorriu.

– As últimas garotas presunçosas.

– Sério? – escarneceu Meghan.

– Sim, as últimas garotas presunçosas – concordei, com um movimento de cabeça.

– Somos Jamie Lee Curtis. Vamos dar um fim a Michael Myers de uma vez por todas.

Levantei-me e estudei a cartolina atrás da porta, com nomes circulados, riscados, destacados. Um deles era o assassino, e iríamos descobrir qual era.

– Você sabe que Michael Myers sempre volta – disse Olive atrás de mim. – De novo, e de novo, e de novo… quer dizer, são várias sequências para o filme *Halloween*.

Coloquei as mãos na cintura e suspirei.

– Não consigo parar de assistir, mas eu realmente detesto sequências.

Regra #24
PROVIDENCIE ARMAS PARA VOCÊ, NÃO PARA O ASSASSINO

O dia passou rápido, com as aulas e atividades, e felizmente não voltei a ver Rochelle Smyth.

Até então.

Quando cheguei ao confinamento, que era na sala de artesanato – para contrariedade do senhor Gillies –, Rochelle já estava lá, empoleirada em uma cadeira alta em frente a uma das bancadas de trabalho. Recebeu-me com expressão de azedume, e eu podia sentir a carranca dela queimar minhas costas enquanto procurava um lugar no lado oposto da sala.

– A culpa de tudo isso é sua! – ela disparou.

– Sem conversa – eu a lembrei, abrindo um sorriso largo.

– Eu deveria estar lamentando a morte da minha amiga, não aqui com você. Queria planejar uma festa em memória de Gabrielle.

SCARLETT DUNMORE

– Sim, porque nada significa "descanse em paz" mais do que música, dança e saias de lantejoulas. Que grande amiga você é, Rochelle! – falei com ironia.

– E o que você sabe sobre isso? – retrucou ela, zangada. – Você tem uma única amiga nesta ilha inteira, e só porque ela é sua colega de quarto. Aposto que você tem menos amigas ainda no continente. Ninguém está sentindo a sua falta por lá. *Dedo-duro*.

Meu sangue gelou, e senti um calafrio.

– O… o que você disse? – gaguejei, virando-me lentamente para ela.

Pronto. Ali estava. A verdade. Ela *sabia*.

A porta bateu contra a parede, me fazendo pular na cadeira. O senhor Gillies parou na soleira, segurando uma pilha de papéis e uma caneca de café.

– É proibido conversar no confinamento – dardejou ele, andando até a mesa e afundando na grande cadeira de couro. Em seguida observou atentamente os equipamentos da sala.

– E não toquem em nada.

Olhei para Rochelle, ansiosa para fazer perguntas, descobrir o que exatamente ela sabia sobre mim e, mais importante, a quem ela pretendia contar. E por quê. Aquilo tudo era de fato só para descobrir mais a meu respeito? Ela estava determinada a expor o meu passado? Ou aquilo era obra do assassino em série do Harrogate, e agora ela estava sentada atrás de mim… em uma sala de aula cheia de serras, martelos e chaves de fenda?

Olhei para a bancada diante de Rochelle enquanto ela contemplava distraída o relógio na parede, ainda com aquele sorriso petulante no rosto e uma serra de fita a poucos centímetros de suas mãos. Como era possível que ninguém naquela escola compreendesse a insensatez de deixar essas ferramentas à disposição de qualquer um quando havia um assassino à solta? Ninguém ali havia assistido a um filme de terror ambientado num colégio?

COMO SOBREVIVER A UM FILME DE TERROR

Os minutos se arrastavam no relógio, cada segundo dolorosamente longo.

Tique-taque... tique-taque.

Então começaram o gorgolejo e o chiado de um fantasma com o pescoço quebrado e esmagado. Meghan, Sarah e Gabrielle flutuavam ao redor da bancada de furadeira manual, parecendo perplexas. Refleti que elas não deviam ter feito aula de artesanato. O olhar de Meghan encontrou o meu e ela deu um sorriso amarelo. Retribuí com um meio-sorriso também. As últimas semanas haviam sido estranhas. Pelo menos agora eu sabia o que vinha após esta vida. Uma dimensão intermediária. Eu sempre sentia uma presença estranha, principalmente depois que meu pai morrera, mas nunca imaginei ter o dom de me comunicar com fantasmas. Talvez, depois que tudo aquilo terminasse, eu pudesse ter meu próprio reality show na televisão como médium, ou algo assim... isso se eu saísse viva dali, é claro.

Depois de pensar em títulos potenciais e acabar chegando a *Os mortos--vivos*, em homenagem a Romero, voltei a mergulhar no tédio.

Tique-taque... tique-taque.

Eu não aguentava mais. A sala estava quente, abafada. Afastei a gola e sacudi a camiseta no corpo para me abanar. Rochelle continuava imóvel, sem mostrar sinais de desconforto ou de estar entediada. Seu olhar estava fixo em algum ponto invisível, como o de uma assassina fria e insensível. Seria realmente ela? Ou Olive tinha razão ao dizer que isso seria óbvio demais?

Tique-taque...

O senhor Gillies tamborilou os dedos na mesa e se reclinou na cadeira, os olhos também vazios. Ou seria ele? Seria capaz de fazer mal às suas alunas? O tamborilar rítmico começou a me dar sono. Apoiei o queixo na mão, sentindo o corpo pesado. Não me lembrava da última vez que dormira a noite inteira.

Tique-taque...

O peso tornou-se esmagador, pressionando-me para baixo... para baixo...

Quando abri os olhos, estava sentada no meio de uma longa fileira de cadeiras de metal, frias e de encosto duro. Meus tênis tinham sido substituídos por sapatos pretos de verniz, o uniforme da escola era uma calça impecável e camisa branca engomada. Havia uma papoula vermelha presa à gola do meu blazer. Passei a mão pela orelha e senti o lóbulo nu, todos os brincos haviam sido removidos. Meu cabelo estava firmemente preso em um coque, amarrado com um elástico fino. Eu estava usando a corrente de ouro com o pingente em formato de "S", mas ela não veio me ver naquele dia.

O som de passos arrastados e um murmúrio de vozes atraíram minha atenção de volta para a sala do tribunal lotada de gente à espera do meu depoimento. Advogados, pais, parentes, assistentes sociais. Estavam todos ali. Todos esperando para ouvir o que eu iria dizer.

Eu conhecia bem aquele momento, pois muitas vezes o repassava em minha mente à noite, enquanto Olive ressonava a meu lado. Fora o momento no qual eu havia me voltado contra todos os meus amigos. Quando apontei o dedo, citei nomes e apresentei provas. O momento em que empurrei todo mundo para baixo do ônibus para me salvar. Talvez, se Sadie tivesse ido ao tribunal naquele dia, eu não tivesse mencionado o nome dela. Ou talvez tivesse.

Passei seis meses em um centro de detenção juvenil depois disso. Nem tudo o que eu havia feito podia ser esquecido. E então fui liberada para ir para casa, e meu registro foi apagado. Eu não era mais Charlotte Ryan. Precisava ser outra pessoa, mas não podia ser outra pessoa ali naquela cidade. Tinha que ir embora, para um lugar isolado, onde ninguém me conhecesse. Minha mãe me mostrou um livreto do Colégio Harrogate para Meninas no dia em que fui libertada. O mesmo dia em que alguém jogou uma pedra na nossa porta da frente. Eu não tinha muita escolha, tinha que aceitar qualquer coisa.

Uma voz ressoou no limiar da minha mente, dizendo-me que aquilo era um sonho, mas eu não conseguia me desvencilhar, não conseguia encontrar o caminho de volta para a realidade. Ergui o rosto e vi minha mãe sentada no banco da frente do tribunal, com nosso advogado e a assistente social, vestida em um terninho parecido com o meu, que uma amiga tinha me emprestado. Ela ainda usava a aliança e os brincos de pérola que havia ganhado de presente de aniversário de casamento do meu pai. Poucos meses depois ela vendeu tudo para pagar minha matrícula no Harrogate.

Olhei para ela no tribunal silencioso, as vozes novamente abafadas. Ela enxugou uma lágrima no rosto e, de repente, mãos enluvadas apareceram ao redor de seu pescoço, deslizando sobre a pele. Acima dela, vi o assassino do Harrogate, vestido de preto e usando a máscara dourada. Abri a boca para gritar, para avisar minha mãe, salvá-la, mas as palavras me sufocaram como bile quente. Então vi a serra de fita subindo, mirando o pescoço de minha mãe. E no instante seguinte o pescoço dela estava sendo cortado, lentamente, o sangue jorrando e encharcando suas roupas, pingando no chão em volta dela, formando uma poça que se alastrava para perto de onde eu estava. Sua cabeça pendeu para o lado, ligada ao pescoço por somente um fiapo de tecido e pele. O assassino mascarado virou-se para mim; limpou o sangue na manga e começou a andar em minha direção...

– Charley, acorde!

Eu me sobressaltei e ergui a cabeça, e vi a sala de aula de artesanato voltar ao foco, com o que pareciam pequenas estrelas cintilando na minha vista. Os fantasmas das três meninas estavam diante da bancada de trabalho, quietinhos. Tombei para o lado e senti um par de braços me amparar, me equilibrando de volta na cadeira. Quando despertei totalmente, vi o senhor Gillies e me assustei.

– Você adormeceu – disse ele. – O confinamento terminou – avisou em tom de voz firme, uma firmeza cortante, que lembrava o corte de uma faca.

Soltei o ar, trêmula, e recuei para me distanciar dele. Olhei na direção de onde Rochelle havia se sentado, mas o lugar estava vazio. Eu estava sozinha na sala com o senhor Gillies.

Ele não avançou na minha direção, não fez menção de pegar a serra, não estava usando máscara. Simplesmente deu um passo para trás e gesticulou, apontando para a porta.

– Me desculpe – murmurei, deslizando para fora da cadeira, sem desviar o olhar do rosto do professor. Minhas pernas não pareciam pertencer ao meu corpo e cederam. Segurei-me na bancada para não cair.

– Está tudo bem? Quer que eu a acompanhe até o dormitório? – ele perguntou.

– Não! – respondi, um pouco ríspida.

Não queria que o senhor Gillies soubesse onde era o meu quarto, para o caso de ele ser o assassino. Embora fosse provável que ele já soubesse onde cada uma de nós dormia e conhecesse também todos os nossos segredos.

– Quero dizer, não, obrigada, senhor Gillies. Estou bem, posso ir sozinha. – Cambaleei em direção à porta.

– Charley – ele chamou, e eu me virei. – Tome cuidado.

Os olhos dele escureceram, e eu saí da sala, apressada.

A Ala Rosa estava deserta, já que as aulas haviam terminado há algum tempo. As salas estavam às escuras; as portas se encontravam fechadas. Não se ouvia o habitual zumbido suave de tablets, notebooks e projetores; o único som audível nos corredores era o tique-taque dos relógios e as vozes distantes das alunas no pátio a caminho do refeitório.

Quando entrei no quarto, Olive estava sentada na cama, amarrando os tênis.

– Ah, você voltou! – Ela sorriu. – Como foi na detenção?

– O quê? – balbuciei, desconfortável.

– Quero dizer, no confinamento – explicou ela. – Não é uma espécie de detenção?

– Ah, tudo bem… – murmurei, afastando a paranoia. – Foi tranquilo. Dormi quase o tempo todo.

– Então não foi ruim. Eu adoraria tirar um cochilo. – Ela deu de ombros. – Vamos jantar?

COMO SOBREVIVER A UM FILME DE TERROR

Engoli em seco.

– Não estou com fome. Acho que não consigo comer nada. – A imagem de minha mãe sendo decapitada ainda assombrava minha mente. Tinha sido um sonho, mas a sensação de realidade persistia.

– Ah, não... – Olive choramingou. – Vou ter de jantar sozinha?

– Desculpe, estou enjoada. Se sentir o cheiro de bistecas, vou passar mal.

– Ah, agora me deu vontade de comer bistecas! – gemeu Meghan no canto do quarto.

Peguei meu *nécessaire* e minha toalha, ainda um pouco úmida do banho da manhã.

– Preciso de uma chuveirada quente, acho.

– Não pode tomar banho sozinha, esqueceu? É uma das regras – lembrou Olive.

– Verdade. – Caí sentada na cama, suspirando.

– Mas vou jantar rápido e encontro você às 19 horas, tudo bem? – ela sugeriu, pegando um livro de química diatômica na mesinha de cabeceira.

Olhei para a minha pilha de livros de Stephen King, todos com pontas de páginas dobradas, alguns com manchas de café.

– Combinado – concordei, jogando-me para trás na cama com os braços e pernas abertos.

Rolei para o lado, peguei o livro *A coisa* na mesinha e mergulhei no primeiro capítulo, apesar de já ter lido a história várias vezes. Eu tinha um trabalho de Estudos Modernos para entregar na semana seguinte, mas, depois daquele dia... não, depois daquele mês... um livro sobre um palhaço assassino com presas me atraía mais do que um sobre práticas governamentais.

Tirei os tênis com os pés e me aninhei entre as cobertas.

Às 19h20 eu já havia lido cinco capítulos, e Olive ainda não voltara. Sem ter certeza se o combinado era nos encontrarmos no quarto ou no banheiro, dobrei a página do livro, joguei-o para o lado na cama e tirei a roupa. Enrolei-me na toalha verde do Harrogate, peguei meu *nécessaire* e saí para o corredor.

– Não se preocupe, seremos suas acompanhantes no banheiro – encorajou Meghan, flutuando atrás de mim.

Segurei a toalha junto ao pescoço e andei depressa até os chuveiros. Quando entrei, escutei as vozes das meninas conversando e fofocando dentro dos cubículos e olhei ao redor procurando Olive. Entrei no cubículo do meio, que estava vazio, fechei a cortina e pendurei minha toalha e o *nécessaire* no gancho na parede. Os chuveiros demoravam um pouco para esquentar, então me encostei no canto, para esperar. Quando vi o vapor se formar, estendi a mão e entrei debaixo do jato, deixando a água escorrer por meus cabelos, ombros, braços, quadris e pernas. A sensação era maravilhosa.

O pesadelo voltou a me assombrar. O rosto de minha mãe enquanto a serra cortava seu pescoço. O sangue, o ferimento... a máscara dourada do assassino conforme ele andava em minha direção. Esfreguei as têmporas e tentei me concentrar nas conversas indistintas que ecoavam no ambiente, para afastar as imagens do sonho ruim.

– ... e desde então não tive mais notícias dele. Nem sei se ele está recebendo os meus bilhetes.

– ... não acredito que falta só um mês para os exames!

– ... três dias para o baile de Halloween!

– ... não esquenta, ele deve estar ocupado com os estudos.

– ... é verdade que não encontraram o corpo de Gabrielle Harrison?

– ... e ela surtou! Ficou gritando para todo mundo sair do salão da piscina, que havia uma cabeça na geladeira!

Eu congelei debaixo do chuveiro. Foquei nesse último trecho da conversa, tentando escutar através da cortina.

– Você não acha estranho que os suicídios tenham começado depois que ela chegou aqui? Para mim, tem algo suspeito acontecendo...

Senti-me dividida entre ficar chateada com as insinuações e aliviada por haver outras alunas questionando os "acidentes", então cheguei mais perto

COMO SOBREVIVER A UM FILME DE TERROR

da cortina para ouvir melhor. Mas as vozes se misturavam, e o barulho dos chuveiros dificultava a compreensão. E Meghan cantando Taylor Swift do lado de fora do meu cubículo também não ajudava. Suspirei e fechei os olhos. Era óbvio que as pessoas estavam comentando sobre mim. Eu tinha surtado no palco do desafio acadêmico, encerrado uma festa do Eden no auge, alertado funcionários para o fato de menores de idade estarem consumindo bebida alcoólica, descumprido o toque de recolher, provocado tumulto nas dependências do colégio no escuro e na neblina e pegado confinamento.

Eu era tão falada ali na ilha quanto em minha cidade. Esfreguei o pescoço, tentando banir a imagem da cabeça de Gabrielle na geladeira, de Sarah pendurada na viga, do corpo de Hannah arrebentado nas pedras, dos olhos estáticos de Meghan espetada na haste de ferro. E da noite em que Hannah se desintegrou diante dos nossos olhos e desapareceu para sempre.

Quando finalmente abri os olhos, percebi que Meghan tinha parado de cantar.

– Olá? – chamei.

Fechei a torneira e fiquei imóvel, esperando escutar a cantoria de Meghan e a cacofonia de vozes das minhas colegas vivas, mas tudo o que eu ouvia eram os batimentos do meu coração.

– Meghan? – sussurrei.

– Shh! – ela fez, do outro lado do banheiro.

No instante seguinte, ouvi passos pesados entrando no banheiro. Esperei, imaginando se seria Olive, mas a pessoa não disse nada. Se fosse Olive, obviamente chamaria por mim, para verificar se eu estava lá.

De repente, o ar à minha volta ficou parado e silencioso. Meu coração disparou.

Um dos chuveiros pingava, cortando o silêncio. Abaixei-me para espiar por baixo da cortina. Vi um par de botas pretas no meio do banheiro e a ponta de uma serra de fita apoiada no piso de ladrilhos. Levantei-me depressa. Não, definitivamente não era Olive.

Meghan e Sarah apareceram à minha frente, e os sapatos azuis de Gabrielle despontaram sob a divisória do chuveiro ao lado.

– Charley, não quero te assustar, mas tem alguém com uma arma enorme do lado de fora do seu chuveiro – Meghan avisou, com os olhos arregalados.

Cobri a boca com a mão para abafar um grito e me encolhi. Sentei no chão e dobrei as pernas. A cada passo que a pessoa dava, a serra se arrastava ao lado dela, raspando no piso de ladrilhos como as garras de Freddy Krueger em *A hora do pesadelo*. O ruído estridente de roçar e raspar se prolongava conforme o vulto escuro, provavelmente com máscara dourada, perambulava pelo recinto. E então ouvi as cortinas plásticas dos cubículos sendo bruscamente puxadas, uma a uma.

Regra #25
TENHA MAIS DE UMA ROTA DE FUGA

Eu não havia pensado, até então, como seria a minha morte. Apenas sabia que morreria um dia, como todo mundo. Meu pai sabia que estava muito doente; portanto, sua morte não foi uma grande surpresa para ele nem para nós. O câncer tirou décadas de sua vida, e os tratamentos de quimioterapia só lhe deram uns poucos meses de volta; seis meses, para ser exata. Não era tempo suficiente para pôr as coisas em ordem, financeira ou emocionalmente. Mas sua morte era esperada, e nós fomos as espectadoras do evento. Os especialistas disseram que ele morreria naquele inverno, e foi o que aconteceu. Meu pai sempre fora um homem pontual e previsível.

Entretanto, enquanto eu estava encolhida no canto do cubículo, nua, molhada e tremendo, compreendi que minha morte não precisava ser naquele dia. Diferentemente do meu pai, eu tinha uma escolha… uma chance. Pequena, claro, mas não deixava de ser uma chance.

As bordas serrilhadas da serra de fita continuavam raspando nos ladrilhos, como garras afiadas feito navalhas. Engoli em seco e, sem fazer barulho, me enrolei na toalha. Prendi a respiração e afastei uma nuvem de vapor, contemplando minhas opções de fuga.

Eu não tinha nenhuma.

O assassino avançava por entre os cubículos, mas de repente seus passos silenciaram. Ouvi o chuveiro gotejar do outro lado e em seguida o raspar de metal no ladrilho. Os passos recomeçaram, e eu afastei a cortina apenas alguns centímetros, para espiar. O assassino estava de costas para mim. Eu tinha uma opção de fuga.

Eu conhecia aquela cena. Muitos filmes de terror tinham uma "cena de susto no banheiro": *O grito*, *A morte do demônio*, *Premonição*, *Prova final*, *A hora do pesadelo 5* e, é claro, o clássico que deu início a tudo, *Psicose*.

Eu não iria morrer num cubículo de chuveiro. Não naquele dia, pelo menos.

Respirei fundo, deitei-me de bruços no chão e me esgueirei por baixo da divisória para o cubículo ao lado. Meghan gesticulou, me encorajando, enfiando sua cabeça fantasma para fora, para espiar. Passei ao cubículo seguinte e assim fui rastejando, até o último. Minhas costas arderam de dor quando fiquei em pé. Eu devia ter me arranhado na borda inferior de uma das divisórias. Apertei os lábios, abafando minha voz enquanto levava minha mão para trás e sentia a viscosidade quente do sangue. Meghan fez um sinal para que eu recuasse, e me encostei à parede, atrás da cortina parcialmente aberta. A serra se arrastou novamente pelo piso conforme o assassino voltava e abria novamente as cortinas.

Daquele último cubículo eu conseguia ver a porta, bem à minha frente. Lamentei ter deixado meu frasco de xampu no primeiro cubículo. A toalha teria de servir.

Com alguma relutância, desenrolei a toalha e saí do cubículo. A pessoa estava de costas para mim, usando um moletom preto com capuz. A ponta da serra estava no chão, pronta para a ação. Olhei para a saída.

Meghan sussurrou, demonstrando dúvida ao seguir meu olhar, se eu conseguiria.

COMO SOBREVIVER A UM FILME DE TERROR

Sarah balançou a cabeça. Ela tinha me visto várias vezes na aula de educação física.

Mas eu tinha certeza de que conseguiria. Ou quase. Claro que minha habilidade na corrida não era das melhores. Eu não era rápida nem ágil e suava mais do que a média das pessoas. Uma decisão ruim poderia terminar com uma serra me cortando, mas eu não podia ficar ali parada, esperando pela alternativa, que fatalmente também seria uma serra me cortando.

Em vez de correr, andei na ponta dos pés molhados na direção da porta. Ao meu redor o silêncio era total, o tipo de silêncio que antecede um clímax. Os ombros do assassino tensionaram, como se ele sentisse a minha presença, e eu soube que não tinha mais tempo. Era agora ou nunca. Joguei a toalha sobre a cabeça dele e puxei com força para trás. O plástico da máscara estalou, com um som parecido com os ossos de Hannah.

O assassino cambaleou para trás, largando a serra e levando as mãos ao rosto. Puxei com mais força, até que ele se desequilibrou e caiu.

– Corra! – Meghan gritou, enquanto Sarah agitava os braços na direção da saída.

Dei impulso para a frente e corri, tão rápido que tive a sensação de que minhas pernas iam se descolar do resto do corpo. Escorreguei na saída sobre uma poça de água e me segurei no batente para não cair. Atrás de mim, o assassino grunhia, tentando se levantar. Eu gritei e saí correndo. Corri até meus pés descalços arderem, meus pulmões ficarem sem ar e meu peito parecer que ia explodir, até que...

Bam!

Trombei com alguém e caí sentada no chão.

– O que... Charley! De novo!

Olhei para cima, da posição humilhante em que me encontrava, com uma perna para cada lado. Rochelle me olhou do alto, com as mãos na cintura.

– Por que você vive correndo para cima de mim? – Então a expressão dela mudou de zangada para surpresa. – Por que está nua?

– Tem alguém nos chuveiros! – Minha voz saiu fraca e sem fôlego, e cobri meu corpo com as mãos.

Rochelle hesitou por um segundo.

– Claro que tem... é um banheiro *comunitário*.

– Não, tem alguém lá com uma serra gigante, tentando me matar! – expliquei, para ser mais explícita.

– Está maluca? – Ela franziu a testa.

– Por que ela está aqui? – questionou Meghan, apontando para Rochelle. Senti meus ombros tensos, conforme tentava respirar.

– Sim, por que está aqui? Esta não é a sua ala.

– Em primeiro lugar, posso ir aonde eu quiser nesta escola, e em segundo, não que seja da sua conta, estou convidando pessoalmente todo mundo para a festa em memória de Gabrielle. E, adivinhe, a lista de convidadas não inclui você.

– Eu... eu... – Por um instante eu não soube como responder, mas então olhei para os pés dela e fiquei estarrecida. Eu conhecia aquelas botas pretas de bico redondo. Na verdade, eu as havia visto poucos minutos antes, enquanto me escondia atrás da cortina do chuveiro.

– Rochelle... é... é... – Dei impulso com o pé e me arrastei para trás no chão.

– Eu sabia! – exclamou Meghan, com expressão vitoriosa.

– O que foi? – perguntou Rochelle, dando um passo para a frente.

– Sai daqui! – berrei.

Ela arqueou as sobrancelhas.

– Você está estranha...

Levantei-me, trôpega, e continuei a correr, passando por Rochelle em direção ao meu quarto. Abri a porta e entrei tropeçando, quase caindo de novo.

– Charley, que susto! – exclamou Olive, inclinando-se para a frente, segurando o livro que estava lendo encostada na cabeceira da cama. – Por que está nua?

COMO SOBREVIVER A UM FILME DE TERROR

Corri até a cômoda e a empurrei para fazer uma barricada, mas era muito pesada.

– Me ajude!

Olive pulou da cama, os olhos arregalados, e começou a puxar do outro lado, até a porta. Em seguida virou-se para mim.

– O que está acontecendo?

Caí sentada no chão e puxei a manta da minha cama para me cobrir, embora soubesse que era tarde demais para recuperar a dignidade.

– Onde você estava? – perguntei, ofegante.

Olive arregalou os olhos e cobriu a boca com a mão.

– Ah, Charley! Eu esqueci completamente! – Ela se ajoelhou a meu lado. – Me desculpe...

– Charley – Meghan balbuciou.

Sarah estava no pé da cama de Olive, com o pescoço dobrado e retorcido, olhando para os antebraços conforme uma poeira escura se espalhava sobre a pele cinzenta. Meghan se aproximou e segurou a mão dela.

– Está acontecendo de novo.

Olhei para as duas – que tinham a esperança de que eu solucionasse aqueles crimes, que vingasse Sarah antes que ela também desaparecesse – e para minha melhor amiga, Olive, que ainda estava ali, viva. Mas talvez não por muito tempo.

Eu não aguentava mais. Todo mundo dependia de mim, todas precisavam que eu fizesse alguma coisa, que eu agisse. E eu não sabia o que fazer. O assassino também estava atrás de mim. Eu era a próxima da lista, e provavelmente Olive também. Eu não podia passar o tempo que me restava no Harrogate me escondendo e escapando de um assassino maníaco. Quem eu estava querendo enganar? Eu não tinha experiência como detetive, e estava apavorada, assim como todo mundo. E, como antes – como aquele dia no tribunal –, tive que escolher a sobrevivência. Acima de tudo. Acima da amizade.

213

Levantei-me, com a manta nos ombros, e comecei a jogar minhas coisas na cama. Livros, roupas, escova de cabelo, DVDs, tudo.

– Pronto. Vamos embora desta ilha.

– O quê? – Meghan gritou. – Você vai nos deixar?

– Vou deixar o *Harrogate* – corrigi.

– Não seja medrosa! – exclamou Meghan.

– Quando? – perguntou Olive.

– Esta noite.

– Esta noite? Não vamos conseguir um barco esta noite – disse Olive, olhando para a escuridão do lado de fora da janela. – Se houver um assassino em série nesta ilha, não vou andar até o cais no escuro! Seria como colocar um cartaz na testa dizendo "Pode me matar agora".

– Temos que ir logo! – insisti, ofegante, esvaziando as gavetas e os armários.

Como eu tinha acumulado tanta coisa em tão pouco tempo?

– Charley, não vá! – implorou Meghan, apontando para Sarah.

Olive deu um passo na minha direção, bloqueando meu acesso ao guarda-roupa.

– Charley, preste atenção ao que está fazendo... Você está quebrando todas as suas próprias regras.

Suspirei e me deixei cair sentada na cama, a cabeça latejando.

– Tudo bem, amanhã, então. Vamos embora amanhã. Tem uma maníaca homicida neste lugar, e ela não vai parar enquanto não matar todas nós. Ninguém acredita em mim, todo mundo acha que estou doida. Chega! Já deu para mim.

– Para mim também. – Meghan ergueu os braços e, num piscar de olhos, desapareceu, junto com a atrapalhada Gabrielle e Sarah, que agora se desvanecia.

– Ela? Como sabe que é mulher? – Olive perguntou, surpresa.

– Acho que é Rochelle – respondi, enfiando meu moletom vintage de *Sexta-feira 13* pela cabeça. O cabelo molhado grudou em minhas costas, e eu os afastei para fora do moletom.

COMO SOBREVIVER A UM FILME DE TERROR

– Rochelle? Charley... ela é má, admito, e você não está aqui há tempo suficiente para ter total noção de quão perversa ela é, mas... assassina? Não sei...

– Só pode ser ela! A rainha do baile é nossa assassina! Sei que foi ela quem roubou a minha ficha, e toda vez que o assassino ataca ela está por perto. Pode reparar! É ela, eu sei que é. – Andei de um lado para outro, pisando na barra da minha calça de moletom comprida demais. – Amanhã cedo vamos acordar e descer até o cais.

– Depois do café da manhã?

– Não, Olive. Não temos tempo para café. Vamos sair de madrugada.

Os ombros de Olive se curvaram.

– E o senhor Terry nos levará para o continente, onde iremos pessoalmente falar com a polícia. Chega de encobrir esta história. Se a senhorita Blyth não vai fazer nada a respeito, então eu vou.

Olive mordiscou o lábio inferior, retorcendo os dedos.

– Está comigo, Olivia Montgomery? Você é a única pessoa que me resta – falei, olhando para o canto do quarto onde costumava ver Meghan, Hannah e Sarah. Agora, tudo o que eu via era o kit de educação física de Olive e uma revista de história de zumbis em quadrinhos meio dobrada. Uma pontada de culpa fez meu estômago se contrair, e mordi o lábio. Eu não as estava abandonando. Assim que chegasse ao continente, procuraria ajuda. Ali na ilha não havia nada que eu pudesse fazer. Não podia ajudar ninguém. Precisava sair da ilha.

Olive olhou para o chão, mudando de posição na cama.

– Humm...

– Olive?

– Não acho bom sairmos da ilha. Estamos no meio do semestre, a diretora vai nos matar! Ou pior, nos expulsar!

– Tem um assassino nesta ilha! Eu sou a próxima, e depois provavelmente você!

– Eu?

215

– Todas nós somos alvos. E, se for Rochelle, ela sabe muito bem como chegar até nós.

Olive suspirou e subiu na cama, engatinhando.

– Tudo bem, mas, depois que ela sair daqui algemada, posso voltar para as minhas aulas? Estou fazendo sete matérias!

– Combinado. – Terminei de colocar minhas coisas na mala amarela que eu havia levado para lá e também me joguei na cama. – Tente dormir. Vamos acordar cedo.

– Dormir? Sem chance. Não agora que você disse que a garota mais insuportável da escola é também a assassina, e ela sabe qual é o nosso quarto. – Olive suspirou.

Logo que nos deitamos, Olive virou de um lado para outro na cama, inquieta, mas depois de alguns minutos começou a ressonar.

Agora era a minha vez de me revirar debaixo das cobertas, empurrando e puxando a manta, ora sentindo calafrios por causa do meu recente encontro com a morte, ora calor com a possibilidade de haver outro em breve. Será que ela tentaria entrar no nosso quarto? Eu acordaria para me deparar com um rosto dourado me encarando?

Olhei para o canto onde os fantasmas costumavam ficar, mas eles não tinham voltado. Pensei se, quando finalmente reaparecessem, depois de me perdoarem por abandonar o navio, Sarah ainda estaria ali também. Pensamentos conturbados espiralaram em minha mente naquela noite. Mas, em algum momento entre duas e cinco da manhã, eu cochilei.

Acordei com um sobressalto. O quarto estava um breu, mas consegui ver o contorno de Olive deitada em cima das cobertas. Ela não havia trocado de roupa nem tirado os tênis.

Sentei-me na cama e apertei os olhos, focalizando a porta. O vento uivava através da janela, como se implorasse para entrar, e a chuva açoitava a vidraça. Quando o dia começou a clarear, iluminando o quarto com matizes de âmbar, minha cabeça latejava e pulsava de fadiga e medo. Por volta de 5h45 acordei Olive, esperei que ela colocasse alguns itens em uma mochila

COMO SOBREVIVER A UM FILME DE TERROR

maior que ela, arrastamos a cômoda de volta para o lugar e saímos para os corredores silenciosos de um Harrogate adormecido, iniciando nossa jornada de volta para o continente.

O ar frio da manhã atingiu nosso rosto em cheio quando abrimos a porta dos fundos e começamos a percorrer os caminhos para a praia de seixos. A chuva havia cessado. Acima de nós as gaivotas grasnavam e voejavam, famintas. Eu tinha esquecido minhas luvas no dormitório, e o frio enrijeceu meus dedos, mas eu não pretendia voltar. As rodinhas de minha mala amarela empacavam em cada arbusto, cada tufo de grama, cada pedra, e me lembrei do dia em que havia atravessado o pátio puxando a mala até o escritório da senhorita Blyth. Ela me recepcionou no Harrogate, sua figura alta e corpulenta bloqueando a porta, e depois sentou-se comigo para revisar minhas matérias e horários. Me entregou um mapa do colégio antes de começar a falar sobre as regras e formalidades, até eu sugerir ler tudo mais tarde no quarto, no livreto que estava na sacola de boas-vindas.

Depois fui para meu dormitório, sozinha. O corredor estava deserto e silencioso, a não ser pelo ranger das rodinhas da minha mala. Fui sussurrando repetidamente, até minha mão segurar a maçaneta da porta do meu novo quarto, "Sou Charley Sullivan. Sou Charley Sullivan".

Eu não sabia se estava lembrando meu novo nome para mim mesma ou reforçando a noção de que minha antiga personalidade ficara para trás, no continente, na cidade de edifícios altos e avenidas movimentadas com carros e pessoas, no porto onde eu me despedira de minha mãe. Eu estava apavorada naquele dia, sem saber o que esperar do Harrogate.

Mas não tão apavorada quanto agora.

Quando chegamos à beira do penhasco e começamos a descer, eu estava tão cansada de puxar a mala que considerei deixá-la rolar até lá embaixo. Mas então me lembrei da minha coleção de filmes de terror que estava dentro da mala e dos meus livros favoritos de Stephen King, além de um pacote fechado de Skittles. Mudei imediatamente de ideia. A meu lado, o estômago de Olive roncava de fome.

Ela pediu desculpas, esfregando o abdômen.

Paramos quando chegamos à praia de seixos, com o oceano se estendendo à nossa frente e o continente em nenhum lugar à vista. Tudo o que eu via era o mar e um vasto espaço vazio. Mas sabia que ele estava em algum lugar do outro lado – civilização, *racionalidade*, lar.

– Vamos – falei, apontando para a doca.

O barco do colégio não era muito maior do que o de um pescador, mas era o único meio de transporte para sair da ilha naquela ocasião. Uma embarcação maior vinha em junho e em dezembro para levar todas nós para passar as férias em casa. Uma outra oportunidade de nos entrosarmos com os meninos do Eden.

Nos aproximamos do barco que balouçava na água rasa.

– Olá? Senhor Terry? – chamei. Sei que é cedo, mas precisamos que nos leve para o continente.

– É uma emergência! – acrescentou Olive.

A única resposta foi a marola suave batendo nas laterais do barco e o tilintar de sinos.

– Ele deve estar dormindo. – Olive deu de ombros.

– Ele é pescador. Eles acordam às 3 horas da manhã.

Ficamos paradas na beira da doca, junto à proa do barco.

– Pode ser que ele esteja no Harrogate, tomando o café da manhã como qualquer pessoa normal – resmungou ela, tirando a mochila gigante dos ombros e deixando-a cair no chão.

Acima de nós as gaivotas ficaram mais agitadas, grasnando mais alto, voando mais baixo. Alguma coisa as estava deixando irrequietas.

Olive olhou para cima.

– Eu entendo vocês. Também estou com fome – disse ela.

Passei a perna sobre a amurada do barco e pisei no convés, segurando-me na borda para não cair.

– O que está fazendo? – perguntou Olive.

– Vou verificar se ele está lá dentro.

COMO SOBREVIVER A UM FILME DE TERROR

Dentro da cabine havia mantas e redes, cestas e um cheiro insuportável de sal e peixe. O barco balançava, fazendo meu estômago revirar conforme eu perambulava por entre os bancos. Vi uma capa de chuva amarela desgastada pendurada em um gancho atrás do leme e um par de galochas. Acima do leme, presa com fita adesiva, estava a fotografia de um menino na praia, segurando um baldinho vermelho.

– E aí? – Olive perguntou da doca.

– Ele não está aqui! – exclamei em resposta, começando a voltar para a doca.

De repente, um cheiro forte de enxofre me envolveu e comecei a tossir.

– Está sentindo esse cheiro? – balbuciei, meio engasgada.

– Sim, o que é? Parece ser de ovo... Deus, que fome! – Olive gemeu.

Dei meia-volta e fui até a popa do barco, seguindo o cheiro. No canto onde ficava o motor vi um fio de óleo escuro vazando e no instante seguinte percebi a destruição. Quem quer que tivesse estado ali antes de nós havia causado um estrago no motor. Poças de diesel, cabos arrebentados, um escapamento arrancado e placas de metal amassadas estavam espalhadas no convés traseiro. Mesmo que fosse possível reconstruir o motor, o risco de incêndio por ignição era enorme. O barco iria pelos ares antes de sair das águas rasas. Quem fizera aquilo sabia disso, e sabia que aquele barco era o único transporte para sair da ilha.

Gritei de revolta, praguejando com raiva.

– Presas aqui, como nós. – Meghan apareceu sentada em um caixa térmica branca, com as pernas cruzadas e um sorriso sarcástico no rosto.

– Foi você que fez isso? – perguntei, inconformada.

– Com minhas mãos de fantasma? – Ela tentou pegar um dos cabos, mas seus dedos o atravessaram como uma nuvem. – Se eu pudesse tocar em algo, não seria em um cabo de motor de barco, pode crer.

– Não tem graça – ralhei.

– O que você disse? – perguntou Olive, da doca.

Meghan descruzou as pernas, alongando os tornozelos, e vi uma quantidade incomum de moscas voejando e zumbindo em volta da caixa térmica. Notei que a tampa estava manchada de vermelho.

– Meghan... – murmurei, apontando para a mancha de sangue embaixo dela.

Ela flutuou para o lado. A tampa estava entreaberta, e um cheiro metálico vazou de dentro da caixa. Com as mãos trêmulas, respirei fundo e levantei a tampa gelada, mais fria do que eu esperava. As gaivotas davam voos rasantes e várias moscas pousaram em minhas mãos. Dentro da caixa térmica, aninhada em uma poça de sangue turvo e pegajoso, estava a cabeça decepada de Gabrielle.

Gritei e cambaleei para trás, segurando-me na amurada do barco para não cair na água.

Olive pulou para dentro do barco e foi em minha direção, tropeçando em um cabo rasgado enquanto corria.

– O que foi?

– Minha cabeça! – bradou uma voz a meu lado.

Gabrielle estava no meio da carnificina do barco, embalando nos braços sua cabeça recém-encontrada, acariciando os cabelos emaranhados em sangue coagulado como se fosse um filhotinho de chihuahua.

– Você encontrou minha cabeça! – ela gritou de novo.

Regra #26
TENHA PROVAS PARA CONVENCER OS CÉTICOS

– Hum, Charley, tem certeza de que isso é uma boa ideia? – perguntou Olive atrás de mim, enquanto eu subia o caminho pedregoso de volta para o colégio, arrastando minha mala amarela com uma das mãos e com a outra a caixa térmica com uma cabeça dentro.

– Quero ver a senhorita Blyth dizer que a morte de Gabrielle foi suicídio! – Dei uma risada histérica, parecendo mais perturbada do que pretendia.

Mas aquilo era o que eu vinha procurando – uma *prova*. Prova de que eu não estava louca, prova de que havia um assassino em série no Harrogate e prova de que tínhamos que chamar a polícia, o exército, a Força Aérea, o primeiro-ministro e sei lá quem mais fosse preciso chamar. E dessa vez o assassino não teria como limpar e desaparecer com tudo.

A caixa térmica esbarrava em pedras, tufos de grama e grumos de areia, e eu podia ouvir a cabeça decepada balançando lá dentro. Senti-me um pouco incomodada por não estar tão horrorizada quanto deveria estar, mas para mim aquela era a quinta descoberta macabra, e era como se eu estivesse me acostumando com o sangue e a violência. Talvez eu pudesse seguir carreira na medicina, afinal.

Gabrielle flutuava a meu lado, ainda segurando sua cabeça fantasma e falante – não havia parado de falar desde que havíamos saído do cais. Ela alternava entre soluços e conversas animadas, sentenças inacabadas e acessos de riso aleatórios. Aparentemente, Gabrielle ansiava por interação social, e talvez não só depois de morta.

– Estou tão feliz por finalmente poder falar! É angustiante não conseguir ouvir nossa própria voz. Não acredito que morri mesmo... Será que encontraram minha bolsa? Era de couro muito caro... Havia muitas pessoas no meu funeral? Mais do que no das outras?... Sério, quem iria querer me matar? Por quê? O que eu fiz?... Será que vou me formar mesmo assim?... Se vocês descobrirem quem me matou, será que voltarei à vida?... Ah, meu Deus, estou morta! Estou morta, de verdade?...

Por fim o grande mosteiro de pedra surgiu à vista e todas nós suspiramos, principalmente Meghan. Desde que começara a falar, Gabrielle não havia nos dado nenhuma informação nova. Informação nenhuma, na verdade. Tudo o que ela se lembrava era de estar dançando na festa na piscina, bebendo ponche. Não se recordava de mais nada depois disso.

As cores dos vitrais da biblioteca cintilavam através da chuva forte que começara a cair. Meu cabelo estava úmido e grudento, e quando chegamos ao colégio eu o prendi em um rabo de cavalo. Atravessamos o pátio, passamos pela fonte e entramos na Ala Elizabeth, diretamente para o escritório da diretora.

Eram 8 horas da manhã, e ela já estava lá, sentada à escrivaninha, segurando uma caneca de café com a frase "Almeje ser a melhor" impressa em letras pretas na louça branca.

– Charley, o que está fazendo? – questionou ela, empertigando-se. – No Harrogate, eu ensino minhas alunas a baterem na porta.

– Desculpe, diretora. Nossas mãos estão ocupadas – ofeguei, colocando a pesada caixa térmica sobre a mesa e derrubando um porta-canetas.

Como sobreviver a um filme de terror

Ela empurrou a cadeira para trás com expressão de contrariedade.

– Charley! Tire esse negócio de cima da minha mesa. Está sujando tudo de areia!

– Já vou tirar. Só queria lhe mostrar uma coisa primeiro.

Levantei a tampa da caixa, libertando uma revoada de moscas. Eu não sabia que elas tinham ficado presas lá dentro, mas certamente contribuíram para o efeito.

A senhorita Blyth se levantou e cambaleou para trás, batendo as costas na janela que dava para o pátio deserto, e em seguida debruçou-se sobre o cesto de lixo.

– Sim, essa foi a reação que tive quando encontrei o primeiro cadáver do Harrogate.

A diretora se segurou na cadeira para recuperar o equilíbrio e olhou novamente para a boca entreaberta na cabeça sem vida de Gabrielle, que flutuava numa poça de água da chuva que se infiltrara, misturada com sangue. Ela deixou escapar um grito abafado e escorregou pela parede. Seus olhos reviraram para cima e ela caiu no chão, com as pernas esticadas sob a mesa.

– E essa foi a reação de Olive – acrescentei, enquanto Meghan tapava os ouvidos com as mãos para abafar a tagarelice de Gabrielle.

———

Após alguns minutos a senhorita Blyth voltou a si, depois do atendimento médico da senhorita Clare. Ficamos recolhidas na sala da diretora enquanto a chuva e o vento fustigavam o pátio de pedra e a fonte. Ao ser informado de que sua preciosa embarcação havia sido vandalizada, o senhor Terry correu para o cais, mais abalado pela destruição de madeira e metal do que pela descoberta de uma cabeça decepada. O senhor Gillies levou a caixa térmica para o porão, a fim de garantir que nenhuma aluna se deparasse com aquela cena, e fiquei observando cada movimento dele, tentando perceber se havia um assassino dentro daquele homem. Ele estava estranhamente calmo, evitando espiar dentro da caixa.

– Eu não compreendo – Blyth choramingou, com as lágrimas escorrendo pelo rosto. – Quem faria uma coisa dessas? Coitadinha da Gabrielle! – Ela limpou o nariz na manga do blazer, e eu resisti a desviar o olhar. Mesmo com todos os ferimentos sangrentos e ossos quebrados que eu havia visto, aquilo era nojento.

Gabrielle sorria, contente com o caos que sua cabeça decapitada estava causando.

– E você... – A senhorita Blyth apontou um dedo para mim. – Por que trouxe isso para cá?

– Perdão, diretora. Eu precisava que a senhora visse, para provar que existe um assassino em série no Harrogate.

– As outras meninas tiraram a própria vida. Foi uma tragédia. – Ela fungou.

– Aquelas meninas foram mortas, assim como Gabrielle. Foi *assassinato* – corrigi.

– Assassinato? – Gabrielle repetiu devagar, como se sua língua não conseguisse pronunciar a palavra. Seu lábio inferior tremeu, como se ela fosse chorar.

Ao lado dela, os dedos de Sarah começaram a escurecer. Ela gorgolejava, chiava e arfava. Nosso tempo estava acabando.

O senhor Gillies entrou de volta no escritório e lançou um rápido olhar para mim antes de se aproximar da senhorita Blyth. Havia uma pequena mancha de sangue no punho de sua camisa, e fiquei me perguntando como isso acontecera se ele não havia aberto a caixa térmica. O senhor Gillies e Rochelle estavam agora disputando o primeiro lugar na minha lista de suspeitos.

A senhorita Blyth virou-se para ele.

– Avise a polícia do continente, cancele as aulas e providencie o confinamento de emergência.

COMO SOBREVIVER A UM FILME DE TERROR

– Confinamento de emergência? – estranhou o senhor Gillies.

Era evidente que aquilo nunca havia acontecido antes no Harrogate.

– Sim, como em caso de temporais severos: primeiro ano no auditório, segundo ano na sala comunitária, terceiro ano na biblioteca. Distribua as funcionárias entre os três locais. Quando a polícia chegar aqui...

– Não, o colégio precisa ser evacuado, já! – interrompi. – Não podemos passar o dia todo na biblioteca esperando a polícia chegar. É véspera de Halloween! Estamos nos aproximando do grande final!

– O quê? – perguntou a diretora.

– É a batalha final entre o bem e o mal, sobrevivente *versus* assassino!

– Charley, não é hora para essas bobagens. – A diretora suspirou.

– Olhe lá fora – insisti. – O tempo está piorando. Precisamos sair daqui logo.

– E como sugere que deixemos a ilha com o barco destruído? – questionou o senhor Gillies, com expressão fria, vazia.

– Tem sangue na sua manga – falei, apontando para a camisa dele.

Ele olhou para o punho da camisa, arregalou os olhos e esfregou bruscamente a manga na calça. Quando voltou a olhar para mim, seus olhos fuzilavam.

– O Eden tem barcos a remo? Ou poderíamos ir a nado? Qual é a distância? – sugeri à diretora.

Ela franziu a testa. Tirou o telefone do gancho e digitou um número, mas logo em seguida desligou.

– A linha telefônica está fora do ar.

Dei um pulo de susto, quase atravessando Meghan, que abraçava os ombros de Sarah num gesto protetor.

– Claro! Como eu disse, estamos chegando ao final da trama!

– Martin, pode ir até o Eden e informar ao doutor Pruitt exatamente o que está acontecendo? Tente telefonar de lá. Até a guarda costeira chegar, seria recomendável ele seguir os mesmos protocolos de confinamento, só por garantia.

– Não é melhor ficarmos todos juntos? – sugeri, olhando desconfiada para o senhor Gillies, enquanto ele calçava um par de luvas pretas de couro.

– Não acha que é razoável avisarmos o Eden? – retrucou ele, vestindo um pesado sobretudo preto.

Ele puxou o capuz sobre a cabeça, e eu estremeci.

– Talvez o doutor Pruitt já esteja sabendo – murmurei, olhando através da janela para o pátio.

Estaria ele por ali? Nos espionando?

– O que foi, Charley? Fale direito – repreendeu a senhorita Blyth.

– Hum... é que os meninos do Eden não são o alvo. Isto se trata do Harrogate. Das meninas do terceiro ano do Ensino Médio.

O senhor Gillies deu uma tossidela.

– É melhor eu ir logo. – Ele passou por mim, e senti um leve cheiro metálico no ar. Sangue? Combustível de barco? Minha cabeça latejava com todas as possibilidades.

– Charley... Olive... quero vocês na biblioteca assim que possível.

– Posso pegar meu material para estudar? – perguntou Olive.

Virei-me para ela, que arqueou as sobrancelhas.

– Os exames estão próximos. Cada segundo é precioso. – Ela deu de ombros.

– Depressa, por favor – ordenou a senhorita Blyth. – E, meninas, não quero que comentem com as outras alunas, certo?

– Por quê? As meninas do terceiro ano têm o direito de saber que temos um assassino atrás de nós!

– O medo leva ao caos. Se todo mundo ficar histérico, isso só irá dificultar o desafio de encontrar a pessoa responsável. Quero saber onde minhas alunas estão pelo resto do dia. E quero que todas fiquem calmas. As funcionárias irão vigiar os corredores e relatar qualquer irregularidade.

– Mas...

– Charley, só preciso que você confie em mim, pelo menos uma vez, pode ser?

Olhei para Olive, cujo olhar estava fixo no chão, e assenti com relutância. Quando saímos do escritório, escutei a senhorita Blyth chorar lá dentro. Aquilo seria o fim do Harrogate. Era quase certo que o colégio fecharia; as portas seriam trancadas, as janelas seriam cobertas com tábuas, os dormitórios acumulariam poeira e teias de aranha. Talvez fosse demolido, e o local, transformado em um jardim memorial, onde as vítimas seriam homenageadas com o manjericão italiano e o tomilho-limão sobreviventes dos canteiros da senhorita Blyth. Ou talvez o doutor Pruitt fizesse uma oferta ridícula para adquiri-lo e o transformasse em um clube de golfe, ou em um spa para os alunos do Eden. Isto é, se não fosse *ele* o nosso maníaco.

E quanto a nós – as alunas sobreviventes do Harrogate –, para onde iríamos? O que aconteceria conosco depois que fôssemos embora daquela ilha?

Regra #27
NÃO SE ENVOLVA EM UMA LUTA DE ALIMENTOS COM O INIMIGO

De volta ao dormitório, Olive colocou na mochila todos os livros didáticos que conseguiu, mais um moletom e guloseimas que estavam em sua gaveta da mesinha de cabeceira, além de uma manta, que não coube na mochila e que ela enrolou para levar separadamente. Eu encostei minha mala em um canto e peguei uma manta, balas de morango que estava guardando para um momento especial e um livro de Stephen King. Passar um dia na biblioteca era o sonho de Olive, mas para mim era uma tortura. Caminhamos lentamente pelo corredor, com a voz da senhorita Blyth ecoando nos alto-falantes.

– *Devido à gravidade da tempestade que se aproxima, o primeiro ano deve se apresentar no auditório, o segundo ano, na sala comunitária, e terceiro ano, na biblioteca. Imediatamente. Favor registrarem seus nomes com a funcionária na entrada para que todas as alunas possam ser contabilizadas. Levem consigo apenas itens indispensáveis.*

COMO SOBREVIVER A UM FILME DE TERROR

Escondi as balas de morango no bolso do meu casaco.

O pátio estava caótico com o movimento de alunas, guarda-chuvas dobrados do avesso pelo vento e uma folha de papel voando para longe, tendo escapado das mãos de alguém. A chuva era torrencial, o vento soprava inclemente. Puxei o capuz sobre a cabeça e passei correndo ao lado da fonte, onde a água borbulhava sob os pingos grossos de chuva.

Em frente à biblioteca, o movimento era ainda mais frenético. Alunas munidas de livros, com os cabelos molhados, se aglomerando na entrada.

– Cuidado com os livros! – gritava a bibliotecária para aquelas que chegavam perto demais das estantes com as roupas encharcadas.

A senhora Briggs estava na porta com uma prancheta na mão, marcando os nomes, os óculos escorregando sobre o nariz.

– Olá, Olive. – Ela marcou o nome na prancheta.

Em seguida olhou para mim, tentando me reconhecer, mas – curiosamente – eu não era uma de suas alunas de física avançada.

– Charley Sullivan.

Ela anotou meu nome.

– Acomodem-se, meninas.

Dentro da biblioteca, as alunas terceiro ano se concentravam no centro, perto dos computadores, cada grupo de amigas escolhendo uma fileira de acordo com suas preferências. As atletas escolheram *Biologia & Fisiologia*, ao passo que as alunas de redação criativa escolheram *Filosofia & Política Social*. As do Clube de Teatro escolheram *Poesia e Literatura Romântica*.

Eu sabia que seria inútil procurar a seção de *Filmes de Terror*, então afastei o capuz para trás e segui Olive, conforme ela ia em direção à estante de *Antropologia & Linguística*. Meghan flutuava com as pernas cruzadas sobre uma pilha de livros didáticos na mesa da bibliotecária, enquanto Sarah tentava desesperadamente sacudir as cinzas pretas que agora se alastravam por suas pernas. Gabrielle tentava se comunicar com todas e com qualquer uma.

– Ei, Charley!

Virei-me para trás, e meu cabelo úmido e emaranhado chicoteou de leve no rosto de Saoirse. Ela riu e enxugou o queixo com a mão.

– Ah, me desculpe! – exclamei, com uma careta.

– Sem problema! Que temporal, não?

– Sim, muito forte.

Mordi o lábio para não continuar falando o que me vinha à mente. Eu não sabia por quê, mas de repente queria contar tudo para ela, falar tudo sobre os assassinatos, os fantasmas e meu eterno e romântico amor por ela.

– Charley, aqui! – Olive chamou, ao encontrar um lugar para nós no final do corredor.

Apertei os lábios e passei por Saoirse, o perfume de madeira e limão impregnando o ar entre nós.

– Hum, Charley?

Virei-me outra vez, ainda sentindo o cabelo pingar.

– Que pena que o Baile de Halloween provavelmente será cancelado...

– Sim, uma pena mesmo – concordei.

– Seria tão divertido!

Ela sorriu, e seus olhos brilharam. Então seu rosto enrubesceu, ela afastou uma mecha de cabelo para atrás da orelha e voltou para perto das amigas.

Fui andando aos tropeços sobre botas molhadas, guarda-chuvas encharcados e mochilas abarrotadas. Quando cheguei perto de Olive, passei por cima da pilha de livros e me sentei no chão, com o coração acelerado.

– Por que está sorrindo? – ela quis saber.

– Por nada.

Olhei na direção de onde Saoirse estava, junto com as meninas do segundo ano da Ala Alexandrina. De repente, um vislumbre de cachos castanhos e de lábios com brilho rosado atraiu meu olhar do outro lado do corredor. Rochelle e Annabelle estavam sentadas no chão com as pernas esticadas, nos encarando com expressão de indiferença. Um calafrio percorreu minha espinha quando me lembrei do dia anterior, nos chuveiros, das botas, *aquelas* botas.

Tentei mudar de lugar, me sentar numa posição em que não precisasse ficar de frente para elas, mas os corredores estavam lotados.

– Ignore-as – sussurrou Olive. – Se for uma delas, não podem fazer nada aqui, e é melhor tê-las sob as nossas vistas do que não saber onde estão.

– Verdade. Vou ficar de olho nessas duas.

– Aí está você! – exclamou a cabeça de Gabrielle, ainda aninhada nos braços da dona.

Ela flutuou meio desengonçada até as outras Elles e a cabeça começou a falar.

– Ah, meu Deus, que semana! – comentou com as duas. – Oi? Estão me ouvindo? – Ela acenou com uma das mãos diante do rosto delas, por pouco não deixando a cabeça cair.

– Elas não podem ouvir você! – avisou Meghan, do final do corredor.

Olive vasculhou dentro da mochila.

– Eu só trouxe nove livros. Acha que deveria ter trazido mais?

– Não, Olive. Espero que não tenhamos que ficar tanto tempo aqui.

Ela olhou ao redor, para os grupos de meninas tagarelas que invadiam seu espaço sagrado de silêncio e estudo.

– É muito ruim eu desejar que estivéssemos abrigadas na sala de cinema panorâmico do Eden neste momento, e não aqui?

– Sim, se o doutor Pruitt for o nosso assassino.

Ela virou a cabeça bruscamente para mim.

– Está suspeitando do Pruitt, agora?

– Sinceramente, não sei mais nada – respondi, olhando para Rochelle, que retorcia uma mecha de cabelo entre os dedos, sem desviar o olhar de cima de nós.

Gabrielle saltitava, segurando a cabeça embaixo de um braço como se fosse uma bola de rúgbi.

– Acho que elas também não conseguem me ver! – gritou para mim.

Eu a ignorei e tentei me concentrar na trama assustadora do meu livro, mas o uivo do vento – e os chiados e murmúrios de Gabrielle – tornavam isso impossível. Olive fazia anotações e marcações em um caderno, sussurrando perguntas para si mesma e repreendendo-se quando errava a resposta.

De vez em quando eu espiava por cima do livro, monitorando os movimentos de Rochelle. Eu tinha a sensação de que sua carranca queimava a capa do meu livro, perfurando-a. Ela conversava baixinho e animadamente com Annabelle, sempre olhando na minha direção. Seria ela de fato a assassina do Harrogate? E Annabelle? Observando-as agora, com suas bolsas de grife e capas de chuva sofisticadas, que pouco deviam protegê-las da chuva, eu começava a ter dificuldade em acreditar nisso. Rochelle Smyth não me parecia ser tão astuciosa para ter escapado de todos os crimes sem ser pega até então.

– Ignore-as – repetiu Olive, folheando um maço de fichas com possíveis perguntas sobre as matérias.

Ela era a única pessoa que eu conhecia que estudava para uma prova com dois meses de antecedência e durante uma onda de assassinatos. Mas claro que eu também compreendia que era por isso que ela tirava as notas que tirava, e que eu tirava as minhas.

Mergulhei na leitura do meu livro, procurando me enfronhar na história e desviar o pensamento. Mas a voz de Rochelle ficava cada vez mais alta, atraindo a atenção de todo mundo.

– Acho que elas estão falando de você – murmurou Meghan, esticando os braços para trás e tentando se encostar na estante de livros, mas em vez disso atravessando para o outro lado, e somente seus tênis brancos aparecendo na prateleira inferior.

Tentei me desligar, ignorar a tagarelice das duas Elles, mas suas vozes dominavam o ambiente.

– Chega – resmunguei e joguei meu livro para o lado, atingindo e quase derrubando a pilha de livros de Olive.

Cruzei os braços e encarei as duas Elles com um olhar fulminante.

– Algum problema? – provocou Rochelle, alargando o sorriso.

COMO SOBREVIVER A UM FILME DE TERROR

As palavras estavam na ponta da minha língua, mas eu não podia proferi-las, não sem induzi-la a falar sobre o conteúdo da minha ficha escolar, e ali não era o lugar para isso.

– Rochelle, se tem algo a dizer, diga logo – Olive desafiou, corajosa.

Olive, não!

– Vou seguir seu conselho – Olive sussurrou. – Enfrentar as provocações.

– Na verdade, tenho algo a dizer, sim – retrucou Rochelle. – Todas essas mortes, todo esse tumulto só começou depois que sua coleguinha de quarto chegou aqui. A encrenca acompanha você por toda parte, não é, Charley? Ou devo dizer Lottie?

– O que significa isso? – exigiu Olive, olhando dela para mim.

– O quê? Sua colega de quarto não sabe? – interveio Annabelle.

– Não sei o quê? – perguntou Olive.

– Nada. Apenas ignore-as, como me aconselhou a fazer – respondi, cutucando-a com o cotovelo.

– Você dorme ao lado de uma delinquente – declarou Rochelle, sem resistir mais.

Um silêncio opressivo pairou na biblioteca, e todas pararam o que estavam fazendo para prestar atenção.

Meghan parou de bocejar e se empertigou.

– Rochelle, por favor, pare...

– Não quer que seus segredos sejam revelados, *Charley*?

– Rochelle, eu lamento muito por Gabrielle, de verdade.

O maxilar dela tensionou, como se eu a tivesse esbofeteado.

– Mas tudo isso que está acontecendo não é por minha causa. Há um assassino em série no Harrogate, e nenhuma de nós está a salvo aqui. – As palavras saíram da minha boca antes que eu pudesse detê-las.

– Lá vamos nós de novo – Annabelle resmungou. – Um assassino em série? Você quer chamar atenção, garota.

– *Eu* quero chamar atenção? – perguntei com ironia.

– Como sempre, fazendo-se de vítima – ela retrucou.

– Foi assim que você conseguiu se livrar das acusações policiais? – instigou Rochelle. – Fazendo-se de vítima? A aluna enlutada que sucumbiu à pressão dos colegas?

Levei as mãos à cabeça, tentando não ouvir, mas ela não parava. Era igual a antes. Estava acontecendo tudo de novo. Eu nunca conseguiria fugir do meu passado.

– Eu sabia que você estava escondendo algo, que a diretora estava guardando seus segredos! – ela zombou, com os olhos brilhantes. – Você entrou aqui no final do ano letivo, agindo como se fosse superior a todo mundo, como se não merecesse ficar isolada aqui. Garota da cidade grande. Revirando os olhos para tudo, fazendo comentários sarcásticos sobre a escola, sobre a ilha, sobre nós...

– Eu nunca...

– E agora está tentando nos aterrorizar, fechar o colégio, quando quem deveria estar apavorada é você! *Você* é a criminosa!

– Rochelle, pare... – pedi.

– Você teve de mudar de nome porque qualquer um poderia procurar no Google e descobrir a verdade. Descobrir que você é uma drogada fracassada que invadia a casa das pessoas!

A biblioteca mergulhou num silêncio mortal. Todo mundo escutara. Professores, alunas, Olive, *Saoirse*. Agora todo mundo sabia quem eu era. A pessoa de quem eu havia tentado desesperadamente me livrar.

Minha cabeça estava enevoada. Levantei-me com dificuldade, caindo para trás contra a estante quando as imagens do tribunal, dos interrogatórios e da cela de detenção assaltaram minha mente.

Rochelle continuou, também se pondo de pé.

– Todo mundo tem que saber que você é uma...

– Cale a boca! – gritei, minha voz reverberando pela biblioteca, ameaçando quebrar as janelas e espalhar cacos de vidro em cima de cada pessoa ali.

– ...alcaguete! – Rochelle me fuzilou com os olhos, o rosto avermelhando, mas não de raiva, e sim de satisfação.

COMO SOBREVIVER A UM FILME DE TERROR

Ela era perversa até a medula.

Eu pulei no ar e voei na direção dela, segurando-a pelos ombros e jogando-a no chão. Todas as emoções das últimas semanas transbordaram naquele momento – raiva, medo, desespero. Elas correram pelas minhas veias e saíram pelas minhas mãos, que sacudiam Rochelle violentamente.

– Eu disse cale a boca! – esbravejei, a raiva tornando minha voz irreconhecível até para mim mesma.

Annabelle e a cabeça de Gabrielle gritaram ao mesmo tempo, ambas se esquivando da linha de fogo, enquanto Olive tentava me puxar para trás. Mas eu estava enlouquecida. A fúria borbulhava dentro de mim como água fervente.

Alguém gritou "Briga!", e ouvi o som de passos apressados se aproximando. Senti as mãos de adultos nos segurando e nos separando.

– Tirem essa garota de cima de mim! – Rochelle esgoelou. – Meu casaco custou caro!

Por fim, eu a soltei e voltei para junto da estante, mas ela deu um pulo e saiu correndo. Será que ia buscar minha ficha? Para mostrar a todo mundo? Antes que eu pudesse me conter, lembrar que ela era a psicopata ali, e não eu, comecei a correr atrás dela pelas alas da biblioteca, gritando o nome dela. Rochelle era rápida e saiu da biblioteca para o corredor. Na perseguição, trombei com a senhora Briggs, quase a derrubando.

– Meninas, parem! Vocês estão em confinamento, não em uma competição! – ela gritou para nós, mas era tarde demais.

Persegui Rochelle pelo corredor, e o burburinho da biblioteca foi se distanciando.

– Pare de correr atrás de mim! – Rochelle gritou, olhando para trás.

– Pare você de correr! – gritei de volta.

Meghan me acompanhava, flutuando a meu lado e me encorajando, com os punhos cerrados.

Rochelle entrou no refeitório, e eu a segui, acendendo as luzes. O refeitório era iluminado por pequenas lâmpadas encaixadas em suportes de ferro fundido pendurados no teto. Ela continuou a correr, passando pela estrutura de metal do bufê e pela porta dupla da cozinha. Corri atrás dela.

Pumba!

De repente tropecei em algo e me espatifei no chão, com os braços estendidos.

– Aii! O que você jogou em mim?

– Sei lá, acho que é um escorredor!

Levantei-me e olhei ao redor. A cozinha era muito maior do que eu imaginava, com bancadas de aço em toda a volta, uma espaçosa ilha no centro e uma grande despensa em um canto. Um barulho alto me fez girar para encarar Rochelle conforme ela atirava outro utensílio em mim. Dessa vez, porém, ela errou. Ficamos rodeando a ilha central, cada uma de um lado.

– Qual é a sensação de delatar todos os amigos para se safar? Já lhe ocorreu que eles estão apodrecendo em uma cela enquanto você está aqui, vivendo uma nova vida, fingindo ser outra pessoa?

– Eu vou te matar! – vociferei.

– Sua louca!

– Não, você é que é louca! – gritei de volta.

E ela era. Apesar de eu ter acabado de ameaçar matá-la.

Uma cenoura me atingiu no rosto, e eu soltei uma exclamação abafada. Doeu, porque a cenoura era grande e sólida. Então uma série de alimentos começou a me atingir como projéteis – cogumelos, pimentões, cebolas, até uma banana. Meghan estava com os braços cruzados na frente do peito enquanto Sarah e Gabrielle se esquivavam dos víveres, que de qualquer modo teriam passado voando através delas. Estiquei os braços para me proteger como podia do ataque e por fim joguei em Rochelle o que estava em uma tigela branca à minha frente, algo macio e pesado que cheirava a canela.

– Você jogou churros em mim? – exigiu Rochelle, quando atirei outro punhado em cima dela.

O efeito não foi o que eu esperava. Achei que seriam mais densos e menos saltitantes.

COMO SOBREVIVER A UM FILME DE TERROR

– Que coisa ridícula! – exclamei por fim, afastando-me do fogão. – Nós duas numa guerra de comidas enquanto o mundo desaba lá fora e um assassino está solto por aí. Temos coisas mais importantes com que nos preocupar, Rochelle! Você é malvada, mesquinha, faz da vida de todo mundo aqui um inferno!

Ela me encarou, o rosto vermelho e os lábios trêmulos.

– Chega – falei. – Estou cansada de tentar fazer com que me escutem, e estou cansada de fingir ser alguém que não sou. Então vá em frente... fique com a minha ficha, enfie bilhetes embaixo da minha porta ameaçando contar para todo mundo, faça isso de uma vez, para que todos saibam...

Rochelle deu um passo para trás e arqueou as sobrancelhas.

– Eu nunca enfiei bilhetes embaixo da sua porta...

– Eu não ligo mais, Rochelle. Você não vai ficar no Harrogate para sempre. Boa sorte quando sair desta ilha.

– Charley, espere... – A voz dela oscilou, como se ela fosse chorar.

Mas eu não esperei. Girei nos calcanhares e saí da cozinha, deixando-a lá.

Sarah estava no hall fracamente iluminado fora do refeitório, o pescoço dobrado e retorcido, braços e pernas agora em franca decomposição. A lâmpada no teto piscava e crepitava, enquanto o vento uivava e os trovões ribombavam. Meus olhos ardiam e lacrimejavam.

– Eu sinto tanto por ter fracassado – murmurei, conforme ela se desintegrava em cinzas e desaparecia para sempre.

Regra #28
NÃO SE INCRIMINE

Acordei muito antes de todo mundo na biblioteca. A chuva e o vento ainda açoitavam as paredes e as janelas. O temporal parecia querer dar um jeito de entrar.

Era dia 31 de outubro. Dia de Halloween.

Se alguma coisa estava para acontecer, seria naquele dia. Meus dedos formigavam e eu sentia um desconforto no estômago. Olhei para as meninas adormecidas espalhadas pelo chão. Olive ressonava, como sempre num sono profundo e imperturbável, mesmo que o mundo estivesse acabando, e Rochelle felizmente tinha mudado de lugar. Annabelle continuava encolhida em nosso corredor, a cabeça apoiada em uma pequena pilha de livros encadernados que ela provavelmente nunca iria ler.

A cabeça de Gabrielle estava ao lado da bolsa de grife de Annabelle, e o corpo estava deitado ao lado da amiga. Eu tinha quase certeza de que fantasmas não dormiam, mas não estava com disposição para questionar nada naquela manhã. Meghan não dissera uma palavra desde que Sarah desaparecera, e agora olhava pela janela, observando o temporal com

COMO SOBREVIVER A UM FILME DE TERROR

expressão solene. Uma pontada de culpa me atingiu, causando uma sensação física ruim. Enrolei mais a manta ao redor dos ombros e tentei não olhar para Meghan.

Um ar gelado circulava por entre as estantes de livros. A senhora Briggs dormia sentada na cadeira em frente à porta, com a prancheta nas pernas. Ao lado dela estavam a professora de biologia e a de química. Aparentemente, o departamento inteiro de Ciências estava ali. Pensei em acordá-la para avisar que eu ia atravessar o corredor para ir ao toalete, mas depois da confusão da véspera decidi não a perturbar. Não restava dúvida de que o acontecido chegaria ao conhecimento da diretora e que eu seria, mais uma vez, chamada à presença dela.

O corredor estava banhado pela claridade tênue da manhã, que iluminava os retratos emoldurados de turmas antigas e de ex-professores pendurados nas paredes. Ao lado do toalete havia um armário de vidro com prateleiras estreitas, ostentando troféus conquistados pelo Harrogate, tanto na área acadêmica quanto na esportiva. Imaginei como seria enorme a coleção de prêmios do Eden.

Arrastei uma cadeira que estava ao lado do armário para dentro do toalete. Depois de subir para espiar dentro de cada cubículo, coloquei-a diante da porta com o encosto sob a maçaneta, para que ninguém conseguisse entrar. Eu não queria ser assassinada enquanto estivesse sentada no vaso sanitário. Sentei-me e me distraí observando o desenho dos ladrilhos no chão. Respirei fundo e me recostei no assento, fechando os olhos por um momento. Quando os abri, vi um par de pernas na minha frente – pernas que não eram de Meghan nem de Gabrielle.

Meu grito ecoou dentro do banheiro, ricocheteando nas paredes. Vagarosamente, fui subindo os olhos pelo torso, que mais parecia um alvo de dardos com várias facas se projetando do peito, depois subi para o pescoço e por fim para o rosto.

Outro grito cortou o ar. Mas dessa vez não era o meu.

O fantasma de Rochelle Smyth estava à minha frente, aparentemente tão apavorado em me ver quanto eu em vê-lo. No instante seguinte estávamos gritando juntos.

– Eca, por que você está no banheiro? – ela perguntou, virando-se de frente para a porta do cubículo.

Eu puxei minha calça para cima e me agachei em cima do vaso, com os joelhos dobrados. Aquele cubículo não era projetado para duas pessoas, ainda mais duas pessoas que não gostavam uma da outra.

– Ah! – ela exclamou. – Estou sonâmbula de novo! – Ela começou a rir, balançando a cabeça. – Que tonta que sou!

Ela tentou abrir a trava de metal, mas seus dedos atravessaram a porta.

– O que... R-Rochelle... você n-não... e-está sonâmbula – gaguejei.

– Estou sonhando? Com você?! Ah, não – ela gemeu, tentando agarrar a trava.

– Não exatamente. Mas você me verá com frequência nos próximos dias.

Ela passou as duas mãos pela maçaneta, arranhando a porta, mas era como se estivesse acariciando uma nuvem.

– Por que não consigo sair?

– Rochelle?

– Que estranho... – ela murmurou, ainda tentando.

– Rochelle?

– O quê? – ela retrucou, ríspida.

– Você... ahn... – Apontei para o peito dela, com minha voz presa na garganta.

Ela baixou o olhar para os cabos das facas e começou a gritar novamente.

De repente, Meghan apareceu, deixando o espaço ainda mais apertado dentro do cubículo. Ela deixou escapar um gemido.

– Está brincando!

Eu me inclinei para a frente entre os fantasmas e abri a porta, e nós três saímos para a área das pias. Trombamos com Gabrielle, que estendia sua cabeça para Rochelle como se estivesse oferecendo uma xícara de chá.

COMO SOBREVIVER A UM FILME DE TERROR

– Rochelle! Você também está morta! Estamos mortas juntas, agora! – ela cantarolou.

Rochelle gritou ainda mais alto. Talvez porque sempre imitasse Rochelle, Gabrielle também começou a gritar. Tapei os ouvidos com as mãos, para abafar o som.

– Ah, pelo amor de Deus, vamos ficar aqui o dia todo! – gritou Meghan, balançando as mãos.

Ela segurou Rochelle pelos ombros e a sacudiu.

– Rochelle, você é um fantasma!

– O... O... q-quê? – Ela fez um som de engasgo.

– Você está morta. M-O-R-T-A. Morta! – Meghan repetiu.

– Tudo bem, basta por ora – falei para Meghan.

Em circunstâncias normais, eu teria aprovado aquela sinceridade brutal direcionada a Rochelle, mas naquele momento não me pareceu certo. A criatura havia sido apunhalada até a morte com facas de cozinha.

– Não, não, não! – Rochelle bradou, andando sem rumo pelo banheiro. – Eu não estou morta! – Ela fechou os olhos e fez uma careta.

– Rochelle, eu lamento, mas...

Ela desapareceu antes que eu terminasse de falar. Meghan e Gabrielle olharam de um lado para outro.

– Para onde ela foi? – perguntei.

– Por que ela não me levou junto? – choramingou Gabrielle.

Corri para a porta do toalete e afastei a cadeira.

– Para onde você vai agora? – quis saber Meghan, gesticulando.

Saí para o corredor silencioso, tentando não fazer barulho.

– Não posso deixar Rochelle flutuar por aí sozinha.

– Ela não pode ir para muito longe de você, lembre-se disso.

– Pode crer, a consciência disso está queimando o meu cérebro neste momento. Mas tenho que deixar para me preocupar mais tarde.

Minhas pernas doíam quando saí para o pátio devastado pela ventania. Rochelle estava do lado de fora do portão de ferro fundido, parcialmente envolvida pela bruma espessa que cobria os penhascos. A chuva retornaria em breve. Uma lufada de vento gelado me atingiu, e quando me virei Rochelle estava a meu lado, com os olhos fechados. Ela os abriu lentamente e me viu.

– Ah, tenha dó! – ela exclamou. – Estou tentando me livrar de você!

– Você não pode! É o que estou tentando lhe dizer! – gritei, através do vento.

Ela tornou a fechar os olhos e mais uma vez desapareceu por uns instantes no ar úmido, antes de reaparecer. Gritou e começou a andar de um lado para outro, pisando duro.

– Por que não posso ficar longe de você?!

Eu dei de ombros.

– Porque não. Estamos juntas nisso, *amiga*.

– É isso – murmurou ela, estalando os dedos. – Já sei onde estou errando. Ainda não decidi para onde quero ir.

Ela fechou os olhos, estendeu os braços numa espécie de posição de ioga e começou a cantar para as nuvens.

– Você está bem? – perguntei, colocando o capuz na cabeça, tentando me proteger do vento.

– Shh! Estou meditando. Procurando um espaço seguro. Um lugar de conforto, de felicidade...

– Sua casa?

– Não, o Starbucks da rua Russell. – De repente ela começou a correr na direção da beira do penhasco. – Leve-me para lá! – ela bradou para o alto enquanto pulava das pedras e desaparecia na bruma.

Um silêncio repentino pairou em meio à neblina cerrada, dando a impressão de que o mundo havia parado. Olhei ao redor, surpresa. Ela tinha realmente feito aquilo? Estava em um Starbucks da vida tentando pedir um *macchiato*?

– Nããoo!

Virei-me e vi Rochelle ajoelhada, soluçando.

COMO SOBREVIVER A UM FILME DE TERROR

– Voltou direto para cá, não é? – Cruzei os braços. – Por um segundo eu acreditei, sabia?

– Eu detesto você – ela gemeu, rolando de costas no chão.

Dei um passo cauteloso na direção dela.

– Sabe, existe uma razão para você estar aqui presa a mim.

– Eu sei... Obviamente estou sendo punida por algo que fiz, embora não saiba o quê.

Fiz uma pausa, avaliando se deveria responder e me arriscar a ficar ali no topo do penhasco pelas dez horas seguintes. Por fim, balancei a cabeça.

– Falaremos sobre isso numa outra hora. – Dei outro passo na direção dela. – Rochelle, antes de tudo, me desculpe, porque pensei que *você* fosse a assassina.

– Como pode ver, não sou! – ela retrucou, gesticulando para o peito repleto de facas.

– Eu acho que você está aqui porque precisamos trabalhar *juntas*.

– Se é para eu ajudar você a melhorar sua vida, não tenho tempo para isso, mesmo eu tendo um tempo infinito na minha frente.

– Não. – Cerrei os dentes. Aquela situação estava me dando dor de cabeça. – Você está aqui para me ajudar a pegar o assassino.

Ela se sentou.

– Como é? – Ela se pôs de pé e passou por mim, pisando duro. – Não. De jeito nenhum. Nem pensar. Sem chance. N-Ã-O. – Ela acenou com os braços como se estivesse sinalizando o tráfego aéreo.

– É um "não" definitivo, então?

– Você quer que *eu* ajude *você*? – ela zombou. – *Você* é a pessoa que me matou!

– Tecnicamente, eu não matei você! Foi o assassino do Halloween do Harrogate!

Rochelle andou na minha direção, apontando um dedo com a unha bem-feita para o meu rosto.

243

– *Tecnicamente*, eu não estaria lá, para começar, se você não tivesse me perseguido.

– Eu não persegui você – argumentei.

– Perseguiu, sim!

Os olhos dela estavam arregalados como os de um animal, e por um momento pude perceber que usava lentes de contato coloridas para os olhos parecerem mais brilhantes. Eu desconfiava. Outra coisa falsa sobre ela.

Ela sacudiu os braços como se estivesse participando de um jogo ruim de charadas.

– Você… você… me perseguiu até a cozinha!

– *Você* correu para lá! – revidei. – E você me provocou! Me expôs na frente de todo mundo! Me chamou de alcaguete!

– Ah, e então você me matou!

– Não matei!

– Mas poderia ter matado!

– Aff! – exclamei, dei as costas para ela e me afastei. – Ótimo! Continue tentando chegar ao Starbucks. Boa sorte!

De repente, a figura de Meghan empalada surgiu na minha frente, os dedos sujos de sangue me empurrando para trás.

– Charley, por mais que eu adorasse ver Rochelle pular do penhasco o dia todo… na verdade já tive vontade algumas vezes de empurrá-la… nós não temos tempo para isso. Não vou viver os dias… ou talvez horas… que me restam vendo aquela garota tentando se teletransportar de volta para o continente!

– Nós não precisamos de Rochelle. Podemos encontrar o assassino sem a ajuda dela – retruquei, passando por ela e por Gabrielle.

Meghan me chamou.

– Charley, nós precisamos dela, você sabe disso…

– Vocês estão falando de mim, por acaso?! – Rochelle gritou da beira do penhasco.

Eu sacudi a cabeça.

COMO SOBREVIVER A UM FILME DE TERROR

– Não precisamos dela. Rochelle não tem nada para nos oferecer. Ela não tem a inteligência...

– Eu escutei o meu nome! – insistiu Rochelle. – Vocês sabem que não gosto que fiquem fofocando sobre mim.

– Ela é mais uma vítima – disse Meghan.

– Eu não chamaria Rochelle Smyth de vítima – ponderei.

Meghan ficou na minha frente, bloqueando meu caminho de volta para o Harrogate. A estaca roçava em mim, a ponta gelada de metal espetava minha pele. Resisti ao impulso de tocá-la.

– Estamos ficando sem tempo. *Eu* estou ficando sem tempo – lembrou ela. – A menos que você queira fugir outra vez... – Ela arqueou uma sobrancelha.

– Eu não... – Exalei o ar ruidosamente. – Quero dizer, eu... ahn...

– Hum?

– Me desculpe – murmurei. – Eu sinto muito.

– Eu sei. – Ela assentiu, e sua expressão se suavizou. – Também estou com medo.

Acima de nós o céu estalava e rachava, os relâmpagos cortavam as nuvens escuras. Estremeci e olhei para trás, para os portões de ferro e para os muros de pedra. Meghan estava certa, não tínhamos muito tempo. E estávamos na beira de um penhasco enquanto havia um assassino em ação ali perto, o que de fato não era uma boa ideia, pelo menos para mim.

– Acho que vai chover de novo – avisou Rochelle, olhando para o céu cor de chumbo, sem as habituais gaivotas. Ela passou os dedos pelos cabelos cacheados. – Será que meu cabelo fica molhado, eu estando morta?

Suspirei alto e marchei até onde ela estava, tentando proteger a cabeça dos pingos de chuva.

– Rochelle – falei baixinho, forçando um sorriso.

Ela olhou para mim e franziu a testa.

– Por que você está com essa cara de quem vai me matar *de novo*? – indagou ela, recuando.

Eu fiquei séria.

– Rochelle, me dói dizer isto, mas… eu… eu…

– Eu odeio quando você gagueja desse jeito.

– …eu preciso de você – falei pausadamente.

Ela arqueou as sobrancelhas e cruzou os braços, tentando se esquivar dos cabos das facas.

– Eu não escutei direito. Está muito barulhento aqui.

O céu se abriu e gotas grossas de chuva começaram a cair à nossa volta.

– Eu disse que preciso de você! – gritei, acima do ruído da chuva.

– Charley, você precisa falar de uma vez.

– Eu preciso de você!! – berrei, minha voz atravessando a tempestade.

Rochelle revirou os olhos.

– Tudo bem. Não precisa gritar. – Ela tocou o cabelo com cuidado. – Ei, veja só… meu cabelo está seco. – Ela afastou os cachos para trás e passou por mim. – Vamos lá, sem enrolação. Posso não ter mais lugar para estar, mas não suporto gente lerda.

Suspirei alto e fui andando atrás dela de volta para os dormitórios, fazendo o gesto de esganar o pescoço dela. Será que era possível matar uma pessoa que já estava morta?

No Harrogate, as alunas estavam acordando quando caminhamos pé ante pé pelo corredor. As portas do refeitório ainda estavam fechadas depois da noite anterior, e todo o ambiente estava mal iluminado pelas lâmpadas fracas do teto. Normalmente àquela hora as mesas de madeira estariam postas, com jarros de prata trabalhada, saleiros e um ramo de lavanda desidratada em um vasinho de vidro em cada mesa. Mas agora o refeitório estava deserto e na penumbra. Atravessei o salão e parei na porta da cozinha, tremendo, pois sabia que do outro lado, a poucos metros de onde eu estava, havia outro cadáver.

COMO SOBREVIVER A UM FILME DE TERROR

– E aí? – disse Rochelle. – Vamos entrar ou vamos ficar aqui paradas? Daqui a pouco todo mundo estará acordado.

Empurrei a porta devagar e engoli em seco quando ela rangeu. Rochelle deu um gritinho atrás de mim. Ali estava ela, no mesmo lugar onde eu a havia deixado na véspera, mas, em vez de estar em pé do outro lado da ilha de serviço, com as mãos nos recipientes de ingredientes e preparando-se para jogar cenouras e cebolas em cima de mim, estava esparramada no chão, os olhos abertos vazios voltados para o teto e o peito cravejado de facas. Várias facas. O assassino devia ter estado lá o tempo todo, esperado que eu saísse e entrado em ação. Poderia ter sido comigo, se Rochelle tivesse saído antes. Como se pudesse sentir cada punhalada, esfreguei o peito.

Rochelle enrijeceu a meu lado.

– Oh... meu... Deus.

– Sim – murmurei, chocada.

Meghan flutuou em volta do cadáver.

– Como eu disse, você está morta.

– Tire isso de mim! – Rochelle gritou, gesticulando para as facas.

– Não é assim que funciona – falei calmamente. – Não adianta, Rochelle.

– Charley! Por favor!

– Está bem.

Eu me debrucei sobre o corpo estatelado no piso azul da cozinha. Hesitei por um segundo e estiquei a manga do moletom sobre a mão, usando o tecido como luva.

– O que está fazendo?

– Tentando não deixar impressões digitais, claro. – Segurei o cabo da faca maior, mas estava fincada tão profundamente que não se moveu.

– Anda, rápido! – Rochelle ordenou.

– A lâmina está presa – falei, ofegando enquanto usava as duas mãos para puxar.

– Vai, força!

– Estou tentando!

Apoiei um pé no chão para dar impulso para trás. Senti a faca se mover e afrouxar, e em seguida deslizar para fora. Caí para trás, com a faca na mão.

– Pronto. – Sorri, satisfeita comigo mesma.

Então, um grito abafado soou atrás de mim, nos assustando. Nós três nos viramos para ver a moça do café parada na porta, com os olhos arregalados fixos na faca de carne em minha mão e no corpo de Rochelle no chão à minha frente.

– Olhe, não é o que parece... – apressei-me a explicar.

Dei um passo na direção dela, ainda segurando a faca, mas ela girou nos calcanhares e saiu correndo e gritando pelo refeitório, pelo hall e pelo corredor afora.

– Bem, isso não é nada bom.

Suspirei e larguei a faca, que caiu no chão com um ruído metálico.

Regra #29
LUZES QUE SE APAGAM SÃO SINÔNIMO DE PROBLEMA

A textura em relevo do estofado da poltrona pressionava minhas costas enquanto eu esperava sentada no escritório da senhorita Blyth, olhando para fora e observando a chuva torrencial que continuava a se abater sobre o Harrogate e a ilha. Fazia duas horas que eu estava trancada ali, sem poder sair daquela sala que cheirava a café velho e açúcar de confeiteiro.

Eu havia tentado alegar minha inocência, em vão. Eu me encaixava no perfil, como a diretora e todos os professores haviam alegado: aluna novata na escola, solitária, com passado conturbado, com a ficha escolar convenientemente desaparecida do arquivo e um fascínio por sangue, violência e filmes de terror. Também não ajudava o fato de uma centena de testemunhas terem me visto brigar com Rochelle e sair correndo da biblioteca atrás dela; e ajudava menos ainda o fato de eu ter sido vista com a arma do crime na mão e debruçada sobre o corpo dela.

Depois de uma hora implorando e suplicando, fui trancafiada no escritório da diretora, "para segurança das demais alunas", segundo ela. As linhas telefônicas ainda estavam fora do ar, não havia comunicação com o Eden e, para completar, ninguém sabia do paradeiro do senhor Gillies. Ele estava "desaparecido" – ou morto ou em algum lugar da ilha planejando o assassinato de outras alunas do Harrogate.

Pelo que pude escutar através da porta, uma evacuação para o Eden pelos caminhos costeiros estava fora de questão, devido às condições climáticas perigosas. A diretora Blyth já havia perdido cinco meninas, não podia correr o risco de perder mais, e devido ao recente assassinato de Rochelle também não era possível confiar que as alunas cumpririam o confinamento na biblioteca. Todas seriam transferidas para o auditório, reunindo todas as séries pela primeira vez, para grande consternação das meninas mais novas, que já haviam percebido que as alunas do terceiro ano estavam sendo exterminadas, uma a uma. Logicamente o ginásio não era uma opção, devido à decoração para o baile de *Halloween* que estava sendo finalizada naquela semana. Eu começava a questionar seriamente as prioridades do Harrogate.

Suspirei e me recostei na poltrona, olhando para as luzes ofuscantes no teto, até que pequenos pontos surgiram na minha visão. Esfreguei o rosto e comecei a roer as unhas de novo. As luzes acima de mim piscaram e se apagaram, deixando o escritório iluminado apenas pela claridade da tarde, ainda mais fraca por causa do temporal.

– Que ótimo – murmurei, apertando os olhos.

Eu conhecia bem aquele cenário. As luzes se apagam. O assassino ataca.

Fui até a porta e bati.

– Olá? Senhorita Blyth?

Do lado de fora o silêncio era total.

– A luz acabou! – gritei. – Olá? Tem alguém me ouvindo?

O vento arranhava a vidraça da janela, mexendo com meus nervos. Virei-me para voltar para a poltrona onde eu deveria permanecer durante uma onda de assassinatos, um temporal e agora uma queda de energia.

COMO SOBREVIVER A UM FILME DE TERROR

Eu congelei, sentindo minha pele se esticar e arrepiar-se inteira. Emoldurado pela janela estava um vulto escuro, usando uma capa de chuva verde de pescador e uma máscara dourada de fantasia teatral, a parte de comédia cobrindo o rosto e a parte de tragédia meio inclinada para o lado. Na mão, ele segurava um martelo grosso. Durante alguns segundos meu olhar se alternou entre a máscara e o martelo, até que me virei e comecei a girar a maçaneta da porta.

– Socorro! Senhorita Blyth! Tem alguém aí?! – gritei, sacudindo a porta.

De repente, a janela se quebrou com um forte ruído de vidro estilhaçado. Peguei um grampeador na mesa e tentei desesperadamente deslocar a maçaneta da porta, como eu havia visto em um filme. Não funcionou. Na verdade, o grampeador partiu-se ao meio. Pequenos grampos prateados se espalharam no chão ao redor dos meus pés. A vidraça continuou sacudindo e se estilhaçando, como um sino quebrado.

Eu me joguei contra a porta e recuei, com o ombro dolorido. Também havia visto essa estratégia em um filme. Virei-me devagar, com o coração batendo descontrolado, e vi os últimos cacos sendo martelados. O assassino entrou pela janela, empurrando os pedaços de vidro restantes com a mão enluvada. Suas botas esmagaram os cacos no carpete, conforme ele andava em minha direção, balançando o martelo. Joguei o grampeador quebrado em cima dele, mas errei.

Gritos agudos vindos do canto do escritório me assustaram. Rochelle e Gabrielle com a cabeça na mão estavam acuadas contra a parede, cobrindo os olhos, gritando a valer, como se estivessem fazendo um teste para um papel em *Sexta-feira 13*. Continuaram gritando, histéricas, conforme o assassino ia em minha direção, erguendo o martelo. Comecei a gritar também, até que Rochelle se calou e colocou as mãos na cintura.

– Ah, acabei de lembrar que estou morta. É você quem ele quer pegar, Charley. Ufa!

– Abaixe-se! – gritou Meghan.

O martelo passou zunindo acima da minha cabeça, tão perto que o senti roçar no meu cabelo. Abaixei-me e recuei até Rochelle, sentindo uma rajada de ar gelado envolver meu corpo. Ela se afastou para o outro lado, e o assassino avançou na minha direção.

– Senhor Gillies, não! – gritei.

O homem mascarado parou e inclinou a cabeça para o lado, como que me avaliando.

– Senhor Gillies, é o senhor? – perguntei com voz trêmula.

O assassino deu mais um passo à frente, e eu chutei a perna de uma cadeira, derrubando-a no caminho dele. Ele tropeçou, e eu corri de novo para a porta, tentando em vão abri-la.

A única rota de fuga era pela janela. Me joguei em cima da mesa, e ouvi Meghan gritar:

– À sua esquerda!

Virei-me e colidi com um cotovelo, que me jogou para o chão.

– Esquerda de novo! – Meghan avisou.

Meu coração batia enlouquecido, mas rolei no chão, esquivando-me de outro golpe do martelo. Agarrei a perna da mesa com as duas mãos para me levantar, e foi então que eu vi. A princípio apenas um lampejo na minha visão periférica, mas, quando ela correu pela superfície da mesa, na ponta dos dedos como um caranguejo, pude ver com todos os detalhes – a pele meio acinzentada, as unhas, os pelos escuros no dorso... o dedo mindinho faltando.

O senhor Gillies não podia ser o assassino do Harrogate, porque sua mão fantasma estava naquele momento rastejando sobre a mesa da senhorita Blyth.

O senhor Gillies estava morto. E, aparentemente, tudo o que restara dele era uma mão decepada.

Quando a mão caiu no chão, Rochelle gritou e pisou nela como se fosse um roedor tentando morder seus tornozelos. Gabrielle também se assustou

Como sobreviver a um filme de terror

e deixou acidentalmente sua cabeça cair no cestinho de lixo enquanto saltitava para se esquivar.

– Charley – avisou Meghan, apontando para o assassino ofegante do outro lado da mesa.

A máscara havia escorregado um pouco, e agora o lado trágico cobria seu rosto. Se não era o senhor Gillies ali atrás, então quem era? Doutor Pruitt? Annabelle? Outra pessoa?

Reunindo todas as forças que me restavam, segurei a borda da mesa e a empurrei para a frente, direto na virilha do assassino. Ele cambaleou para trás, batendo as costas na poltrona caída. Virei-me e subi na janela, evitando as pontas de vidro que se projetavam da esquadria como dentes de tubarão. Uma delas fez um rasgo na minha calça, mas pulei para fora e corri feito louca debaixo da chuva, numa fuga alucinada. Fiquei imediatamente ensopada e escorreguei várias vezes no chão molhado antes de chegar ao outro lado do pátio.

Olhei para trás, mas a sala da diretora estava vazia. O assassino se fora. Ou estava em movimento, atrás de mim, talvez. Abri a porta e colidi com algo macio, e caí sentada.

– Aí está você! – exclamou Olive acima de mim, no corredor.

– Por que está sempre trombando nas pessoas? – perguntou Rochelle, aparecendo ao lado dela.

Olive estendeu a mão, mas, quando fui segurá-la, um calafrio percorreu minha espinha. O rosto de minha melhor amiga estava pálido e sem expressão, o olhar estranho. De repente, tudo nela parecia diferente, *errado*.

– Talvez seja ela a assassina. – Rochelle deu de ombros, olhando para Meghan e Gabrielle. – Será que alguém pensou nisso?

Olhei assustada de Olive para Rochelle, de Rochelle para Olive, até minhas têmporas começarem a latejar.

Olive?

Não, não podia ser ela. Por que seria? Era a minha melhor amiga, minha única amiga. Minha "sócia no crime". A pessoa que dormia a meu lado quando uma de nós tinha pesadelos, com quem eu fazia as refeições todos os dias, minha companheira de filmes e Sábados de Assassinato. Olive se tornara uma irmã para mim. Mas eu não havia confidenciado a ela sobre o meu passado, nem contado por que tinha ido para o Harrogate; e, se eu guardava segredos, como saber se ela também não guardava?

Ela continuava com a mão estendida.

– Você está bem? – perguntou.

– Eu... – Levantei-me com dificuldade, encarando-a.

Ela estremeceu ligeiramente e olhou para o corredor deserto, sem enxergar os fantasmas. A mão do senhor Gillies se arrastava ao redor de seus pés.

– O que estava fazendo lá fora?

– O que *você* está fazendo aqui? – rebati, sentindo o suor escorrer pela testa e pela nuca.

Estava quente ali... por que estava tão quente?

Olive olhou para a minha mão, ainda suja de sangue de quando eu pulara a janela, e deu um passo em minha direção. Seus olhos assumiram uma expressão selvagem, feroz, seus lábios se entreabriram. Ela ia dizer algo? Ia me *atacar*?

Era isso. Minha luta pela sobrevivência no Halloween. A cena final entre Jamie Lee Curtis e Michael Myers (antes da próxima sequência). Cerrei os punhos e respirei fundo, preparando-me para a batalha final... e então corri de volta para a porta. Corri para o pátio, contornando a fonte e saindo pela arcada para o terreno do colégio. Não parei. Continuei correndo. Corri, e corri, debaixo da chuva, até chegar ao sopé da colina onde ficava o convento, quando diminuí o passo e comecei a mancar.

– Covarde – disse Rochelle, flutuando à minha volta.

– É fácil para você falar, você já está morta! – retruquei aos berros, o vento me empurrando para trás, retardando meu avanço.

De repente um grito ecoou no ar, cortando o vento e a chuva. Um grito agudo, afiado como uma faca, de gelar o sangue. Eu girei, sem saber de onde vinha. A meu lado as ondas arrebentavam contra as pedras,

COMO SOBREVIVER A UM FILME DE TERROR

lembrando-me de que eu estava encurralada. Outro grito rasgou o ar, dessa vez vindo da direção do convento. As portas da capela se abriram abruptamente, balançando na tempestade. Uma mecha de cabelos cor de fogo apareceu no vão, e em seguida ela saiu, trôpega, curvada para a frente, com a mão segurando a lateral do corpo, o sangue escorrendo por entre seus dedos e pingando nos degraus de pedra.

Regra #30
SALVE SEU INTERESSE AMOROSO

Saoirse gritou quando me viu, sua voz dilacerando o ar, e estendeu os braços para mim. Corri colina acima, sentindo minhas coxas queimarem, mas não parei até alcançá-la. Ela se jogou para mim, as roupas ensopadas de sangue e chuva. Eu a segurei com firmeza e a abracei. Mesmo ali, naquela situação e em meio ao ar salgado que vinha do mar, seu perfume era inebriante.

Ela choramingou, amparando-se no meu corpo.

– Charley, ele está lá dentro...

– Quem?

– A pessoa que fez isto – ela respondeu, chorando, erguendo a palma ensanguentada.

Virei-me com os olhos arregalados para as portas abertas do convento. Então não era Olive? Ou Olive era tão rápida que havia chegado ali antes de mim?

COMO SOBREVIVER A UM FILME DE TERROR

– Charley! – Saoirse gritou, enterrando as unhas nos meus braços e chorando de dor.

– Precisamos ir! – Passei o braço pela cintura dela e ajudei-a a descer a colina. Não podíamos voltar para o Harrogate. Não era seguro. Nenhum lugar era seguro. Ou talvez houvesse um lugar... – Temos de chegar ao Eden! – gritei, por entre a ventania.

Saoirse olhou para baixo, para a blusa suja de sangue.

– Não vou conseguir ir tão longe – ela soluçou.

Nos afastamos do convento, para longe do Harrogate e do Eden, embrenhando-nos na natureza da ilha. A cada passo que dávamos, o temporal nos perseguia, levando-nos para mais perto da beira do penhasco. A cacofonia do mar e do vento abafava as vozes dos fantasmas, que vinham atrás de mim, me alertando para não ir para longe. Depois de algum tempo, elas desapareceram, evaporando na tempestade.

O sal espirrado pelas ondas agitadas feria meus olhos, fazendo-os arder. Esfreguei-os e continuamos andando, até encontrar o caminho costeiro. A trilha de cascalho projetava-se ligeiramente acima do oceano, com apenas uma amurada fina de proteção para evitar que alguém caísse. Quem tivera a ideia de construir um colégio interno num lugar como aquele? Era como pedir a um psicopata para matar todo mundo.

O temporal e o mar revolto nos pressionavam de todos os lados. Desabei contra a grade, derrotada.

– Não sei para onde ir. – Comecei a chorar.

Eu detestava aquela ilha. Detestava os penhascos, as pedras, o mar bravio, as aves esganiçadas.

Saoirse olhou para trás, para as portas abertas da capela, balançando no vento. Em seguida virou-se para mim, o rosto sardento pálido.

– Não podemos ficar aqui. Estamos muito expostas.

Eu me debrucei na amurada. A praia lá embaixo estava encoberta pela névoa.

– Ali! – ela exclamou.

Olhei na direção em que ela apontava e vi um grande dossel de pedra que se projetava da entrada de uma gruta no meio dos rochedos. A maré estava baixa e não subiria até o começo da noite. Até lá eu esperava já estar longe da ilha.

Saoirse passou um braço sobre meus ombros e eu a carreguei pelos degraus até a praia. Cada elevação, cada pedra no caminho parecia uma montanha a ser escalada. A chuva fustigava meu rosto e lavava o sangue das mãos de Saoirse, mas sua blusa estava tingida de vermelho. Quando pisamos na faixa de areia, andamos na direção da gruta, desesperadas para escapar do temporal e do assassino mascarado. Olhei para trás, para me certificar de que ninguém nos seguia, mas tudo o que eu conseguia ver era névoa e chuva, e a mão do senhor Gillies rastejando na areia à procura de uma pedra para se abrigar.

Chegamos ao aglomerado de pedras, e Saoirse se largou sobre a primeira delas, gritando de dor. Fui até ela e a ajudei a chegar até a pedra seguinte. As pedras estavam escorregadias por causa da chuva, e mesmo com solas de borracha a todo momento meus tênis derrapavam. A poucos metros da gruta, ela se deixou cair sentada no chão, chorando.

– Não consigo mais andar!

– Consegue, sim! – Passei o braço pela cintura dela e a levei até a entrada sob a plataforma de pedra.

Dentro da gruta o ar estava bem mais calmo, e nossas vozes e choro reverberavam nas paredes viscosas. Estava úmido e escuro. No alto, esta-lactites se projetavam do teto, como garras. Cambaleamos até perto de uma parede e nos sentamos em uma pedra plana. Meu coração batia com força, e meu corpo inteiro doía de cansaço, de medo e da exposição ao temporal.

– Aqui estamos seguras. – Ofeguei, tentando convencer a mim mesma.

Saoirse segurava o ferimento na parte lateral do corpo, onde o sangue manchava sua blusa.

– Deixe-me ver.

Ela balançou a cabeça, chorando.

– O que vamos fazer?

– Não podemos voltar para o Harrogate. Todo mundo acha que sou a assassina – falei, batendo os dentes de frio.

– Eu não acho. Eu vi o assassino, Charley, e não era você.

Segurei o braço de Saoirse.

– Você viu o rosto dele?

– Não. Estava usando máscara.

– Uma máscara dourada?

Ela estremeceu.

– Por que você estava no convento?

– Porque eu estava no toalete da escola, e a luz acabou. Quando saí, vi uma pessoa de capuz preto e máscara parada no corredor. Fiquei apavorada e saí correndo sem direção. Quando me dei conta, estava no pátio. Eu não sabia para onde correr. Com medo de voltar para dentro da escola, saí pelo portão e subi a colina. Foi quando vi que as portas do convento estavam abertas. Mas o assassino estava lá dentro! Quase não consegui escapar! – Ela choramingou. – Quem você acha que está fazendo isso?

– Eu acho... acho... – Eu não sabia se conseguiria falar. – Acho que é minha colega de quarto, Olive.

– Olive Montgomery? – Ela arregalou os olhos. – Eu conheço Olive. Não muito bem, mas estamos no mesmo grupo de bolsistas. Por que acha que é ela?

– Ela estava comigo o tempo todo, encontrando os cadáveres, ajudando a juntar as peças. Não estava comigo na hora em que as luzes se apagaram na festa do Eden, na noite em que Gabrielle foi morta. Convenientemente se "esqueceu" de me encontrar no banheiro no dia em que fui atacada lá, e sabia que eu estava trancada na sala da senhorita Blyth quando a energia elétrica acabou. Quando eu quis ir embora da ilha à noite, ela me convenceu a esperar até de manhã. Eu dormi durante a madrugada, então ela teria tido tempo suficiente para ir até o cais e destruir o motor do barco.

– Não posso acreditar.

– Nem eu. Pensar que minha única amiga aqui na ilha pode ser uma assassina em série... que loucura! Mas sem dúvida ela se encaixa no perfil. – Suspirei, derrotada. – História clássica da ótima aluna que enlouquece, no estilo *Carrie*.

– O que vamos fazer? – Saoirse perguntou de novo, com lágrimas escorrendo por seu rosto.

Eu as enxuguei com os dedos. Estava sem palavras; nada que eu dissesse seria capaz de tranquilizá-la de que sobreviveríamos àquela tragédia.

Do lado de fora da gruta, o mar espumava com fúria. A chuva perdeu força, mas o vento ficou mais gelado. Olhei para a pulseira em meu braço, que Olive havia me dado de presente no verão. Passei os dedos pela correntinha trançada e pelo pequeno pingente de coração. Seria aquele o fim do Harrogate para todas nós? Eu nunca mais andaria pelos corredores, não dormiria mais no meu quarto, não sentiria a brisa morna e salgada em meu rosto enquanto Olive alimentava as gaivotas?

Olive.

Seria realmente ela, minha melhor amiga?

Regra #31
EVITE RECINTOS COM MANEQUINS

A noite caiu rapidamente, todo e qualquer vestígio de pôr do sol bloqueado pela tempestade. As ondas arrebentavam contra as pedras, pouco a pouco chegando mais perto de nós. Logo a maré subiria e a gruta ficaria inundada. Não podíamos continuar ali.

Olhei mais uma vez para a pulseira em meu braço e senti uma onda de melancolia. Com tudo o que estava acontecendo, e em especial naquele dia, eu pensava na noite de Halloween. Aquela teria sido a noite do baile. Olive havia pendurado sua fantasia de Freddy Krueger na porta do guarda-roupa, tendo finalmente decidido replicar as infames garras do assassino com agulhas de tricô emprestadas da professora de matemática. Ela as entrelaçara nas mangas da roupa e tivera o cuidado de forrar as pontas para não se espetar no decorrer da noite, enquanto servia ponche cor de sangue para as colegas. Aquela noite seria uma pausa em todo o drama que o Ensino Médio estava vivendo, uma noite em que Olive e eu iríamos nos divertir com nosso hobby favorito – o gênero do terror. Uma noite em que ninguém iria nos ridicularizar por causa da nossa obsessão. Seria uma noite em que poderíamos celebrar os grandes mestres do terror e lhes prestar homenagem: George A. Romero, Wes Craven, Sean S. Cunningham. Seria a *nossa* noite. Minha e de Olive.

Mas o baile era só uma coisa a mais que havia sido tirada de mim.

Pelo menos eu iria para casa e encontraria minha mãe outra vez. Àquela altura, eu não me importava mais se iriam me reconhecer, me chamar de dedo-duro, jogar tijolos na janela da sala da minha casa. Qualquer coisa seria melhor do que a situação na qual me encontrava. Estava acuada em uma gruta gelada (com minha paixão épica) em uma ilha isolada, encharcada até os ossos, sem saber se morreríamos afogadas, de pneumonia ou pelas mãos de um assassino em série determinado a exterminar as meninas do terceiro ano. Se eu pudesse escolher, não sei por qual optaria. Pneumonia, talvez?

Saoirse deslizou pela pedra a meu lado e andou devagar até a entrada da gruta.

– A maré está subindo. Em uma hora, talvez menos, esta gruta estará submersa.

Concordei com um movimento de cabeça.

– Temos de sair daqui. Acho que, se eu carregar você, podemos chegar ao Eden. Não sou particularmente forte ou atlética, mas posso tentar.

Ela não disse nada, apenas continuou a contemplar o mar com os olhos verde-escuros.

– Tentar não, eu consigo, tenho certeza – continuei. – Assisti a um filme uma vez no qual a personagem principal adquire uma força excepcional para derrotar o vilão graças à adrenalina. Acho que isso eu tenho… adrenalina.

Saoirse continuou em silêncio, apenas olhando para a paisagem sombria. Será que eu estava falando demais? Ou não estava falando o suficiente?

– Saoirse? – chamei baixinho. Seria aquele um bom momento para perguntar se ela gostava de mim?

COMO SOBREVIVER A UM FILME DE TERROR

– Eu tinha colegas de quarto quando cheguei aqui na ilha. Estava assustada, com saudade de casa, mas elas tornavam tudo mais leve. Fazíamos tudo juntas. Éramos melhores amigas.

– Que bom! – exclamei, sorrindo.

Estávamos nos conectando, pensei. A clássica cena de confissões e revelações entre os sobreviventes, logo antes da grande sequência final. Às vezes acontece um beijo. Não que eu fosse pressionar Saoirse em um momento como aquele, mas certamente um beijo fazia parte da fórmula.

Ela continuou falando, com ar distante para o mar agitado à sua frente, como se eu não estivesse lá.

– E então algo mudou… evoluiu. Para mim, pelo menos. Me apaixonei por uma delas, e ela se tornou tudo para mim.

Ah, droga… Saoirse já tinha alguém? Eu não havia percebido os sinais?

– Quando a situação ficou difícil, ela me procurou… – Ela sorriu, e a cor voltou ao seu rosto.

Senti uma ponta de desânimo. Queria eu ter o poder de fazê-la sorrir assim.

– Quando Rochelle e as amigas começaram a atacá-la, sem motivo algum, apenas para quebrar a monotonia, ela me pediu ajuda. Mas meninas como Rochelle, Annabelle e Gabrielle mandam no colégio…

Rochelle flutuou de trás de uma pedra.

– Por que as pessoas sempre falam de mim pelas costas? – reclamou.

– Quando as famílias como as delas dão dinheiro para o colégio, as coisas mudam – continuou Saoirse. – Relatórios de incidentes com as alunas não são arquivados, notas são alteradas, alegações são ignoradas. É desse jeito, há anos. E sempre será assim. Mesmo depois que Rochelle se formar, outras garotas desse tipo virão, e o ciclo se repetirá. É assim que funciona, não é? O dinheiro dá poder às pessoas, e elas tiram vantagem disso sobre quem não tem…

Rochelle virou-se de costas.

– Ah, por favor, eu tenho de ficar ouvindo isso?

– Sim – respondeu Meghan, com expressão de reprimenda.

– Sou tão ruim assim? – argumentou Rochelle.

Meghan fez uma careta e assentiu. Rochelle suspirou.

– Meus pais sempre me disseram que tenho de ficar no topo, custe o que custar... – Ela retorceu uma mecha de cabelo entre os dedos, com expressão constrangida. – Talvez eu tenha exagerado.

– Depois de algum tempo ela não aguentou mais o bullying – prosseguiu Saoirse. – As notas caíram e ela foi rejeitada em todas as atividades extracurriculares. Os pais solicitaram uma transferência, e Blyth ficou bem feliz em assinar. E assim ela foi embora. Deixou a ilha e me deixou.

Saoirse exalou o ar, envolta em uma aura de tristeza.

– Escrevi para ela algumas vezes, mas por muito tempo ela não me respondeu. Quando finalmente escreveu, disse que estava em uma escola nova e que havia conhecido alguém. – Ela contraiu o maxilar e virou-se para mim com um movimento lento. Seus olhos estavam escuros, vazios. Então ela deu um sorriso estranho, meio torto, e inclinou a cabeça. – Você não me reconhece, não é, Lottie?

Um calafrio percorreu minha espinha. *Lottie?*

– Quem é essa garota? – perguntou Meghan.

– Eu... Eu... Eu não sei – balbuciei.

– Mesmo que você não me reconheça, eu reconheço *você*.

– Eu? – Engoli em seco. Saoirse e eu não havíamos nos conhecido antes... ou sim?

– Sim, *você* – ela dardejou. – Foi você quem ela conheceu, você e seu grupo de amigos! Ela começou a ir a festas com você, beber, usar drogas, porque achava que era disso que você gostava. Fez de tudo para impressionar você! E então aquela noite aconteceu.

– Que noite?

– A noite em que você convenceu todo mundo a invadir a casa daquele senhor.

Engoli em seco e segurei o "S" dourado na minha correntinha.

COMO SOBREVIVER A UM FILME DE TERROR

– É de Sadie que você está falando, não é?

Sadie.

– Sim, Sadie. Pelo menos você se lembra do nome dela – disse Saoirse, em tom de desprezo.

– É lógico que me lembro! Eu era apaixonada por ela.

– Mentira! – Saoirse gritou. – *Eu* era apaixonada por ela. Você a usou!

Meu estômago se contraiu quando imagens fragmentadas daquela noite se revolveram em minha mente. Que estupidez, que tola eu havia sido, querendo impressionar meus amigos mais velhos, para que achassem que eu era legal! Eu tinha ficado tão arrasada depois que meu pai morreu, que não me importava mais com ninguém. Mas eu amava Sadie. Ou pelo menos achava que sim.

Naquela noite, ela fugiu com os outros quando a polícia chegou. Somente eu fui pega. Nunca fui ágil ou atlética, mesmo naquela época. Tudo que eu tinha a fazer era não resistir à prisão. Eu iria para a detenção juvenil de qualquer maneira. Quando, porém, me ofereceram uma sentença reduzida em troca de nomes, não hesitei. Não fui solidária com meus amigos, nem com Sadie. Só pensei em minha mãe, e então tive a visão do meu pai e achei que era um sinal. Talvez fosse, mas interpretei erroneamente. No fundo eu sabia que minha decisão de delatar todo mundo vinha de um sentimento egoísta. Eu tinha uma escolha: cinco meses em um centro de detenção juvenil ou cinco anos. Talvez mais. Pelo menos foi o que me disseram.

– Sadie – murmurei, sentindo os olhos arder e lacrimejar.

Saoirse ergueu os olhos para o céu escuro, sem aves voando. Tudo estava quieto e silencioso.

– Ela pegou dois anos depois que você a delatou. Mas não durou seis meses.

Levantei-me devagar da pedra onde estava sentada, sentindo meu sangue gelar.

– O que aconteceu com ela?

– Enforcou-se. Ela achava o Harrogate ruim, mas a prisão era pior. Ela era um alvo fácil.

Lutei para respirar e desabei contra a parede da gruta, tremendo da cabeça aos pés.

– Eu não sabia...

– Mentira sua... – Saoirse choramingou, cerrando os punhos.

– Eu juro, não fazia ideia! Escrevi para ela, mas ela nunca respondeu. Achei que ainda estivesse magoada comigo. Saoirse, por favor...

Corri na direção dela, e ela se virou. A faca em sua mão brilhava sob o luar prateado que se infiltrava por entre as nuvens. Cambaleei para trás. Os fantasmas soltaram exclamações abafadas, que ecoaram dentro da gruta.

– Eu não esperava por isso! – exclamou Meghan, levando a mão ao peito num gesto dramático.

Saoirse continuou, brandindo a faca enquanto falava.

– Eu vi você no tribunal naquele dia, Lottie. Eu estava lá, mas claro que você não se lembra de mim. Você nem sabia quem eu era. Mas vi Sadie ser condenada, sentenciada e levada embora. Lembro-me de como ela chorou. De como me pediu para ajudá-la, como antes. Mas eu não podia fazer nada. Ainda escuto os soluços dela em minha mente. – Ela enxugou as lágrimas com a mão. – Escrevi inúmeras cartas, prometi que estaria esperando por ela quando saísse, mas parece que não foi suficiente.

– Saoirse, eu sinto tanto...

– Esta ilha, esta escola, aquelas meninas do terceiro ano... e você! Todas vocês a mataram! – Saoirse gritou, os olhos ferozes parecendo que iam saltar das órbitas.

Parei de respirar e me apoiei em uma pedra para me equilibrar.

– Foi *você* quem matou as meninas?! *Você* é a assassina do Harrogate?! – falei com voz fraca.

– Elas mereceram. As Elles infernizaram a vida dela aqui. Por causa de Meghan, ela foi afastada do Clube de Teatro. Era a capitã do time de hóquei até Sarah conquistar o título...

COMO SOBREVIVER A UM FILME DE TERROR

– E Hannah? O que Hannah fez?

– Hannah… foi um acidente – murmurou Saoirse, balançando a cabeça. – Annabelle pagou Hannah para fazer o trabalho de inglês para ela, e então Hannah foi até o dormitório para entregar. Eu estava lá esperando por Anabelle, mas Hannah entrou e me viu vestida de preto e com a máscara dourada e a faca, e saiu correndo. Eu não queria machucá-la. Ela não fazia parte do plano. Era *Annabelle* quem deveria morrer naquela noite, não Hannah.

Pobre Hannah. Não tinha nada a ver com a história. Desejei que ela tivesse sabido disso antes de desaparecer. Mas, se Hannah ainda estivesse ali, mesmo que invisível, se pudesse nos ouvir de alguma forma, tenho certeza de que não iria querer que mais alguém morresse. Não pelas mãos de Saoirse.

Cerrei os punhos, inspirei o ar com força e comecei a deslizar pela parede em direção à entrada da gruta. Tudo que eu tinha a fazer era deixar Saoirse falar pelo máximo tempo possível e distrair-se, depois eu poderia correr.

– E o senhor Gillies? – perguntei.

– Ele me pegou de surpresa na sala de artesanato. Me viu com a máscara e com a serra. Claro que iria contar para todo mundo. E eu não podia deixar isso acontecer. Precisava levar meu plano até o fim.

Continuei deslizando discretamente pela parede, para mais perto da entrada. Ou da saída.

– E então você o matou…

– Nós lutamos, e o empurrei em cima da serra elétrica. Levei horas para limpar tudo. – Ela revirou os olhos.

Aquela não era a Saoirse que eu conhecia, ou que pensava conhecer. Era uma pessoa diferente. Uma pessoa perturbada, ferida, emocionalmente destruída.

– E eu? – perguntei. – Onde eu entro nessa história toda?

– A maré está quase aqui. Seu corpo será levado, e poderei dizer a todo mundo que você era a assassina. Terei sido sua única vítima que sobreviveu.

– Ninguém vai acreditar em você. Olive vai saber que é mentira.

Olive. E eu achando que a assassina era Olive! Como pude pensar uma coisa dessas, por um segundo sequer? Ah, como eu queria que ela estivesse ali naquele momento! Olive saberia o que fazer. Ela sabia como "a última garota" escapa do assassino na cena final.

– Vão acreditar, sim – insistiu Saoirse. – Foi você quem encontrou todos os corpos, lembra-se? Não pode ser coincidência. Você não acreditaria se eu contasse o tanto de planejamento que foi necessário para tudo acontecer. Eu ia levar você para a cozinha, no dia da festa do Eden. Sabia que você iria comigo se eu chamasse. Mas você acabou indo antes, sozinha. Aquilo ali também deu trabalho para limpar.

– A polícia vai enxergar tudo.

– Não vai, não. Ainda mais quando descobrirem quem você é de verdade. Além disso, todo mundo na escola sabe que você tem uma queda por mim. Direi a eles que você estava obcecada.

– Caramba…

Eu achava que estava sendo discreta.

Gabrielle apareceu do outro lado da gruta, afagando o cabelo da cabeça em seus braços.

– Desculpe, eu não estava prestando atenção. O que foi que perdi?

– Ela é a assassina. – Rochelle apontou para Saoirse. – E Charley é a próxima vítima.

– Cheguei bem a tempo, então – Gabrielle arrulhou, sentando-se em uma pedra e esticando as pernas, exibindo os sapatos azuis de salto alto.

– Você também perdeu um monólogo patético – acrescentou Meghan.

– Você é a assassina perfeita – continuou Saoirse, começando a andar. – Um passado conturbado, uma garota reservada e solitária, obcecada por filmes de terror, sem amigas…

– Eu tenho amigas! – protestei.

– Uma – interveio Rochelle.

Me aproximei mais da abertura da gruta, a água já entrando, molhando o chão e meus tênis.

COMO SOBREVIVER A UM FILME DE TERROR

– O Harrogate não conseguirá resistir ao escândalo e será fechado de uma vez por todas. E quem sabe eu dê um fim em Blyth, como um último presente para Sadie. – Saoirse sorriu.

Eu estava perto, quase chegando. Uma onda passou por meus tornozelos, e outra pelas minhas panturrilhas.

– Você vai ter de ser mais rápida – avisou Meghan.

– Ela vai tentar fugir? – perguntou Rochelle, com expressão zombeteira. – Já viu essa garota na aula de educação física?

– Assim terei vingado a morte de Sadie – acrescentou Saoirse, virando-se para as águas turvas que entravam na gruta.

Era agora ou nunca. Eu tinha de correr. Respirei fundo em silêncio, me abaixei para dar impulso e corri para a entrada da gruta. Mas a água puxou minhas pernas enquanto eu corria, e Saoirse me agarrou antes que eu saísse. Segurou meu cabelo e me puxou para trás, e eu caí na água gelada.

– Levante-se! – gritou Meghan.

Saoirse avançou para mim, empunhando a faca.

Meu corpo inteiro formigava, e eu tinha a impressão de estar derretendo por dentro. Eu ia morrer. Em uma gruta, com apenas fantasmas por testemunhas.

Arrastei-me para trás, tremendo.

– Saoirse, espere, por favor! Eu não vou contar a ninguém. Não culpo você pelo que fez, depois de tudo o que você passou. Você estava revoltada, transtornada… não sabia o que estava fazendo.

Minha mente começou a ficar vazia, os pensamentos fugidios, e pensei desesperadamente em algo para dizer naquele momento. Eu não sabia como suplicar pela minha vida. Meu corpo inteiro tremia conforme ela andava na minha direção, com a faca erguida. Aquele era o momento em que eu iria morrer. O rosto de minha mãe surgiu de repente em minha mente, os cabelos loiros encaracolados na altura do queixo, os olhos verdes amendoados, o jeito como ela falava do meu pai, como se ele estivesse ali na cozinha. Será que ela falaria assim de mim também, depois que eu morresse, como se eu estivesse no meu quarto, no andar de cima da casa? Como seria a vida dela, sem meu pai e sem mim?

Fechei os olhos e esperei pelo golpe, pela dor, pelo sangue.

– Dê um pontapé nela! – exclamou Rochelle.

Abri os olhos e a encarei, desconfiada. Ela revirou os olhos.

– Ande, chute a canela dela, com toda a sua força.

Virei-me para Saoirse, cerrei os dentes e chutei com toda a força, conseguindo apenas encostar na perna dela. Ela olhou para baixo e em seguida para mim.

– É isso? – zombou.

Eu dei de ombros e avancei em cima dela, sacudindo os braços e gritando feito uma criatura selvagem raivosa. Saoirse se assustou e cambaleou para trás, deixando a faca cair na água. As ondas entravam cada vez mais fundo na gruta, alagando tudo. Saoirse praguejou e abaixou-se para procurar a faca. Eu saí correndo, como se tivesse meia dúzia de pernas de dois metros cada.

Subitamente, todos os fantasmas me acompanhavam, gritando, me encorajando. O mar gelado envolvia meu corpo, me ensopando e me arrastando para o fundo, entrando em minha boca. Cuspi a água salgada e tossi, conforme me forçava a andar na direção da faixa estreita de praia além da gruta. Inclinei o corpo para a frente, cada passo me levando para mais perto da terra, da segurança, de Olive. Por fim pisei em algo sólido e subi no barranco de seixos. Transpus as dunas de areia, com grumos de areia molhada dentro da calça aumentando meu peso, e corri até alcançar a relva e os muros de pedra.

O pátio estava deserto e silencioso, a não ser pelo som da chuva caindo na fonte. Abri a primeira porta que encontrei e entrei correndo, grata por um momento pelo abrigo da chuva e do vento. A sala das funcionárias estava escura, e as salas de aula estavam trancadas. Eu batia em todas as portas, gritando, chamando, mas ninguém apareceu. Uma luz tênue iluminava o chão, vinda de um corredor transversal à frente, e corri para lá.

COMO SOBREVIVER A UM FILME DE TERROR

Empurrei a primeira porta com os ombros e parei, boquiaberta, ao me ver no ginásio da escola.

Serpentinas pretas e cor de laranja pendiam do teto. Em cada canto havia conjuntos de balões brancos colados à parede com fita adesiva, pintados com padrões de respingos de sangue, e uma grande faixa de "Feliz Halloween" pendurada nos lustres. Mesas compridas estavam enfileiradas nas paredes, adornadas com toalhas pretas e adereços de borracha de palco com mãos decepadas e ensanguentadas e facas de plástico também cobertas de sangue. No chão havia contornos de cenas de crime, corpos caídos e placas de quarentena de filmes de zumbis.

Mas não foi isso o que me deixou mais apreensiva.

Espalhadas por todo o recinto, havia figuras altas e assustadoras, com olhos ocos e membros plásticos em posições não naturais.

Manequins.

Se havia uma coisa que eu detestava eram manequins.

Regra #32
NÃO MORRA! SEJA A ÚLTIMA GAROTA PRESUNÇOSA DO FILME

Um recinto repleto de manequins assustadores. Olhos ocos. Estaturas enormes. Membros de plástico longos e magros que pareciam se estender para mim, como que para me agarrar. Meu coração batia acelerado conforme eu andava pé ante pé por entre aquela coleção de bonecos de plástico inexpressivos, com enormes buracos no lugar dos olhos.

Uma porta bateu a distância. Cobri a boca com a mão para não emitir nenhum som e me ajoelhei atrás de um manequim que alguém havia fantasiado como o espantalho de *Olhos famintos*.

Obrigada, Olive. Quando a encarregada das decorações de Halloween era uma menina obcecada por temas de terror, aquele era o resultado.

Do meu esconderijo, eu podia ver os tênis encharcados e sujos de areia de Saoirse na soleira da porta lateral do ginásio. Engatinhei mais para trás. O ar estava tão parado e silencioso que comecei a ouvir a água da minha

COMO SOBREVIVER A UM FILME DE TERROR

roupa pingando no chão. Senti as palmas das mãos úmidas de nervosismo. Provavelmente eu havia deixado uma trilha de pegadas no piso do ginásio, que Saoirse poderia rastrear. Talvez eu devesse ter me lembrado de tirar a roupa e os tênis antes de entrar, apesar de que ficar nua naquele ambiente também não era a melhor das opções. Tampouco ser assassinada usando só um sutiã bralette e short masculino listrado tamanho GG de um dos manequins. Afinal, ainda me restava alguma dignidade.

– Lottie? – ela chamou.

Fiquei imóvel por um segundo e continuei a me esconder. Ela cantarolou meu nome, enquanto eu circundava os manequins.

– Lottieeeee...

Havia tantas alunas no Harrogate... Por que eu fora me apaixonar justamente por uma psicopata? Um calafrio percorreu minha espinha quando a voz dela ecoou no ginásio, por entre as serpentinas pretas e laranja, balões e faixas de Halloween. Eu não queria morrer, nem mesmo na noite de Halloween. Fui me distanciando à medida que ela chegava mais perto, virando-me para ver Meghan e Rochelle escondidas atrás de um manequim vestido como a boneca assassina possuída do filme *Annabelle*, num vestido branco com uma faixa vermelha na cintura e longas tranças amarradas com fitas. Os sapatos azuis de Gabrielle apareciam debaixo de uma mesa plástica coberta com toalha cor de laranja. Meghan assobiou e fez um sinal para mim do outro lado do salão. A poeira preta já começava a se alastrar por seus braços.

Saoirse continuou serpenteando por entre os manequins, me chamando, me provocando. O chão estava frio sob minhas mãos nuas, que agora tinham uma coloração vermelha por causa da água salgada e gelada do oceano. A saída do ginásio estava bem abaixo da faixa carmesim de "Feliz Halloween". O silêncio pairava no ambiente, interrompido apenas por um som metálico, como uma maçaneta enferrujada sendo manuseada, ou talvez um dos manequins girando sobre a base de metal.

Virei-me lentamente, e minha respiração acelerou. O último manequim, que até segundos antes estava usando a máscara de hóquei de Jason, agora usava a máscara dourada. A expressão de comédia olhou na minha direção quando abafei uma exclamação, prendendo o ar na garganta e me arrastando para trás. O manequim caiu para a frente, e a máscara rachou e quebrou-se. Atrás dele estava Saoirse, o semblante duro e tenso, os olhos escuros e vazios.

Não consegui conter um grito e corri para a porta, abrindo-a para o corredor escuro da Ala Catarina. O refeitório onde eu havia perseguido Rochelle estava mergulhado na penumbra. Os passos de Saoirse ressoavam atrás de mim, eu conseguia ouvir sua respiração ofegante, cada vez mais perto. Por fim ela me alcançou e me puxou para trás pelos cabelos, derrubando-me no chão. Gritei de dor quando minhas costas bateram no piso duro. Eu me contorci e dei impulso para trás, para longe de Saoirse. Ela arrastava uma serra pelo chão, a ponta da lâmina arranhando os ladrilhos decorados. Lamentei que o senhor Gillies mantivesse suas ferramentas tão afiadas quando avistei a mão dele rastejando ali perto.

Um lampejo prateado atraiu meu olhar, e vi Rochelle ao lado de Saoirse, as facas em seu peito brilhando sob a claridade fraca que entrava pela janela. Do outro lado estavam Meghan e Gabrielle, que segurava sua cabeça debaixo do braço. Pensei em Hannah, com seu olhar triste, e em Sarah, com o pescoço torcido e dobrado. Será que eu viraria fantasma também? Ou todas nós desapareceríamos instantaneamente quando eu morresse? Se eu fosse a última peça do quebra-cabeça, o motivo para todas termos virado alvo, então, quando eu fosse finalmente atingida, será que uma luz branca brilhante apareceria para todas nós?

Fechei os olhos e me preparei para o impacto, esperando a perfuração da carne e a fratura do osso.

Clanc! Tum!

Abri os olhos gradualmente e vi Saoirse gemendo no chão a meu lado. Olive estava de pé, segurando o machado da caixa de emergência do auditório.

– Olive! – exclamei.

Como sobreviver a um filme de terror

Eu nunca sentira tanta alegria em ver o rosto dela, sorrindo. Ela jogou o machado no chão com um gesto dramático e estendeu a mão para mim. Quando fiquei de pé, eu a abracei.

– Como você está aqui? – perguntei por fim, soltando-a.

– Eu percebi quem era logo depois que você saiu. Procurei você por toda parte!

– Você descobriu quem é a assassina do Harrogate antes de mim?

– Dãã! Qual era a opção mais óbvia depois da rainha do baile, que foi eliminada?

Revirei os olhos.

– Sim, claro… o interesse amoroso.

Atrás de Olive, Saoirse se levantou devagarinho, ainda segurando a serra. Ela estremeceu e tocou as costas onde Olive a havia golpeado, depois olhou para os dedos sujos de sangue.

– Olive… – Ela ofegou quando nos encarou, o semblante carregado de raiva e fúria.

– Corra! – Meghan gritou, apontando para a porta.

Gabrielle saltitava animada ao lado dela.

Puxei Olive para a saída e abri a porta do pátio, saindo sob os pingos grossos de chuva. Saoirse nos seguia de perto, sem nos perder de vista. O som das ondas batendo contra as pedras e misturando-se com a chuva perfurava o céu noturno enquanto eu contornava as pedras, ansiosa para sentir a areia sob as solas dos meus tênis. O caminho costeiro estava iluminado por uma luz âmbar fraca, visível a distância. Apressei-me naquela direção, puxando Olive comigo. Ela choramingou e olhou para trás.

– Ela é muito rápida! – gritou em meio à chuva.

Olhei para trás, para a majestosa propriedade do Harrogate, amaldiçoando-me por colocar nós duas naquela situação, fora do colégio, perto dos penhascos e à mercê de uma tempestade. Mas eu não queria morrer dentro dos muros daquela escola.

Logo senti que pisávamos na areia, e o cheiro de sal e algas nos envolveu.

– Para onde vocês vão? A maré está alta! – gritou Saoirse atrás de nós.

– Não há para onde ir!

– Sim, para onde vamos? – disse Olive, tentando me acompanhar.

– Vamos terminar esta história de uma vez por todas.

– Sem sequências?

– Sem sequências.

Avançamos na direção da lâmpada amarelada que balançava ao vento num poste estreito e começamos a descer pelas pedras. Eu ouvia a respiração ofegante de Olive atrás de mim, sentia seu medo, sua contrariedade crescente.

Só um pouquinho mais...

Ela segurava minha blusa, me puxando. Escorreguei na beira do penhasco, meus tênis derrapando no solo molhado, no musgo e no lodo.

Olive me largou quando caí para trás, em cima da areia e das pedras. No segundo seguinte Saoirse jogou-se em cima de mim, pressionando meus ombros contra o chão, enquanto eu a chutava e a arranhava, tentando me defender. Ela imobilizou meus braços e ergueu o corpo sobre mim.

– Preciso ir até o fim, por Sadie! – gritou, os olhos inflamados de sede de sangue e desespero.

Alguma coisa me espetou do lado do corpo, e o mundo girou à minha volta. Um silêncio profundo me envolveu. Eu nunca tinha sentido nada parecido na minha vida, uma dor que me imobilizava e ao mesmo tempo me enchia de adrenalina. Abri a boca para respirar e apertei os olhos. Nada do que eu conhecia, do que havia aprendido a respeito de sobrevivência, poderia me ajudar naquela hora. Porque, na realidade, não era possível escrever um roteiro para o final. Porque a vida não era um filme. A morte não era uma cena de terror de faz de conta, as pessoas não eram atores, e o sangue não era molho de tomate.

Aquilo era real.

Olhei para o céu, com os braços abertos, meu corpo esperando o próximo golpe, aquele que acabaria comigo de vez. Pensei em Hannah, Sarah,

COMO SOBREVIVER A UM FILME DE TERROR

Meghan, Gabrielle, Rochelle e no senhor Gillies, em como eles deviam ter se sentido ao serem assassinados – aterrorizados, desesperados, impotentes. E, como se soubessem o que eu estava pensando, os três fantasmas restantes surgiram à minha frente, com expressões tristes, pois sabiam que eu estava morrendo e que eu havia fracassado em minha missão. Havia fracassado em deter a assassina, e agora Saoirse continuaria, enquanto a verdade morreria conosco.

Rochelle agachou-se a meu lado e falou ao meu ouvido.

– Levante-se, Charley. Você é mais forte que isso.

Olhei para ela e vi em seu rosto uma doçura e uma emoção que nunca vira antes... esperança. Naquele momento, compreendi que elas não estavam me assombrando porque eu tivesse culpa da morte delas. Estavam comigo porque eu era a única pessoa que poderia acabar com aquilo. Queriam que eu vingasse suas mortes, do mesmo modo como Saoirse estava tentando fazer por Sadie. E eu não as decepcionaria. Não desapontaria Meghan, nem Hannah, nem Sarah, nem mesmo Rochelle e Gabrielle. Eu encontraria forças, de alguma maneira. Rochelle tinha razão. Eu era mais forte que aquilo.

Tateei os dedos na terra e agarrei uma pedra. Segurei-a na palma da mão e golpeei a cabeça de Saoirse com toda a força que me restava.

Crec!

Ela balançou para trás, tirando seu peso de cima de mim. Antes que conseguisse se equilibrar, chutei-a com força na barriga, e ela caiu, sumindo da minha vista. Seus gritos abalaram o silêncio e depois se calaram abruptamente quando um estrépito alto soou na noite.

Com um gemido, ergui o corpo e me levantei, Olive ao meu lado. Espiamos pela borda do penhasco e vimos Saoirse esparramada lá embaixo, seu corpo iluminado pelas luzes do cais e seus longos cabelos avermelhados espalhados sobre as pedras. Os braços e pernas estavam retorcidos em um ângulo não natural, parecido com os de Hannah, quando a encontramos. Um fio de sangue escorria por cima da pedra.

Os olhos dela estavam fechados, o corpo estava imóvel. Ouvi o baque a meu lado quando Olive desmaiou, caindo para a frente com o rosto na areia molhada. Os fantasmas estavam diante de mim, observando. Olhei para baixo, para o corpo estatelado de Saoirse, e comecei a descer pelas pedras, com a mão para trás sobre o ferimento que sangrava.

Rochelle franziu a testa.

– O que está fazendo?

– Vou me certificar de que ela está morta.

– Ah, eu diria que ela está bem morta, de verdade – disse Meghan, olhando para o corpo ensanguentado com uma careta.

– Você não assiste a filmes de terror? Toque duplo.

– Toque duplo? – estranhou Rochelle.

– Sim, para ter certeza de que ela morreu mesmo – explicou Meghan. – Como no final de *Pânico*, certo, Charley?

Concordei com um movimento de cabeça. Se a Meghan viva tinha sido um pouco parecida com a Meghan morta, ela e eu poderíamos ter sido amigas, talvez. Ela poderia ter sido minha companheira e de Olive nos Sábados de Assassinato. Teríamos dividido nossa pipoca com ela, embora talvez não os Skittles. Não no começo, pelo menos.

Desci devagar, um passo por vez, tomando cuidado para não cair. Chegando lá embaixo, procurei uma pedra que fosse suficientemente pesada para terminar o serviço, porém não tão pesada que eu não conseguisse levantar. Olhei para os fantasmas, me espiando do alto do penhasco. Rochelle sorriu. Meus olhos arderam com lágrimas quando acenei para ela, para as três, que eu nunca mais voltaria a ver. Aquelas vozes que no início eu tanto desejara afastar da minha mente, mas que me acostumara a ouvir, e até a esperar a cada manhã, eu agora sentiria falta. Já sentia, do *pop-crec-tloc* dos ossos de Hannah, e no dia seguinte sentiria falta dos treinos vocais de Meghan e do chiado do pescoço torcido de Sarah.

Olhei de novo para Saoirse, esparramada sobre a pedra, e tentei não me deter no rosto bonito, no narizinho coberto de sardas e nos sedosos cabelos cor de fogo. Tentei bloquear o perfume de limão e madeira.

COMO SOBREVIVER A UM FILME DE TERROR

De repente os olhos dela se abriram, dardejando fúria e sede de sangue. Os fantasmas gritaram. Levantei os braços e bati com a pedra na cabeça de Saoirse, até que seu crânio se abriu e fragmentos do cérebro saltaram para fora. Um silêncio profundo pairou no ar por alguns momentos, até que o som das ondas penetrou em meus ouvidos. Joguei a pedra para o lado e olhei para cima. Meghan e Rochelle me fitavam com expressão confusa, como se estivessem esperando algo acontecer. Então Meghan olhou para sua mão, que emitia um brilho intenso sob os primeiros sinais da aurora. Sua pele inteira se iluminou como se o sol a banhasse em cheio. A seguir o mesmo aconteceu com Rochelle e Gabrielle. Até a mão de caranguejo do senhor Gillies brilhava. No momento seguinte, todos se transformaram em pó iridescente e desapareceram.

Eu pestanejei. A borda do penhasco agora estava deserta, nada além de areia, algas e rocha nua. Os fantasmas haviam sumido. O ar salgado invadiu o vazio. Escalei as pedras de volta para cima onde Olive estava sentada, tentando respirar direito.

– Que coisa horrível... – Ela ofegou.

– Você me conhece, eu detesto sequência de filme – murmurei, mancando no caminho de volta para o Harrogate, com a mão em cima do ferimento, que continuava sangrando.

– Eu também – disse Olive, vindo atrás de mim para retornar ao colégio.

Reflexos rosados e dourados atravessavam as nuvens. A tempestade finalmente havia passado. Em algum momento, a balsa viria do continente para nos buscar e nos levar de volta para casa.

Os primeiros raios de sol incidiam sobre as torres do Harrogate e se derramavam sobre os jardins e a área do colégio.

– Mas sabe o que eu detesto mais? – continuou Olive.

– O quê?

– As últimas garotas presunçosas.

De repente alguma coisa me atingiu por trás, um golpe profundo e molhado nas costas. Caí de joelhos, com dificuldade para respirar. Meus ouvidos zumbiam, abafando os gritos das aves que começavam a retornar. Tentando inspirar, levei a mão para trás. Lá estava, fincada ao lado da minha espinha. Uma faca.

Minha melhor amiga havia *literalmente* me esfaqueado nas costas.

Respirei com um ruído estranho e caí sobre a relva molhada.

– Desculpe, Charley – disse Olive, passando por cima de mim. – Você estava certa na primeira vez. Eu odiava as meninas do terceiro ano por causa do modo como me tratavam e por causa do que fizeram com Sadie.

– Você também conhecia Sadie? – balbuciei, perplexa.

– Saoirse, Sadie e eu éramos colegas de quarto. Ficamos juntas desde que entramos aqui. Éramos melhores amigas, inseparáveis, como você e eu somos… desculpe, quero dizer *éramos*. A ideia de tudo foi minha. Saoirse ficou relutante no início, mas era tão apaixonada por Sadie e ficou tão arrasada depois que ela morreu que não demorou muito para mudar de ideia. No final, ela acabou repetindo o segundo ano, o que foi conveniente, porque assim pudemos fingir que não nos conhecíamos. De qualquer modo, nossa meta era concluir o Ensino Médio de maneira estrondosa. – Os olhos dela brilharam. – Mal podíamos acreditar quando você desembarcou na ilha naquela manhã. Reconhecemos você no mesmo instante. Foi o destino… você seria a suspeita perfeita para arrematar o plano todo. E seu encantamento por Saoirse foi mais do que oportuno! – Ela riu, inclinando a cabeça para trás.

– Foi ela quem matou as meninas? Ou foi você? – perguntei, com voz fraca, o sangue espirrando do meu ferimento sobre a relva molhada.

– Você sabe que sou melindrosa demais para isso – respondeu Olive, estremecendo. Ela andou ao meu redor, passando por cima das minhas pernas. – Admito que duvidei da habilidade de Saoirse, depois da trapalhada com Hannah, mas ela fez um bom serviço. E ela era habilidosa para lidar com a parte gosmenta. Eu não poderia ter degolado Gabrielle com um machado. Não tão completamente pelo menos, de um lado a outro, cortando osso e tudo, como ela fez.

COMO SOBREVIVER A UM FILME DE TERROR

Olive empalideceu e achei que ela iria vomitar. Mas ela se recompôs e continuou a me rodear.

– Duas vilãs? – Tossi, o calor abandonando meu corpo e o frio cortante me envolvendo.

– Claro! Wes Craven fez isso tão bem em *Pânico*... multiplicidade de vilões. Ninguém poderia prever... Billy e Stu? Muito genial! – ela exclamou.

– Por quê? – gemi, a dor se alastrando pelo meu corpo, percorrendo minhas veias.

– Porque era inesperado, uma surpresa total! Principalmente Stu.

– Não, eu quero dizer por que *me* matar? Eu teria contado a todo mundo que era Saoirse. – Eu tossi e vomitei um pouco. – Você teria se safado.

– Sim. – Ela assentiu.

– Eu teria deixado você escapar.

Olive suspirou e inclinou-se sobre mim.

– Mas você me conhece, isso seria previsível demais.

Ela retorceu a lâmina nas minhas costas e eu berrei, meus gritos cortando o ar. Pisquei devagar e a observei conforme se afastava, com passos confiantes, em direção ao Colégio Harrogate para Meninas. Acima de mim, o grasnado de corvos pretos tornou-se repentinamente mais alto e mais agudo, conforme revoavam ávidos sobre meu corpo moribundo.

Planando. Circulando. Esperando.

Regra #33
SEMPRE SE PREPARE PARA UMA SEQUÊNCIA

Um bando de corvos grasnou enquanto suas asas perfuravam o céu de inverno, salpicado com os primeiros sinais de queda de neve. O ar estava frio, e uma bruma leve encobria os galhos das árvores na rua Glenbrook. O outono tinha chegado e ido embora, e o inverno vinha se aproximando silenciosamente. Ou talvez eu não tivesse percebido sua chegada, tendo passado dois meses confinada em uma cama no Hospital Geral de Wexford.

Eu tinha acabado de receber alta, mas foram dois longos meses. Semanas de cirurgias agonizantes e tratamentos pós-operatórios para me recuperar dos ferimentos e da perda de sangue, sem falar nas noites insones e nos intermináveis pesadelos com cabeças decepadas dentro de caixas de recipientes plásticos e corpos esparramados nas pedras. Por sorte, Olive não acertara a minha coluna, e os danos físicos foram mínimos.

No entanto, as consequências emocionais de quase ser assassinada pela menina da escola de quem eu gostava e por minha melhor amiga estavam

COMO SOBREVIVER A UM FILME DE TERROR

para ser desmembradas e analisadas ao longo de meses de terapia que minha mãe havia agendado para mim. Além disso tudo, havia os fantasmas. Eu não tinha contado essa parte para ninguém, esperando evitar uma internação na clínica psiquiátrica de Wexford. Não tinha visto nem ouvido mais nada desde aquela noite de Halloween, desde... desde...

Meghan. Hannah. Gabrielle. Sarah. Rochelle. Senhor Gillies – O sangue. Os gritos.

A máscara dourada.

De repente não consegui respirar. Suguei o ar frio, arfando e ofegando, quando os gritos nos corredores do Harrogate inundaram minha mente, me asfixiando...

– Charley!

Abri os olhos. O carro vermelho de minha mãe estava parado à minha frente, a janela do passageiro abaixada, e ela acenando animada para mim.

– Charley, venha. É proibido estacionar aqui!

Balancei a cabeça, afastando da mente as imagens do Halloween, e andei até o carro. Minhas costas ainda estavam doloridas, então em vez de me encostar no banco me inclinei para a frente até meus joelhos tocarem no painel e minha barriga ficar apoiada na mochila em meu colo. O alto edifício de vidro do Hospital Wexford foi se distanciando à medida que iniciávamos o curto percurso para casa. Fazia seis meses que eu estava longe, desde o verão. O que eu iria fazer dali por diante? Iria retornar como Charley ou como Lottie?

Um encontro com a assistente social estava marcado para o começo do ano, para decidir minhas opções de estudo, agora que o Harrogate se tornara um cenário de crime e estava fechado por tempo indefinido. Eu não podia voltar para lá nem para a minha antiga escola. E, com o Ensino Médio incompleto e uma ficha criminal, que universidade me aceitaria? Mesmo que eu conseguisse estudar em algum lugar, como voltaria a confiar em alguém?

De repente uma música familiar começou a tocar no rádio. *Red right hand*, de Nick Cave and the Bad Seeds, preencheu o interior do carro, o alto-falante vibrando contra meus joelhos. Minha mãe cantarolava baixinho a meu lado, tamborilando os dedos no volante. Estendi a mão e desliguei o rádio.

– Eu estava curtindo a música – ela reclamou.

– É do filme *Pânico*.

– E...?

– E eu não suporto mais filmes de terror.

– Desde quando?

– Desde o Halloween. – Suspirei. – Quando fui esfaqueada pelas costas, em sentido figurado e literal.

– Amor, você não pode se culpar...

– Que bom, porque eu não me culpo – retruquei, embora uma parte de mim ainda me causasse desconforto, pelo menos quando eu pensava em Sadie. Levei a mão ao pescoço para segurar o pingente de "S", mas não o encontrei. Então me lembrei de que havia tirado a corrente depois daquele dia no penhasco.

– O que eu quero dizer é para você tentar não ficar pensando no que aconteceu. Vamos aproveitar o Natal e em janeiro decidiremos sobre o futuro. Está um lindo dia de sábado, e a única coisa que planejei para nós neste fim de semana é muito repouso e televisão. Que lhe parece?

– Parece perfeito – respondi, sentindo-me mais calma.

Minha mãe apertou de leve o meu joelho e ligou o rádio de novo. A música de Nick Cave já tinha terminado, e agora a emissora transmitia melodias de Natal, que penetraram em nossos ouvidos e pareciam querer transbordar pelas janelas do carro para a via expressa ao nosso redor. Felizmente a N25 estava tranquila naquele dia e àquela hora.

Quando entramos em Whiterock, o movimento aumentou. Havia vários carros estacionados nas ruas, em frente às fileiras de casinhas brancas com pequenos jardins bem-cuidados e entradas de carro estreitas, que se

COMO SOBREVIVER A UM FILME DE TERROR

alternavam com estabelecimentos comerciais, salões de cabeleireiro, loji-nhas de variedades, playgrounds e canteiros de bétulas.

Fechei os olhos e respirei fundo.

– Chegamos – disse minha mãe.

Eu tossi um pouco, pisquei e abri os olhos. Nosso apartamento ficava na sobreloja de um armazém industrial e centro de reciclagem. Vi as luzes da árvore de Natal piscando em frente à janela. Senti uma leveza no peito e sorri. Eu não tinha me dado conta de como sentira saudade de minha casa. Não me importava mais com quem se lembrava de quem eu era antes do Harrogate, ou do que eu havia feito. Eu estava em casa. E estava viva.

Saí do carro e caminhei até a porta. Minha mãe a abriu e subiu a escada à minha frente. O cheiro de pinho e bagas de zimbro me envolveu quando entrei na sala. Nunca tivemos condição de comprar um pinheiro natural, então minha mãe enchia a casa com velas aromáticas e difusores, para impregnar a casa com os aromas de Natal.

– Sente-se, querida. Vou ferver água para fazer chá. – Ela sorriu e co-locou minha mochila ao lado da sapateira na entrada.

Sentei-me desajeitadamente na cadeira alta em frente à bancada que separava a sala da cozinha, equilibrando-me na beirada. Não conseguia me encostar em nada. Alisei o curativo nas costas, sob o moletom. Estremeci de leve e tentei me distrair com as correspondências empilhadas sobre a bancada. O jornal do dia estava à minha frente. Passei o dedo pela man-chete na primeira página: *A casa dos horrores de Harrogate.*

Mas foi o subtítulo que fez meu sangue gelar: *Corpo de assassina será transportado para o funeral no continente.*

Desde que recobrei a consciência, eu havia tentado ao máximo evitar ler jornais e assistir a noticiários, mas não demorou muito para eu escutar fragmentos de conversas nos corredores, saber de uma ou outra notícia por minha mãe e por fim ouvir a história toda da oficial da polícia irlandesa que foi me entrevistar após a segunda cirurgia.

Não muito tempo depois de enterrar uma faca em minhas costas e me deixar para morrer no alto do penhasco, Olive tinha voltado para o Harrogate. Menos de uma hora depois, um incêndio destruiu a Ala Edite, restando somente paredes queimadas e um corpo carbonizado.

Algumas alunas do terceiro ano relataram ter visto Olive entrar na Ala Edite com uma bomba amarrada a tiracolo e os braços abertos, como JD em *Atração mortal*. Ela dissera que queria concluir o Ensino Médio de maneira estrondosa... Outras disseram que não a haviam visto retornar, que ela havia saído em direção aos penhascos e provavelmente se escondera entre as pedras e os ninhos de gaivotas. Mas, depois de vários exames forenses, as autoridades identificaram seus restos mortais, e segundo aquela manchete haviam agora liberado o corpo para o funeral.

Joguei o jornal em cima da pilha de contas e outras correspondências e deslizei para fora da cadeira.

Vou tomar um banho rápido – avisei.

– Precisa de ajuda?

– Não, estou bem.

Passei pelo corredor, olhando as fotos emolduradas de minha mãe e meu pai comigo, em dias passados na praia ou na montanha. A porta do meu quarto estava entreaberta e eu a empurrei, meus passos silenciosos no piso de madeira. A primeira coisa que notei foi que as cortinas estavam fechadas, deixando entrar somente um estreito facho de claridade pela janela.

O quarto estava na penumbra, com exceção do canto onde ficava a minha velha TV.

Piscando na tela estavam os créditos de abertura do filme *Pânico* – as letras vermelhas, o telefone tocando, um grito de mulher.

Recuei assustada e gritei de dor quando minhas costas tocaram o batente da porta. Minha mãe tinha feito aquilo? Mas quando? Tínhamos acabado de chegar em casa.

O filme começou, com a familiar cena de uma estudante ingênua atendendo o telefone, enquanto a pipoca estourava no fogão e a escuridão da noite era emoldurada pela esquadria das janelas da casa de fazenda. A quilômetros de um centro urbano, a quilômetros da ajuda.

Então apareceu aquela máscara branca, de um rosto gritando, a capa preta, a faca afiada...

Corri para acender a luz, com dedos trêmulos. Quando me virei, vi meu espelho. Soltei uma exclamação rouca quando li o que estava rabiscado nele com batom vermelho espesso.